Faust

浮士德

一部悲剧

第一部

［德］歌德 著

谷裕 译注

图书在版编目（CIP）数据

浮士德 . 第一部 /（德）歌德著；谷裕译注 . — 北京：商务印书馆，2023
ISBN 978-7-100-22008-8

Ⅰ . ①浮… Ⅱ . ①歌… ②谷… Ⅲ . ①诗剧—剧本—德国—近代 Ⅳ . ① I516.34

中国国家版本馆 CIP 数据核字（2023）第 033054 号

浮 士 德
第一部
〔德〕歌德 著
谷裕 译注

商 务 印 书 馆 出 版
（北京王府井大街 36 号 邮政编码 100710）
商 务 印 书 馆 发 行
北京中科印刷有限公司印刷
ISBN 978-7-100-22008-8

2023 年 4 月第 1 版 开本 880×1230 1/32
2023 年 4 月北京第 1 次印刷 印张 15 1/8

定价：82.00 元

译者序

译罢《浮士德·第二部》，原不想就译《浮士德·第一部》，因目下已有十数种译本，前辈译者皆尽心竭力，着力打磨。加之第一部本线索清楚，有引人入胜的情节可循，内容相对容易理解，语言亦较第二部简单，现有译本已基本达意，也更有达雅者如郭沫若译本，如梁宗岱译本。

但最终还是决定勉力再行译之。原因有三：第一，为保证这份工作的完整性。第二，可借助德方新注释版和全本演出，并我自己的一点心得，加些注释，进一步帮助理解。第三，为借结集出版之际，对所有帮助过我完成这项工作的人致谢。

待到开始字斟句酌，才发现，第一部自有自身的深邃与宏阔，更有一番特别的生动与意趣。比如学者剧中对自然哲学的思辨、对宇宙的思考，不仅承载了歌德自己的宇宙观，更反映了那个时代认知的广度和深度；又比如格雷琴剧几乎完整呈现了诱惑剧的修辞与程式，也算德语经典文学中少有的动情之作。与第二部相比，第一部中容纳了更多欧洲中世纪至近代早期的文化史信息，记录了更多欧洲启蒙前的文学传统。翻译过程实在也是一个涵养学识的过程。

歌德的《浮士德》最难的地方，莫过于读懂字面意思。在读懂字面意思之前，任何生发阐释皆属无本之木，无源之水，任何理论方法也都是失效的。而第一部迷惑人的地方正在于，它看似简单，但要落实到每一句台词，每一个细节，却又不免似是而非。

关于《浮士德》一应想说的，尤其戏剧形式、诗歌形式，大多已在第二部的译者序中予以了说明，其中大多数情况适用于第一部，更为全面的信息可参薛讷的导言。[①]重复的地方在此不赘。现仅就第一部，尤其就其中对于中国读者特别难懂的地方，略作几点提示。

《浮士德·第一部》的难点，首先在于局部前后不一乃至相互抵牾的表述。这一点主要由漫长而复杂的成文史造成。因此搞清楚成文史，是解惑的一把钥匙。《浮士德·第一部》现存最早的文字版，是一份听众的手抄本。歌德大约最初是在朋友圈子里朗读手稿，被一位宫廷女官记录下来。据推测，当是在1770年代初，歌德时年二十三四岁，相当于今天一个研二的学生。十五六年后，歌德对这份后人称之为《浮士德·早期稿》的版本进行了修改和扩充，1790年出版《浮士德·未完成稿》。1795年之后，歌德又断断续续花了十几年时间，渐次拟定新的创作计划，加写了十余个场次，1808年，至歌德年近花甲之时，出版了完整的第一部。

在第一部长达近四十年的成文过程中，歌德本人的人生经历、创作风格不断发生变化，德国文坛、欧洲政局更是经历了激烈变革。歌德从一名法学博士晋升为魏玛宫廷的枢密顾问，他参与并偕同塑造了狂飙突进文学、古典文学和浪漫文学，法国大革命及其余绪也波及德国各个领域。所有这一切，渐次进入文本，如火山喷发后的熔岩，堆积在一处，大体层次分明，但也有上下相互嵌入的地方。故而为搞清楚文本性质和肌理，先要做一番地质勘探或考古发掘一样的功课。关于成文史，在每

---

① 见歌德：《浮士德·第二部》，谷裕译注，商务印书馆版，第638—738页。

场前或行文中均附有详细说明。

同时，为读懂每一句台词，也需时时以考古的目光审视浮士德的形象，搞清楚它在某处是历史上的浮士德（16世纪，中世纪晚期、近代早期），还是浮士德故事书和戏剧中的浮士德（17至18世纪），还是作为歌德时代学者的浮士德，还是三者兼而有之。对于梅菲斯特也是如此。需逐一分清楚他是喜剧中的丑角，还是基督教中恶的化身，还是神学哲学中那个否定的力量。对此，也在注释中给出了相应提示。

其次，关涉到具体场景时，难点归纳起来，可概括为：文学程式、语言修辞、民俗传统、宗教习俗。而所有与之相关的知识，多根植于欧洲的文化史和文学史。浮士德素材固然源于德语地区，但歌德的视野、其所承继的文化传统、其所探讨的问题，则绝不止于德国的。

> 贺拉斯一方面强调作家应有生活感受，另一方面又强调程式的重要性；剧种、人物、场景、诗格都应有一定程式；题材最好利用现成的，才容易为人接受，而在组织安排上可以出奇制胜，这样来体现首创性。[1]

这是杨周翰先生对贺拉斯戏剧诗学所作的概括，几乎可直接用来概括歌德《浮士德·第一部》的诗学。浮士德形象非歌德首创，而是拿来了一直到歌德时代都流行甚广的浮士德题材。第一部分为学者剧和格雷琴剧，两者皆建立在作家的生活感受之上：歌德在莱比锡上大学时的经历和感受，作为见习律师时的经历和思考。歌德从自己的哲思出发，对传统素材和生活感受进行加工，重新组织安排，融入自己时代的新话语，

---

[1] 贺拉斯:《诗艺》，杨周翰译，见“译后记”，人民文学出版社版，第164页。

创作出一部独一无二的《浮士德》。

与创作于耄耋之年的《浮士德·第二部》不同，第一部的文学程式更为明显。如学者剧中的学者讽刺、大学讽刺、学院生活讽刺，多以中世纪晚期以降的各类讽刺程式为经纬；再如格雷琴剧，可谓罗致了欧洲古往今来各式“爱的艺术”、调情程式，呈现了爱情综合征的种种表现，几乎可与奥维德的《爱经》（一译《爱的艺术》）相表里。可以想见，对于这些场景，歌德同时代观众乃至今日的观众，不仅容易接受，而且观之仍然可以心领神会、捧腹或动容。

就拿比较直观的唱段来说，第一部中多达几十段，它们被安排在不同场景中，既应景又增强表现力，有的甚至直接构成该场次的主要或全部内容。而这些唱段多取自欧洲人通识的种类，但又经过了作者加工，以符合彼场景之需。如它们有复活节赞美诗、教会弥撒唱诗、艺术歌曲、叙事谣曲、政治讽喻歌、酒令、说唱（类似今天的 rap）、催眠曲、配乐诗朗诵；其中单是情歌就可分粗犷的牧羊人情歌、脱胎于骑士爱情诗的民歌、拟彼得拉克风格的痴男歌、拟破晓歌的怨女歌、西班牙风格的窗下小夜曲乃至淫曲。演唱方式有合唱、独唱、男声四重唱、轻歌剧式的咏唱等等。

歌德时代，修辞还是文学创作者的一门重要功课，也是文学评论中不可忽视的一项考察内容。如在格雷琴剧中，修辞是解读人物和情节的决定性因素。毫不夸张地说，若对修辞敏感，则仅就浮士德与格雷琴第一个回合对话的修辞，便可明确预见两人之间的悲剧结局。也就是说，格雷琴剧必然的悲剧结局，实则已如草蛇伏脉于开场第一段台词。简言之，浮士德一方自始至终使用的是社交辞令和诡辩术。他有意钻空子，利用格雷琴教育和修养的欠缺，花样百出地变换修辞套话，毫无顾忌地启用诡辩术，或谄媚恭维，或闪烁其词，或搪塞敷衍，以达到取悦、诱惑又规避责任的目的。格雷琴一方则是无涉世经验的少女的修辞和身体语言，其内心所想所愿到头来欲盖弥彰。戏剧对这方面的呈现，也并非自然主义式的，而是同样准确地遵循了这一类的传统模式。

> 就请列位在这小小的戏园
> 行走整个受造物的大千，
> 且从从容容不紧不慢地
> 由天堂穿过人间走向地狱。（舞台序幕，239—242）

如开场前舞台序幕中的节目预告所言，《浮士德》是一部人间大戏，这就表明它不仅包括天堂，而且也包括地狱，人世间的一切被镶嵌在广阔的横纵维度之中。黑暗、混沌、非理性，因此同样构成《浮士德》剧重要的关切。为让该部分尽量完整而生动地呈现出来，歌德除去自己的常识，还借阅了数十种15至17世纪出版的魔法、巫术、女巫、迷信、民俗、圣人传之类的图书图册，巧妙择取，将之重新组织成场次，或化用到剧中恰当的位置。

如果只是论理说情，那么借助思想史以及各种文化之间的通感，《浮士德·第一部》大体上还是可以理解的。但问题在于，第一部既继承了魔鬼的母题，又加入了许多魔幻场次如女巫的丹房、瓦尔普吉斯之夜、瓦尔普吉斯之夜的梦等，分布在其他场景间表现民俗习俗的段落，亦不在少数。这样，第一部中密集呈现的传统民俗和宗教习俗，就成为理解字面意思的难点，尤其对于欧洲以外的读者，这部分特别需要加以注释说明。

如其中的魔法（障眼法、定身术），如祛魔术（所罗门秘钥、四大元素咒、基督教的祛魔术），童话中的咒语，民间的迷信（巫婆的迷情汤、五角星祛魔、花占），民俗（婚礼习俗、魔鬼和女巫的扮相行止），等等，林林总总，不一而足。涉及宗教礼仪和习俗的，有如复活节，如洗礼、忏悔、婚姻、终傅圣事，如圣母敬拜、安魂弥撒，等等。在这个意义上，《浮士德·第一部》也称得上一部了解欧洲和德国民俗习俗实践的手册。若能借助台词想象舞台表演，那第一部就是一部既活泼生动又入戏好看的剧。

然而，在所有上述语文学和文化史层面之上，理解《浮士德》的难点还在于中西方世界观以及由世界观导致的思维方式的差异。西方的世界观中，至少歌德时代依然如此，是包含一个超越此世的天国的维度的。与此相关的，是有限与无限、善与恶、精神与物质、灵魂与肉体等二元对立的思想。人的生命于是就时时移动在这种二元张力之中。

《浮士德》所演绎的，究其根本，也正是人生的种种悖论。首要的，是人天生的有限性与追求无限的意志之间的悖论。浮士德以为自己是“神照着自己的形像”所造就，与神同形，妄图因此与神比肩，却受到低一级的（地）灵的鄙夷，以为他过于渺小，根本不配与自己相比，讥讽他不过“等同于你所理解的灵，/ 而不是我！”（512—513）浮士德被这一句“雷言”掀翻在地，像一只蛆虫蜷缩起来，于绝望中试图通过饮鸩融入万有，由此达到超越的彼岸，去认识自然的奥秘。再者，是人除非处于“绝对的安息”，处于一种无为冥想的状态，否则只要有所行动，与外界发生联系，就势必受意志和欲望驱使，进而与魔鬼结盟。故而只要浮士德囿于书斋，便不会对外界造成实质性危害，他一旦走出书斋，且一意欲将形而上的想象付诸实践，则势必与魔鬼为伍，给他人、给他所生存于其中的自然和人文环境带来毁灭性打击。

那么，如何逾越人性固有的悖论，歌德的方案也只能是基督教式的。他为《浮士德》补加了天堂序剧，并对之以终场的末日审判和升天。正如格雷琴终把自己交付给天主，歌德也寄托于神的救赎。人世间的一切都被括在天堂框架中，被置于神的掌控之中，哪怕梅菲斯特也不过属于神的救赎计划。人终究无法自我救赎，而是需要超越的爱与宽容来获得救赎。如果说创作于中青年阶段的《浮士德·第一部》还乐观地停留在对人的虚妄的嬉笑和揶揄，那么创作于老年阶段的《浮士德·第二部》则多了一份悲悯之心，也多了一份对基督教传统的回归。这便是如前儒所概括，与儒家之性本善相比，"基督教不那么乐观，基督教认为罪恶没那么简单，人之能力不那么大，不能克服罪恶，需靠祈祷，求上帝加恩"[①]。

而"中国人不想超世界超社会之外，还有一个天国"[②]。并且中国人既一心专注于"这个世界这个社会"，其结果是以道德和伦理代替宗教："[西方]以宗教若基督教者作中心；中国却以非宗教的周孔教化作中心。"[③] 周孔教化是非宗教的，是道德的。因此国人会对《浮士德》超越的框架和思维方式感到陌生，会有意无意将其屏蔽，转而专注于浮士德在此世的道德层面的对错得失。这样就人事而论人事，显然还未触及《浮士德》的高点，不算认识到欧洲文化、德国文化的"最基本的内在心灵"。[④] 即若仅从道德层面去理解，按下《浮士德》的超越层面不提，就无异于抹杀了中西差异，套用（地）灵的话，则《浮士德》就等同于我们所

① 牟宗三:《中国哲学的特质》，吉林出版集团版，第108页。

② 钱穆:《中国文化史导论》，商务印书馆版，第19页。

③ 梁漱溟:《中国文化要义》，上海人民出版社版，第50页。

④ 牟宗三,《中国哲学的特质》，第101页。

理解的《浮士德》，而不是歌德的《浮士德》。综此，超越于此世层面，再向上追溯，才是理解《浮士德》的关键——无论是他的追求无限，还是他的原罪造成的灾难，还是他的得救。

以下就第一部翻译的原则和特殊处理，略作说明。总体上，第一部的移译，仍然秉着据实译出的原则，这包括尽量配合原文的戏剧形式、诗歌形式和标点形式。因原文是剧本，用于戏剧演出，诗歌格律和韵脚均极为工整，但凡有无韵、不押韵、孤韵的地方，或有格律紊乱的地方，一定另有意义。只是为演员用中文念白和背诵台词方便，多将德文的交叉韵、环抱韵等改为中文习惯的对韵，格律则只能尽量从中文格律。标点符号尽量从原文，有时不甚符合中文规则，但为还原和照顾德文文脉之故。台词中的口语、俚语、俗语、打诨之语、阴阳怪气的反讽，尽量遵原文意思按等价的中文译出。以往约定俗成的译名，除非与原文出入太多，尽量沿用。

比之第二部，第一部中有更多圣经引文，它们或以直接引用，或以化用，或以戏仿的形式出现，弥漫在台词的字词或句式中。这部分尽量参和合本移译，并多在注释中给出相应经文。在译毕第二部后，我开设课程，与研究生再次细致通读了一遍路德版德文《圣经》，也就是歌德时代通行的译本，发现《浮士德》中有太多用词源自德国人耳熟能详的路德版《圣经》。既然是圣经用词，则天然携带了经文语境。只可惜在注释中不能一一列出。

就此话题，尤要提醒，德语文学与中国文学有所不同，德文更注重说理陈义，即便写景状物，也以自然科学的观察为基础，而非纯粹的言情或修辞。比如梅菲斯特自我介绍的那段：

梅菲斯特

我则是起初是一切的那部分的部分，

是诞育了光的黑暗的一部分，

骄傲的光于是与黑夜母亲

争夺她古老的地盘和位分，

却终不能得逞，因任其如何努力，

都附着于物体无法分离。

光源自物体，令物体美丽，

却总有物体把它阻挡，

故而我希望，用不了多久

它便和物体一起消亡。（书斋［一］，1349—1358）

梅菲斯特称自己是“起初是一切的那部分的部分”，犹言自己是黑暗和混沌的一部分。因据《圣经·创世记》，在神造光之前，起初一切皆为黑暗；神造了光之后，黑暗即成为宇宙的一部分。根据梅菲斯特的创世论，因先有黑暗，后有光，于是光仿佛由黑暗母亲诞育出来，且光一旦出生，便与黑暗母亲争夺地位和空间。然后话锋一转，又舶入物理学理论，针对基督教对光的理解——神即永恒的光，是超自然的——诡辩道，光是物质性的，必须附着于物质性实体而存在，因而是有条件的、有限的，相对于绝对的、无条件的黑暗来说是次一级的，必定随物质世界一起消亡——黑暗、魔鬼终将得胜。

再如浮士德从远处观察女巫聚会的魔山（哈尔茨山布罗肯峰）那段，乍看以为只是对自然山景的描写，细读发现其中掺入了女巫聚会的魔幻色彩和地狱的隐喻，再参注释，得知原来其中还杂糅了矿山学术语，又在实写哈尔茨山的矿脉景象。歌德曾负责魏玛公国矿山管理，多次考察富矿的哈尔茨山，该节相当于一段矿山学意义上的观察实录：

浮士德

朝霞一般殷红的光
奇异地纵贯谷底！
且直向山涧深处
张开的咽喉探将进去。
浊气升腾，烟团浮荡，
氤氲雾霭泛着红光，
一时如游丝缓缓伸展，
一时如大水喷出泉眼。
在一处如千百条血管
结成束伸展长长一段，
另一处在狭窄的山脚
倏地发散成一道一道。
近处有火星喷发，
犹如扬起的金沙。
看呐！在高高山巅
山石巨岩通体在燃。（瓦尔普吉斯之夜，3916—3931行）

“纵贯谷底的殷红的光”，犹火山爆发后熔岩形成的矿脉，在黑夜中散着红光，又如地狱入口喷火的咽喉。富矿挖掘开后，会有浊气上升，火团样的烟霾浮荡。“游丝”“血管”指狭窄的暗红的金属矿脉，一条条在开阔的谷地结成一束，在狭窄的山脚散开。而最后令山体燃烧的既具体指涉女巫聚会的篝火，也令本节最后落到魔鬼所属或属于魔鬼的元素——火。如此一来，自然景观、地狱隐喻、科学描述浑然一体，析之又层次分明。

《浮士德》是一部关于人生的经验之书，智慧之书，哲理之书。如何阅读之？根据我个人的经验，面对这样一部人生之书，会在不同人生阶段有不同感悟。故而，正如阅读任何文学经典，人生修为未到，一时看不进去便不必强求，抑或即便一时以为读懂，亦可间隔数年之后再读。因随阅历的积累、人生感悟的加深，你的理解程度、它与你的亲和会大有不同。或者说，也只有当你有意审视和思考人生时，才读得进去这样的书。

《浮士德》由一个个相互关联但又相对独立的单元组成，大可不必如强迫症患者，强迫自己从第一页开始，从头至尾连贯阅读，而是可以随便翻开某页，或只找自己感兴趣的片段去读。歌德本就随性起落的创作过程，为这种读法赋予了正当性。《浮士德》中精句累累。20 世纪初，德国出现过“《浮士德》精句日历”，一年到头，每日一段。可见其中的格言警句，其所表达的普遍人生智慧，既可在具体场景中熠耀生辉，也可摘录出来，放之四海。读者其实也不妨以此为前餐，先略品一品味道。

只要做事，则孰能无过。偌大一部《浮士德》，熔铸了歌德平生的学识、哲思与智慧，论哪位译者都不免百密一疏，更何况就我的学识和人生经验，与翻译《浮士德》当具备的前提，相差之远有如云泥之别，错解、硬伤、词不达意之处，在所难免。希望读者以宽容和体贴之心对待，并不吝赐教。

2022 年 7 月于京郊西二旗

目录

第一部简要说明

《浮士德·第一部》共计 4612 诗行，散文 60 行，占全剧 12111 诗行的三分之一强。整本首次出版于 1808 年。

歌德很早就开始了《浮士德》的创作，有推测说最早在 1768 年，但具体何时开始，已无从考究。1887 年，歌德研究专家施密特偶然发现一份手抄本，推测成文于 1772 年或 1773 年，歌德时年 23 岁或 24 岁。这份手抄本一直被学界称为《浮士德·原始稿》(Urfaust)，后由薛讷改为《浮士德·早期稿》。更名的理由是，无法断定这个抄本就是原始的初稿。手抄本系一位宫廷女官听录，也就是说，歌德最早是在朋友圈子里朗读《浮士德》的。此后，歌德不断对早期的创作进行修改补充，至 1790 年，正式出版了《浮士德·未完成稿》。该版内容已较手抄本丰富了许多。

再往后，于 1795—1805 年间，歌德重拾《浮士德》创作，对之进行了大幅增补，主要增加了开头的献词、舞台序幕、天堂序剧三部分；加写了学者剧中梅菲斯特出场、与浮士德立约等重要情节；同时加入了女巫的丹房、瓦尔普吉斯之夜和瓦尔普吉斯之夜的梦等类似魔幻剧的大场，至 1808 年《浮士德·第一部》正式出版，始成今天所见格局。歌德时年 59 岁。

《浮士德·第一部》主要由两大部分组成。其一为学者剧，其二为格雷琴剧。考其雏形，可以推测创作的原始契机，大约一是当时仍流行于民间的浮士德题材作品和浮士德木偶剧，二是歌德在大学时代及作为法学毕业生实习阶段的经历，后者包括大学生活、陪审弑婴女案件等。因此第一部的线索也相对清晰：对学者、学院生活及大学建制的讽刺；对失足平民女子的同情。

然虽线索明晰，内容却极为驳杂。第一部再现了很多被启蒙屏蔽掉的近代早期思想文化，诸如魔法和炼金术；呈现了丰富的渐被遗忘的民俗，如城门外、女巫的丹房、瓦尔普吉斯之夜诸场中大量的民俗文化元素；上演了日常宗教生活习俗，如钟声与合唱中的复活节习俗，壁龛中的拜圣母等。这些生动的场景，对于整体认识欧洲文化史弥足珍贵。

由于第一部的创作时间前后持续三十余年，而这三十余年，又恰好是德国政治与文坛发生剧烈变革的时期，作者本人的学识、思想、人生经历和创作风格也多有变化，而这些无一不在《浮士德·第一部》中留下痕迹，也造成剧中偶有不连贯甚至前后抵牾之处。故而了解成文史，将对解惑大有帮助。因我们今天所见文本呈现的顺序与成文史多有出入，换言之，歌德并非一气呵成，从头写到尾，而是不断删改补写，更改场次顺序。

容易造成理解困难的还有一个因素，即是歌德选取了浮士德这一中世纪晚期向近代早期过渡阶段的学者形象，在顾及素材所携带的历史语境、文学戏剧传统的同时，又掺入了歌德时代（启蒙时期）学者的思想和面貌，两厢叠加，难分彼此。这就需要读者或观众启动自己的知识储备进行辨析。然而另一方面颇为有趣的是，如此插片式的嵌入，也正暴露出近代早期与启蒙在某些方面的一脉相承，尤其就学者剧所要表现的主题——学者的虚妄与渎神——而言。

格雷琴剧以歌德时代一个显著的社会问题——弑婴女——为背景，记录和呈现了情感游戏的程式与修辞。由主角浮士德一方观之，格雷琴剧并非所谓爱情悲剧，而是一部赤裸裸的诱惑剧。对此详见格雷琴剧相关注释及说明。

《浮士德·第一部》所演绎的是人的欲望，是被近代－启蒙解放的求知欲和情欲。学者剧聚焦于求知欲，格雷琴剧聚焦于情欲。人的智识、情感和爱欲，在近代－文艺复兴和启蒙时期被用来彰显人的个性，再渐次用来将人提升到与神比肩的地位。《浮士德·第一部》演绎的正是人的傲慢如何首先在私人领域将人引向渎神和堕落。人若受欲望驱使，无休止地去实现个人意志，则势必与魔鬼结盟，与魔鬼为伴。这便也是梅菲斯特角色的基本寓意。有关这一角色的进一步说明详见相关注释。

本场说明

本场献词，位于第一部开篇，本当为题献所用，在此是记录歌德若干年后重启《浮士德》创作时的感怀。

自 17 世纪巴洛克文学始，献词就是作品尤其戏剧作品常见的组成部分，一般题献给邦国君主、市议会或赞助人。本场遵循这一传统，占据献词的位置，却并无题献的对象，而是移作他用。

1794 年起，歌德开始与席勒密切合作，席勒不断督促歌德重拾一度中断的《浮士德》创作。歌德再次提笔，大有恍如隔世的感觉。昔日笔下的形象已沉浮不定、飘摇不清，但又仿佛从灵界升起，涌到作者心中，让他兑现青年时代的“妄想”。然而“我”并不确定自己此番能否把握它们，更何况世易时移，故友不再，今人的喝彩不过令人心悸。献词句句抚今追昔，大有巴洛克式对世事无常、人生如梦的惆怅。

本场不见于《早期稿》和《未完成稿》，系作者 1790 年代中重拾创作时所加，约创作于 1797 年。本场通常也在舞台上呈现，如在 2000 年彼得·施泰恩导演的全本《浮士德》中，本献词即由导演本人在舞台上朗读。

献词原文用八行诗节（Stanze）形式：每节八行，五步抑扬格，韵脚为 abababcc。整首诗格律整齐，沉郁缓慢，符合感怀基调。

献词

飘摇的形象啊，又来到近旁！　　早年所作《浮士德》中的形象。
你们曾呈现给那忧郁的目光。
此番我会试着把你们把握？
我的心还会执着于那份妄想？
5 涌上前来吧！既已在我周身
走出烟雾，那就请你们坐镇；
我的胸中感觉到青春的激励
因着笼罩你们的神秘的气息。

你们带来欢乐日子里的画面，　　回想起当初创作时的场景。
10 一幅幅可爱的剪影徐徐浮现；
如同一个古老而渐逝的传说，
初恋和友情也一道触目可见；
痛苦新添，有挽歌重又唱出
生命中那迷宫也似的迷途，
15 哀悼那些好人，他们在良辰
为幸运所欺，先我别了凡尘。　　其间很多友人已逝。

他们再听不到下面的歌吟，
最初的歌曾唱与这些灵魂；
友好的欢聚早已烟消云散，
20 可叹最初的应和渐行渐远！
我的歌要面对陌生的一众，
纵其掌声也会令我心惶恐，
那尝因我的歌欣喜的人啊，
纵健在，也各自流落天涯。

25 一个久违的渴望把我摄住
去往那肃穆的魂灵的国度，
不可名状的旋律中遂飘起
我喃喃的歌曲，如风抚琴，
我一阵阵战栗，涕泣如雨，
30 绷紧的心顿感温和而柔软；
我所拥有的仿佛远在天边，
久已消逝的将真切地上演。

歌德曾在朋友圈中朗读《浮士德》，惜当日的友人已不在。

作品将要面对陌生的读者或观众。

昔日的知音难觅。

本场说明

舞台序幕位于正剧开始之前，相当于一个引子或节目预告。此时舞台上出现三个人物，分别为剧团领导、剧作家和丑角演员。

由台词可知，此处呈现的是一个流动剧团的格局：剧团领导负责戏剧演出的组织和经营，剧作家负责创作剧本，丑角一般是剧团的主角和台柱子，代指演员。这三方是任何戏剧演出都不可缺少的组成部分。只有三方相互协调、相互合作，方可维系一个剧团的生存，保障演出顺利进行。

舞台序幕是一场谐剧，剧团领导、剧作家和丑角各据其理，相互揶揄，把三方既相互蔑视又相互依存的关系演绎得淋漓尽致。简言之，剧团领导关心的是票房，只有观众趋之若鹜，剧团才能赢利并得以为继。为此他必须迎合观众口味，要求情节复杂，面面俱到，令来看戏的人各得其所。他对剧作家的较真儿不以为然，认为观众没那么高的艺术追求和审美能力，大家不过为消遣和猎奇来看戏，对牛弹琴无需精益求精。同时为吸引观众还需要“烈酒”，要不惜动用新的舞台技术，营造轰动效果。

剧作家关心的是作品如何流芳百世。他自视清高，认为诗人可以自己胸中吐纳的和声打动人心，征服宇宙；认为人的力量当在诗人身上启示出来；诗人甚至可以给无能动性的自然带来生命的律动。由此，他一方面鄙视来看戏的观众，视其为避之不及的俗物；另一方面睥睨领导的要求，认为那是让他进行匠气十足的粗制滥造，侵犯了诗人的权利。

丑角与剧作家相反，只关心演出如何给现世的观众带来乐子。为此，他认为演员要有丰富的想象力和充足的笑料；主张戏剧要取材于形形色色的生活，捕捉人生的入戏之处，让观众大快朵颐。因人生本就一片混沌，无纯净澄明可言，且迷途多于真理，故而把生活原本地呈现出来，至少对青年大有裨益。

对于三方观点，歌德似乎并无厚此薄彼之意。他运用文学反讽，呈现出三方之间的张力，即各方均有一定道理，又有一定偏执。毕竟歌德本人就曾集三重身份为一身：他组建过魏玛宫廷剧院，并于 1791—1818 年担任领导长达二十七年之久；他同时是剧作家并客串过演员。舞台序幕可谓基于歌德自身经验而作。它揭示出戏剧生活中一个永恒的悖论：不关心票房，剧团就无法生存（《威廉·迈斯特的学习时代》对此表达得十分贴切）；不取材生活，不给观众带来快乐，则不合戏剧寓教于乐的宗旨；一味迎合观众的猎奇心理，戏剧就会变得越来越低俗。或许正是三方之间的彼此制衡，才保证了戏剧的存续。

本场约作于 1798 年 12 月。有说法认为，它原为 1798 年 10 月魏玛剧院整修后重新开张而作，后经改编纳入《浮士德》。在 2000 年施泰恩导演的全本《浮士德》中，导演本人饰剧团领导，已上装的浮士德和梅菲斯特分别充当剧作家和丑角演员。

舞台序幕

剧团领导，剧作家，

丑角演员

剧团领导

冲剧作家和丑角演员。

二位仁兄，承蒙屡屡

适逢惨淡经营而不弃，

35 请讲讲在德意志诸邦

对咱们的营生抱何希望？

18 世纪下半叶，德国戏剧正在寻找新道路。

在下则惟愿让观众惬意，

有他们咱们才活得下去。

流动剧团搭建起临时（露天）戏台。《浮士德》剧最早即通过流动剧团传播。

桩子竖立，戏台搭起，

40 人人都盼着看场大戏。

众人已款款端坐那里，

瞪大眼睛，等着惊喜。

我知如何平复大众心意；

但只还从不曾如此无语；

45 虽说尚不习惯上上佳作，

可他们读的书也实在太多。

观众读书多便见怪不怪，不好对付。

如何是好？如何既新奇

又有意义还要讨人欢喜？

我当然极愿看见，人群

50 潮水般涌向咱们的戏园，

且一浪接一浪狂澜一般

蜂拥着挤进恩宠的窄门，

大白天里，日未偏西，

就拼杀到售票处那里，

55 如在荒年的面包店门口，

为一张票打得头破血流，

对众口唯诗人可行奇迹；

老兄，动手吧就在今日！

化用《马太福音》7:13："你们要进窄门"。彼处指通往真理之门。

原文：四点，即距开场两小时许。

诗人：广义上的作家。

戏仿主祷文，参《马太福音》6:11："我们日用的饮食［面包］，今日赐给我们。"

剧作家

休要把各色人等与我提起，

60 见之我们的精神避之不及。

快快把乌泱泱的人群遮蔽，

它陷我们于漩涡身不由己。

哦引我到清净的天堂一隅，

那儿只对诗人绽放纯的欢喜；

65 那里爱和友谊用诸神之手

创造并呵护我们心之福佑。

用八行诗节，拟作家富艺术性。据下文，当为老者。

天上供诗人偏安的窄地。

唉那迸自我们心底的东西，
那发自双唇间的喃喃私语，
此刻无论是败笔还是名句，
70 当下皆犹如猛兽将之吞毙。

当下，眼前、瞬间，如猛兽，将用野蛮之暴力吞噬诗人的创作。

而常常要经过岁月的涤荡
方得尽显作品完美的形象。
闪光的东西，为眼下而生；
纯真的作品才会百世流芳。

丑角演员

牧歌体，音步自由，用韵整齐。

75 我才不要听到什么百世；
倘若就连我也大谈后世，
那谁来给现世制造乐子？
现世既要乐子给也无妨。
一个乖巧的小伙站在台上

丑角自指。

80 窃以为总比没有要强。
谁若懂得声情并茂，
便不会被大众的情绪惹恼；
他盼着有一大群看官捧场，

自指。

再多少打动些他们的情肠。
85 二位只需乖巧且做出榜样，

用上想象，连同所有文章，

诸如理性理智，感受激情，

18世纪下半叶德语文学中的关键词。

尤其要记着，缺了逗乐不行！

剧团领导

特别是要让它无所不包！

90 人来看戏，就是来看热闹。

若能在眼前翻出花样，

引得众人引颈张望，

二位就已在大面上取胜，

成了人见人爱的戏精。

95 海量的观众对以海量的内容，

终归要让人人各得其所。

花样多才让人各有所得；

散场时人人都心满意足。

若演一部，就把它分成几出！

100 如此杂烩会让您好运十足；

轻松地编写，轻松地交付。

呈上一个整本又何苦来，

整本，整体：古典式结构完整的戏剧，而非拼凑。

观众们终究要拆开各取所爱。

剧作家

您感觉不到，这样的手艺多么粗鄙！

105 与真正的艺术家全不相宜！

伪君子们的蹩脚之作

看得出您视之为金科玉律。

改八行诗为牧歌体。

很可能在影射当时的通俗剧作家如考策布（Kotzebue）之流。

剧团领导

这样的指摘于我无关痛痒；

谁若想真正百世流芳，

110 那他定要盯住利器不放。

可您要劈的是段软木，

为谁而写，要看清楚！

这位是闲来无事，

那位是吃饱了来消食，

115 或者，更为糟糕的是，

某人竟是刚读罢报刊杂志。

心不在焉，如奔赴狂欢舞会，

唯好奇心令他们健步如飞；

女士们打扮得花枝招展

120 仿佛是前来免费助演。

您宁高卧于诗人－山顶做梦？

报刊杂志（Journale）：晚期启蒙流行的致力于大众启蒙的宣传品，在此指消遣文学。

缪斯所在的奥林匹斯山。

抑或座无虚席让您高兴？

仔细看看您身边的施主！

一半冷漠，一半粗俗。

125 这位想散了戏把纸牌玩，

那位想拥着酥胸浪上一晚。

尔等可怜的傻瓜，就为此，

要去折磨优雅的缪斯？ “酥胸”押“缪斯”。

我奉劝足下，多多益善，不遗余力，

130 如此便永不会把目标偏离。

只消设法搞得人眼花缭乱，

想让人满意则难上加难——

当头一击？是痛苦还是欣喜？ 剧作家受到打击。

剧作家

那就请你去另寻奴隶！

135 难道诗人当把至高的权利，

也就是自然赋予他的人权，

因你之故而肆意地摒弃！

他用什么去打动人心？

他用什么去征服自然？

140 岂不是那由他胸中涌出

又把世界纳入心间的和弦？

若自然只把无尽的丝线，

漠然地绕到纺锤上面，

若万物之不和谐的一团

145 怏怏不快地喧嚣成一片：

是谁为混沌而单调的行列

分节，赋予其律动和生机？

是谁召叫个体进入普遍的圣仪？

在壮美和声奏响的地方，

150 是谁令狂飙肆虐为激情？

是谁令晚霞燃烧得通红？

是谁把世间美丽的春花

抖落到情人漫步的小径？

是谁把寻常的绿叶编成

155 桂冠给世上卓越的功臣？

是谁保护奥林匹斯，一统众神？

人的力量，启示在诗人。

织机的比喻。

只有诗人具有能动性。以下针对造物的诘问拟《约伯记》中天主对约伯的诘问。[1]

---

① 参《约伯记》38（“耶和华回答约伯”一章）。

丑角演员

那就请用那些畅美的力，

来做你诗人的生意，

160 如同经营一桩爱情游戏。

偶然相遇，生情，留下

渐渐纠缠其中不可自拔；

幸福渐长，继而陷入痴迷，

正陶醉其中，痛苦却将至矣，

165 转眼间，就成一部传奇演义。

咱们也不妨来这样一出戏！

就抓取形形色色的人生！

其人人经历，意识到的无几，

您若抓住，便着实有趣。

170 世间百态中了无澄明，

迷途多多，真理一星，

如此酿成最美的甘露，

给世人提神令世人鼓舞。

于是如花的少男少女聚于

175 你们台前，聆听启示，

于是每一个温柔的心房

从大作中吸吮忧郁的食粮；

揶揄诗人唱高调，其给出的也不过是言情的通俗之作。

原词“Roman”。爱情剧的套路。

于是这厢激动那厢偾张，
人人看的不过是心中所想。
180 他们尚跟着一起哭一起笑，
他们尚崇尚激昂，喜欢假象；
那老成的，没什么能合其意；
成长中的则总是心存感激。

剧作家　　　　青春的冲动。

那便也还给我那些时光，
185 那时我自己还在成长，
那时的歌如泉如涌
无时无刻没有新的诞生，
那时有浓雾笼罩我的天地，
蓓蕾依然许诺着奇迹，
190 那时我采撷鲜花万千，
它们把所有的山谷开遍。
我两手空空却足足拥有，
对错觉的意趣，对真理的追求。
还给我所有那些冲动，
195 深深的充满痛苦的幸福，
仇恨的力量，爱的权柄，

还给我我青春的时光！

丑角演员

奉劝诗人不要再幻想青春，似年轻人那般愤世嫉俗，而是安于老年人的平和。

青春嘛，朋友，你固然需要，

当战场上敌人逼近，

200 当最可爱的姑娘们

搂着脖子使劲把你拥抱，

当赛跑的桂冠远远地

在遥不可及的终点把手招，

当天旋地转的劲舞后

205 还要筵宴痛饮无数个通宵。

然而平和且优雅地

操起娴熟的琴艺，

诗人抚琴歌唱。

带着颟顸的迷茫

朝着自定的目标徜徉，

210 老先生们，这才是你们的本分，

针对诗人。

我们的敬意不会因此减少毫分。

俗话说，人老不是变幼稚，

而是成了真正的孩子。

剧团领导

来来回回话已说得够多，

215 终该让我看看如何去做；

与其在这里相互奉承，

不如看做些什么有用。

大谈特谈情调且有何益？

只说不练它不会显迹。

220 您既标榜自己是诗人，

那便指挥诗去冲锋陷阵。

您知晓我们的需求，

我们要饮高度的烈酒；

您便即刻开始酿造！

225 今日不做则明日蹉跎，

只争朝夕一日不可错过。

当早做决定，不失时机，

果断地把握力之所及。

既做了决定便不言放弃，

230 且要继续，因为必须。

诸位可知，在我德意志舞台

人人尽其所能标新立异；

反话。

能给人强烈感官刺激的东西。

“决定”押“必须”。

转向剧务人员，进行交代；同时也针对观众，做整部剧的预告。

故而今日也休为我顾惜

无论是背景还是那机器。 大力投入新型舞台布景和机械装置。

235 尽可用上大小的天光， 指日月。语出《创世记》1:16-17。[①]

众星多铺张些也无妨； 关于神造众星，参上。

水火也罢，峭壁也好， 含水、火、土元素。

飞鸟牲畜一样不可缺少。 关于神造雀鸟、飞鸟、牲畜、野兽，参《创世记》1:20-25。[②] 戏台含整个造物。

就请列位在这小小的戏园

240 行走整个受造物的大千，

且从从容容不紧不慢地

由天堂穿过人间走向地狱。 点题人间大戏。

---

① 《创世记》1:16-17：“于是神造了两个大光，大的管昼，小的管夜，又造众星，就把这些光摆列在天空，普照在地上，[……]”

② 《创世记》1:20-25：“神说：水要多多滋生有生命的物；要有雀鸟飞在地面以上，天空之中。神就造出大鱼和水中所滋生的各样有生命的动物，各从其类；又造出飞鸟，各从其类。神看着是好的。神就赐福给这一切，说：滋生繁多，充满海中的水；雀鸟也要多生在地上。有晚上，有早晨，是第五日。神说：地要生出活物来，各从其类；牲畜、昆虫、地上的野兽，各从其类。事就这样成了。于是神造出野兽，各从其类；牲畜，各从其类；地上一切昆虫，各从其类。神看着是好的。”

简评

鉴于舞台序幕的预告功能，剧团领导的结语，对于理解整部《浮士德》至关重要。它包含以下几个信息：其一，本剧上演的背景在18世纪下半叶，时值德意志戏剧转折阶段。17世纪宫廷风格的巴洛克政治历史大戏面临清肃，市民知识分子倡导的新型市民剧滥觞，人们无所不用其极，进行着各种改革和试验。然而本剧却称，它要不惜投入舞台布景和机械装置。这令人联想到巴洛克戏剧（尤其耶稣会戏剧）重视舞台装置、舞台效果的特征。

其二，台词连续使用《圣经·创世记》第一章神造万物中的语词和提法，诸如大小天光、众星、牲畜、飞鸟等，以几个关键词，令观众联想到整个受造的大千世界。其三，本剧欲在小小的戏园，全方位呈现人生三界，即天堂、人间和地狱。这显然是巴洛克式“人间大戏”（theater mundi，也译“世界舞台”）的格局，也构成《浮士德》剧的基本框架。

舞台序幕开宗明义，表明即将上演的《浮士德》既非莱辛意义上的市民悲剧，亦非席勒所谓的“道德教育机构”，甚至不是歌德本人意义上的古典戏剧，而是遵循巴洛克宗教剧传统，由天堂开场，终于末日审判，在其间演绎受造世界和人生百态。

本场说明

天堂序剧是《浮士德》正剧的开场，为整部剧给出了基本框架：始于天堂，终于天堂，其间演绎的是浮士德作为人的一生。

本场约作于1800年。歌德大约在1797年之前就有了计划。据考，为呼应“序剧”（Prolog），歌德还同时拟定终场标题为“尾声”（Epilog），展现类似末日审判场景——后将终场更名山涧，但表现的仍为末日审判。

薛讷认为这相当于引用了人间大戏（一译世界舞台）的结构，至少是一种“结构引用”。这一结构起源于13世纪欧洲的宗教剧，至17世纪巴洛克宗教剧最后成型，杰出代表是西班牙剧作家卡尔德隆。《浮士德·第二部》中这一结构特征更为明显。

就具体内容而言，本场借用了《旧约·约伯记》框型叙事的开头：首先出场的是天主和众天使，撒旦—梅菲斯特位列众天使，同属天主的仆从；而后是撒旦—梅菲斯特与天主的“打赌”；要经受考验的是神的仆人约伯—浮士德。

浮士德与约伯之间存在本质差异。这一差异在类比中得到凸显：约伯是义人的代表，他经受住魔鬼考验，经过上下求索，最终认识到自己的卑微，坚振了对神的信仰。浮士德则相反。他作为近－现代人的代表，自始便悖弃神，继而与魔鬼结盟，再至发展到利用梅菲斯特去实现自己的意志。

当然，歌德笔下的天堂序剧在基督教框架下，舶入了古希腊自然哲学关于宇宙天体的认识，也掺入了歌德时代的自然科学话语，它尤其借梅菲斯特之口，讽刺了启蒙对人的理性的过度崇尚。

由戏剧形式来看，本场主角是丑角梅菲斯特——有丑角出场的地方，即是谐剧。因此天堂序剧虽不乏严肃话题，但绝非纯粹哲学思辨，而是屡屡被调侃和插科打诨等喜剧、滑稽剧元素冲淡。在天主与梅菲斯特关于浮士德的讨论中，不仅多有相互抵牾的表述，而且事实上，由整部《浮士德》，尤其由作于二三十年后的第二部反观，此处的打赌对以后的情节并无真正的规定性和约束力。故而，与其说天堂序剧为戏剧情节规定了走向，不如说它是在以基督教智慧文学至理名言的形式，普遍性地谈论人（详见 343 行脚注）。

本场天使用四音步抑扬格，交叉韵，激昂豪迈，庄严而喜悦，在演出中选取 16、17 世纪教会赞美诗曲调，采用配乐诗朗诵形式。梅菲斯特的诗体从刻意模仿天使，逐渐过渡到他以后常用的牧歌体。因牧歌体音步和韵脚相对灵活，适合梅菲斯特叙事、诡辩和打诨之用。天主的格律同梅菲斯特。

天堂序剧

天主，

一大队天兵，[①]

梅菲斯特 随后。

三位大天使走上前来。

拉斐尔

三位大天使中最小，希伯来语意为“神的名字”。拟用教会赞美诗曲调，歌颂太阳的壮美。韵脚开原音，响亮。

太阳依古老的式样

在兄弟天体中竞唱，[②] 天体，自然科学术语。

245 她完成规定的旅程 规定，按轨道。

步伐矫健如雷轰鸣。

其目光给天使力量，

纵无人可探究其方；

杰作高邈不可思议 太阳的杰作。

① 一大队天兵，die himmlischen Heerscharen，指众天使，天使群，语出《路加福音》2:13-14：“忽然，有一大队天兵同那天使赞美神说：在至高之处荣耀归与神！”

② 兄弟天体，毕达哥拉斯式的想象：太阳及其行星一同绕宇宙中心火运转，并与之一同构成宇宙和谐。又据亚里士多德，天体运转时发出巨大声响，共同构成宇宙和声。近代开普勒曾试图证明宇宙和声的存在。

250 壮美如在开天之日。

神造物的“头一日”。本节融合了古希腊自然科学与基督教对造物的解释。[①]

加百列

第二大天使，也称报喜天使，曾向圣母玛利亚报告圣诞的福音。

飞速不可思议飞速地

地球运转偕山河壮丽；

地球绕日或与太阳一道绕宇宙中心火运转。

与伊甸园的明亮更迭

深沉令人战栗的黑夜；

言昼夜交替。

255 海汹涌于宽阔的百川

汹涌于峭壁下的深渊，

一说海（das Meer）和峭壁（die Felsen）应和歌德时代水成说和火成说的话语。

大海与高山被裹挟着

进入永恒飞速的运转。

地球上一切河海山川皆随之一同运转。

米迦勒

天使长，天使中最大的一位，“斗士”的意思。

但见狂飙呼啸竞相，

260 从海到陆，从陆到洋，

狂飙肆虐席卷之地

处处留下深深印记。

造成一系列破坏。自然恣肆暴虐的一面。

闪电放出熊熊火苗

恣肆地为雷鸣开道；

---

① 人不可以直接认识神，但可通过神的造物去认识，参《罗马书》1:20：“自从造天地以来，神的永能和神性是明明可知的，虽是眼不能见，但借着所造之物就可以晓得，叫人无可推诿。”

265 而天主，你的使者，

天使。

仰慕你的岁月静好。

原文：时日温和地迁移。

由古希腊自然科学对宇宙的想象开始，终于基督教之神造万物。前者壮美但不乏自然的暴力，后者缓慢温和。

三天使

你目光给天使大力

因无人可究其奥秘，

复沓，上文言太阳的奥秘，此处指天主的奥秘。

所有你高邈的杰作

明确指出造物是天主的杰作。

270 壮美如在开天之日。

同上，参《创世记》1:5。

以下简称梅菲斯特。[①] 以上是三大天使对宇宙和造物的赞美，以下转入对人——小宇宙——的讨论。

梅菲斯托菲勒斯

哦我主，你既再次驾临

再次，针对第一次，指《约伯记》中天主向撒旦询问约伯近况。

把我等的诸般近况问询，

又加之你一向见我如故：

---

① 梅菲斯托菲勒斯，Mephistopheles，角色及呼名源自1587年施皮斯版《约翰·浮士德博士的故事》，之后为各种浮士德故事书及戏剧、傀儡戏沿用。该词在希伯来语中有“善的破坏者”“撒谎者”的意思，在希腊语中有“不爱光明者”的意思。确切含义不得而知。在《浮士德》剧中，它略对应“撒旦”（Satan）或德文的“魔鬼”（Teufel），但又不完全一致。后两者是纯基督教概念，其中撒旦又有三重主要含义：该词最早用于以色列法实践，是“原告”的意思，巴比伦之囚后，用来指天上审判的原告，负责在神的宝座前罗列人的罪；在《约伯记》中，撒旦位列天廷侍从，是一名“上帝之子”；到了新约时代，撒旦才成为与神对抗的力量，魔鬼，此世的主人，但终将为神所战胜。歌德未曾对这个角色及呼名给出明确说明，在行文中也偶尔使用“撒旦”或《圣经》中其他对魔鬼的称呼（如Diabolos）或德语中的Teufel。这种不确定性给角色功能变换和角色阐释留下很大空间。

瞧我这便忝列你的众仆。

此处将《约伯记》中“神的众子”（天使）置换为一个采邑制下的概念——“仆”从。[①]

275 可惜，我不会唱什么高调，

不比天使。以上模仿天使的格律，以下滑落到牧歌体，便于叙事、打诨、讨论。

就算整个圈子都把我嘲笑；

我的激昂定让你开怀大笑，

与天使的激昂相比。

倘若你还没有把笑戒掉。

我不管什么太阳和星体，

280 我只看到人如何折磨自己。

世上那尊小神总是一副模样，

小神：如莱布尼茨《神义论》中称人为“小神”或“小宇宙”。

和在头一日里一样奇异。

“头一日”在此泛指造物之初。人虽是万物的冠冕，但仍是受造物。刺人的自以为是。

他或许能活得更有人样，

倘若你不曾给过他天光的表象；

理性不是天光本身，而是天光发出的光，是天光的表象、假象。

285 他称之理性且单用它之后，

只比那禽兽更加禽兽。

刺启蒙理性以及人的傲慢。

您老恕我直言，我看他

恰如一只长腿的蚂蚱，

歌德常用的比喻，指微不足道又自以为是的人。

飞来飞去复又飞又跳

290 复在草丛里唱它的陈词滥调；

由天界俯视，可见人虽自视高明，却也不过草中蚂蚱，超越不了自身的局限。

[①]《约伯记》1:6：“有一天，神的众子来侍立在耶和华［路德版、统一版均用‘Herr’，思高本译作‘天主’］面前，撒旦也来在其中。”

他便就待在草中也罢！
可偏偏又爱四处找茬。

天主

对我你就无别话可说？
你来就只为无端指责？
295 地上从无甚你觉还好？

梅菲斯特

是啊我主！我真心觉得那里一向糟糕。
人在苦海让我心生遗憾，
连我都不愿再让他们为难。

天主

你可知浮士德？

梅菲斯特

那位博士？

天主

我的仆人！

孤韵。三句一个诗行，道出浮士德的身份。“仆人”仍沿用《约伯记》中的称谓。[①]

梅菲斯特

300 诚然！他侍奉您方式独特。

约伯谦卑、敬畏神，浮士德相反。

那呆子不食人间烟火。

自我膨胀把他驱向远方，

膨胀：原文“发酵”，圣经中用以喻指人的骄傲。[②]

他多半也意识到自己的癫狂；

他向天要最美的星星，

305 向地要一切最高的乐趣，

只有神配享最高级的东西，浮士德之追求极致与其作为人的局限处于悖论之中。

无论远近什么东西

都平息不了他澎湃的心胸。[③]

天主

任他此刻只迷惘地把我侍奉：

接上文，指人有局限却欲求无限。

---

① 《约伯记》1:7-8：“耶和华［天主］问撒旦说：‘你从哪里来？’撒旦回答说：‘我从地上走来走去，往返而来。’耶和华问撒旦说：‘你曾用心查看我的仆人约伯没有？地上再没有人像他完全正直，敬畏神，远离恶事。’”

② 膨胀，Gärung，原义为“发酵”，指骄傲的原罪发酵，典出《哥林多前书》5: 6：“你们这自夸是不好的。岂不知一点面酵能使全团发起来吗？”保罗书信中的这一段，以“发酵”或“膨胀”比喻人的“自夸”，即人的自以为是和自我膨胀。

③ 浮士德欲求原本属于神界的至高至美的东西，非此则永不满足，与约伯的谦卑和对真理的追求，形成鲜明反差。

我也定会很快把他引到澄明。[①]

310 园丁自是知晓，小树既发芽，

便会给来年装点上果实鲜花。

天主自比园丁。

梅菲斯特

打个赌？这人您肯定会输，

倘若您允许我

不知不觉把他带上我的路！

新近研究认为这只是一个说辞，而非有约束力的赌约。

天主

315 只要他在世上活着，

便不会禁止你去做。

天主与梅菲斯特打赌的情节，可对照《约伯记》。[②]

《约伯记》中也有天主吩咐不得伤害约伯性命，见前注，尤见《约伯记》1:12；2:5。

死后则不同。

---

① 澄明，Klarheit，语出《路加福音》2:9："有主的使者站在他们旁边，主的荣光四面照着他们"。其中"荣光"对应希腊语 doxa：主的荣光，神的荣耀；对应拉丁语 claritas，路德将之译为"Klarheit"（澄明）。

② 《约伯记》中有两处撒旦与天主打赌的情节，一处在《约伯记》1:9-12："撒旦回答耶和华［天主］说：'约伯敬畏神，岂是无故呢？你岂不是四面圈上篱笆围护他和他的家，并一切所有的吗？他手所做的都蒙你赐福；他的家产也在地上增多。你且伸手毁他一切所有的；他必当面弃掉你。'耶和华对撒旦说：'凡他所有的都在你手中；只是不可伸手加害于他。'"另一处接着在《约伯记》2:4-5："撒旦回答耶和华说：'人以皮代皮，情愿舍去一切所有的，保全性命。你且伸手伤他的骨头和他的肉，他必当面弃掉你。'耶和华对撒旦说：'他在你手中，只要存留他的性命。'"两处结构相同，即天主皆允许撒旦以自己的方式去考验约伯，但并没有允许撒旦引人上自己的路的说法。

人只要追求则孰能无过。[①]

普遍的人性悖论。

梅菲斯特

多谢您老；因我从来

不愿，与死人们纠缠。

320 我最喜丰满鲜嫩的脸蛋。

我不在行对付僵尸；

就像猫喜欢活的耗子。

天主

那好，就随你的便！

引这人离开他的本源，

偏离神性或人的天性。

325 若能掌握他，便带他

一起在你的路上下滑，

直至你羞愧，供认不讳：

---

① 本节包含两个德文成语：其一，“活着”（lebt）押“追求”（strebt），合谚语“追求即生活”（Streben ist Leben）。其中 streben 一词，根据《杜登词典·释义卷》解释，有“竭力而义无反顾努力做某事”的意思，比如追求荣誉、财富、权力、知识等，不只在积极的意义上。尤其是其名词形式（Streber），一般指某人雄心勃勃、以自我为中心乃至毫无顾忌地追求事业有成。其二，“人孰无过。”（Irren ist menschlich.）其中“过”（错，irren）一词，根据《杜登词典·释义卷》解释，指“不辨真假”，把事情搞错，或“迷路”，“偏离正途”。两下合起来即为：人只要活着，便有所追求；有所追求，便孰能不犯错误、不偏离正途？故而除非归隐无为，否则便会与魔鬼为伍。这里讲的是普遍的人性悖论。

好人便在不明的求索中
也自会觉悟到正途。[1]

梅菲斯特

330 好极！时间不会太长。
我对我的赌约毫不紧张。
倘若我达到了目的，
请允许我欢呼胜利。
他必要吃土且自得其乐，
335 就像敝姨母那条著名的蛇。[2]

吃土，典出《创世记》3:14："你必用肚子行走，终身吃土。"是神对蛇的判词。

天主

届时你仍大可随意上前；
如你一般的我从不讨厌。
在所有否定的精灵中，
泼皮无赖我最不反感。
340 人的行动太容易驰靡，

类似天上的宫廷弄臣，小丑。

---

① 该行表达了天主对人乐观的认识，以为有了神的恩宠，人便可以找到正途。《浮士德》终场证明，他并没有找到正途，而是离正途越来越远。他终究不能自我救赎，而是需要爱和圣母的宽恕。

② 姨母，Muhme，泛指表亲。梅菲斯特引诱人入歧途，伊甸园的蛇引诱人犯下原罪，在引诱的意义上，梅菲斯特自认为与蛇同宗，故在《浮士德》中多次称蛇为自己的姨母。

动辄爱上绝对的安息；[1]

故而我愿给他添个伴侣，

要行魔鬼之事，来影响和刺激。[2]

而你们，真正诸神的众子，

345 就尽享活泼丰富的美丽！

愿那生生不息的化育者，

用爱的雕栏将你们围护，

那飘摇现象中的飘摇之物，

请用经久的思想将之永固。

伙伴（Geselle），也是帮工的意思。梅菲斯特是天主加给浮士德的帮手，属神的安排。

转向天使。把《约伯记》中“神的众子”（天使）改为“诸神的众子”。

作为自我化育者的自然。

上言美，此言爱。

似乎在对观众说。

天界关闭，大天使散去。

梅菲斯特 独自

舞台上仅余梅菲斯特，为天堂序剧收官，语气谐谑。

350 我时不时想见见这位老翁，

---

① 绝对的安息，unbedingte Ruh，一种无为冥想的状态，与行动的人生（vita activa）相对的沉思的人生（vita contemplativa），在神学中尤指人所追求的内心平静的状态。德国思想史中，埃克哈德大师对心灵的安息有过集中论述［参柯文特（Josef Quint）编讲道文第 60 号“在一切事物中寻找安息”］。“安息”的译法参圣经和合本，如“创世记”2:2-3：“到第七日，神造物的工已经完毕，就在第七日歇了他一切的工，安息了。神赐福给第七日，定为圣日，因为在这日神歇了他一切创造的工，就安息了。”

② 然由以下情节来看，浮士德似乎并不需要魔鬼的刺激，他本身就“躁动不安、毫无休止”（ruhelos）。魔鬼对于他来说，很多情况下不过充当了帮手，帮助他完成某些人力不可为之事而已。——这一前后矛盾之处，某种程度上表明，天堂序剧中某些段落是普遍的针对人性的表述，至理名言，而非针对浮士德这一具体角色。

小心着别和他断了来往。

难为这样一位天主太上，

这般人性地同魔鬼把话讲。

再次以神人鬼三界作结，应和舞台序幕。

补充说明

以下主要就打赌与梅菲斯特形象进行一些简要补充。本场首先借大天使之口，结合圣经的神造万物说与古希腊自然哲学，赞美自然和造物的壮美。继而借用《约伯记》框架，表明梅菲斯特和浮士德同为天主仆人，梅菲斯特作为发配给浮士德的伙伴、帮手，将在天主允准下，引诱浮士德走上魔鬼的路。魔鬼作为恶的化身、否定的力量，并非独立的存在（奥古斯丁对恶的定义），而是同属神的秩序和救赎计划。

对话再往下，类比《约伯记》，引出天主与梅菲斯特的打赌。在《约伯记》中，神毫无疑问是最后的赢者。而在《浮士德》中，浮士德则辜负了天主对人的乐观信心。他不仅没有自行觉悟到正确的道路，走向澄明，反而继续自我膨胀，滑向万劫不复的深渊。在《浮士德》终场中，天主未再出场，作者对这场赌局未加回应。这场赌局似乎成了一个旁落的公案。且由魔鬼和人的角度观之，天主似乎输掉了这场打赌。那么如何解释这场赌局？通常认为，歌德在近三十年后创作终场时，已不再关心赌局的输赢。或许是对现代进程的悲观主义，促使歌德扭转了起初的乐观态度；或许是对人可悲的局限性的认识，使他产生了深刻的悲悯之心，他思考的重点转向了人的救赎，即浮士德如何最终获得灵魂拯救和肉体复活。

值《浮士德》正剧开始前，对于梅菲斯特角色，除去前注释的释名外，在此有必要再作一点提示：梅菲斯特的形象和戏剧功能在整部《浮士德》剧中并不一致。在某些场次或情节中，他扮演民俗中的魔鬼形象，擅施魔法，是一个谎言连篇的泼皮恶棍；在另一些场次或情节中，他是与神对抗的力量，恶的化身，冷酷无情，引诱人行恶、犯罪；而在大部分场次或情节中，他仅充当纯粹的喜剧演员、丑角，玩世不恭，插科打诨，活跃气氛。因此有梅菲斯特出场的地方，便属于谐剧、滑稽剧、笑闹剧，且极富戏剧性。此外，梅菲斯特口中除去思辨、诡辩之语，也常引用、化用圣经中的语言或民间俗语、至理名言，有时甚至在表达歌德的思想、观点和人生智慧。尤其在第二部中，老年歌德常借他表达自己的心声。

悲剧·第一部

学者剧说明

《浮士德·第一部》第一个单元通常简称学者剧。

主人公浮士德据说历史上确有其人，名格奥尔格或约翰·浮士德（约1480—1540），与马丁·路德（1483—1546）生活在同一时代，也就是15世纪末至16世纪上半叶，时为中世纪晚期向近代早期过渡阶段。历史上的浮士德是一位学者，神学博士、占星师、炼金术士、魔法师、江湖郎中，相当于集现代意义上人文学者与自然科学家为一身。

历史上的浮士德是一个具有传奇色彩且富有争议的人物，在他死后四十多年，1587年，便有一部《约翰·浮士德博士的故事》在法兰克福出版。故事书作者不详，通常借用出版商姓氏，称施皮斯版浮士德故事书。故事书网罗钩致了民间各种关于浮士德博士的传说，并对之进行了加工改造。不久后，1590年，英国人马洛的《浮士德悲剧》出版。17世纪初开始，浮士德题材的戏剧被流动剧团带到欧洲各地，18世纪初继而出现傀儡戏。

至18世纪上半叶，德语区出版了多种浮士德故事书。其中著名的有三种：1599年三卷本的魏德曼版（G. R. Widman），1674年的普菲茨尔版（J. N. Pfitzer），1725年的基督教意义版（Christlich Meynender）。与此同时，浮士德剧继续在民间流传。所有这些浮士德题材的作品，虽细节上有所出入，卫道程度有所不同，但人物形象与情节框架基本一致：浮士德是一位离经叛道的学者，为满足欲望与魔鬼订立契约，最后不善而终。

歌德童年时代即观看过浮士德傀儡戏，但他对故事书的阅读和了解情况至今不详。他可能很晚才读到魏德曼版故事书。但无可否认的是，他非常熟悉当时仍广为流传的浮士德故事。《浮士德》中主要人物设置（如浮士德和梅菲斯特）、情节框架（经历小世界和大世界）、很多母题（对宇宙自然的发问、在皇宫呼风唤雨、纳古希腊美女海伦为侍寝者）等等，皆非歌德原创，用歌德自己的话说，是沿用了"既有题材"，"盘活"了流传下来的"故事和人物"（1823年9月18日与爱克曼谈话）。如前第一部简要说明所述，学者剧最早作于何时，今天已不得而知。1887年施密特偶然发现的手抄本中，学者剧只有几个缺乏连缀的片段。后经几十年的增补，方得今天的样貌。

歌德之前的浮士德形象，无论在故事书还是在戏剧中，都是一个讽刺对象，反面典型。他为满足个人欲望——求知欲和情欲——与魔鬼结盟，出卖灵魂，最后被抛尸粪土。如施皮斯版故事书前言所述，塑造该形象的目的，在于警示人们引以为戒，切莫背弃信仰，因渎神而遭受地狱的永罚。正如后人无法将文学传统中的反面人物洗白，令其脱胎换骨，歌德也无法且无意翻转浮士德形象，将之塑造成正面人物。

当然与传统不同的是，歌德剧中的浮士德同时结合了启蒙学者特征。因此学者剧不仅集学者、学院讽刺之大成，而且预示了现代自然科学的走向和问题。概言之，学者剧的学者讽刺针对三种学者类型及其习性：中世纪晚期经院学者的迂腐、近代自然科学发轫时期学者试图无休止探究宇宙奥秘的虚妄、启蒙学者对古典学问出于功利目的的崇尚（以瓦格纳为代表，该形象源自1593年的《瓦格纳故事书》）。学者剧同时讽刺了经院的书斋学问、大学建制和大学生活。

鉴于浮士德的多重身份，学者剧涉及的学问也无所不包，有近代早期的魔法和炼金术，也有歌德时代的通灵术和泛智学，几乎勾勒了一部近代自然哲学和自然科学史。而现代自然科学的祸根，便蕴藏于近代被唤醒的灵知主义倾向：智识和理性滋长了人的骄傲，导致人背离信仰，不再相信彼岸世界，这就为智识人与魔鬼结盟创造了先决条件。

学者剧在接受史中，很长时间被称为“学者悲剧”。这就容易造成误解，以为它属于悲剧剧种。然而事实并非如此。就戏剧形式而言，学者剧继承狂欢节喜剧传统，吸纳自中世纪晚期以来学者讽刺程式，主体是谐谑剧或喜剧。其间还穿插复活节剧（钟声与合唱）、大众剧（城门外）、笑闹剧（莱比锡的奥尔巴赫地下酒窖）、魔幻剧（女巫的丹房）以及轻歌剧、歌舞剧。而后一部分反而占据了学者剧大部分戏份。

“悲剧”提法更多是在形容词意义上，指涉学者存在的悲哀：兀兀穷年却最终认识到自己一无所知；为欲望所驱使与魔鬼结盟而面临万劫不复的危险；尤其面对人所无法逾越的悖论的悲哀——欲与神比肩却囿于人的局限。

学者剧中难解之处主要有二。其一是台词中散布着于我们非常陌生、历史上通常被判为旁门左道乃至异端邪说的话语，包括魔法和炼金术术语，包括灵知主义、新柏拉图主义、卡巴拉神秘主义思想，包括歌德时代自然哲学、泛智论、通灵术学说等。借助文学虚构，以上种种不仅被任意排列组合，而且被衬以古希腊宇宙观和基督教神学底色。加之五花八门的民俗与迷信，皆为异文化读者设置了障碍。当然哪位读者若肯刨根问底，则学者剧将会向他展示另一番天地。

其二，学者剧中有不少前后矛盾、相互抵牾乃至内容重复的情节和表述，也常出现写作风格的跳跃。这一方面出于成文史原因，也就是说，我们今天看到的文本顺序并非成文顺序，加写的段落携带作者变化了的认识和风格，像补丁一样直接镶入旧稿；另一方面则出于浮士德人物性格的复杂性。此外当然还要考虑到讽刺和喜剧框架。这就提醒读者，避免将学者剧当作纯粹的肃剧去理解，做过度阐释。

学者剧的戏剧形式带有狂飙突进戏剧特征，打破三一律，无幕次划分，场次变换频繁。诗歌形式丰富。值得注意的，是浮士德出场时使用的双行押韵体，此系中世纪晚期狂欢节喜剧常用诗体，符合历史上浮士德生活的时代。加写的部分出现五音步无韵体，是歌德时代古典戏剧常用诗体。梅菲斯特一方仍以牧歌体为主。此外尚有赞美诗、民歌、短行诗等等。而重要的是，诗歌形式的变化，皆呼应人物和剧情变化，起到摹状辅助作用。

【插图 1】

学者，伦勃朗作
Johann Heinrich Lips 复制，作为《浮士德・未完成稿》插图［人物相对于原作翻转过来，字母 INRI，《约翰福音》19:19 Jesus Nazarenus Rex Judaeorum，拿撒勒的耶稣犹太人的王］

本场说明

天堂序剧结束，众天使散去，明亮的天界关闭。舞台场景转换为夜，浮士德的书斋，浮士德终于登台亮相。

本场由四个场景组成：浮士德大段独白；浮士德呼唤地灵，地灵显现，与浮士德对话；助手瓦格纳闻声而来，浮士德与瓦格纳的对话；浮士德大段独白。

在著名的开场独白中，浮士德感叹自己兀兀穷年，穷尽了所有大学学科、经院学问，却最终意识到自己什么都不可能知道——无法探知宇宙内在的奥秘。他于是下决心转向魔法，希望借助通灵术，通过灵与灵之间的交流，获悉宇宙的奥秘。他用符咒呼唤出地灵，却遭到地灵鄙夷："你等同于你所理解的灵，/ 而不是我！"这令坚信自己"与神同形"的浮士德彻底绝望。此时瓦格纳闻声而至，大谈他功利主义的治学理念。最后一段独白表达浮士德试图通过死融入万有的愿望。

夜具有象征意义：浮士德的世界开始于黑夜，结束于子夜（浮士德于第二部第五幕子夜一场倒地而亡）。这样，在明亮的天堂的大框架下，是黑暗的人生的小框架，人的一生仿佛都在黑暗中摸索。

本场属于学者剧中最早创作的场次，在 1808 年《浮士德·第一部》正式出版前，一直是《浮士德》剧的开场。也就是说，《早期稿》和《未完成稿》都直接以夜作为开场。以后的扩充包括：增写了最后一段独白；在原有各场景中插入了若干片段（详见注释中的说明）。

本场保留了早期的双行押韵体。戏剧形式仍带有歌德之前浮士德剧的狂欢节喜剧色彩。

夜

在一个高拱顶、逼仄的哥特式书斋中[①]浮士德

不安地[②]坐在斜面书桌前的扶手椅上。

浮士德

著名的开场独白。双行押韵体[③]。至地灵显现共127诗行，考验演员的台词功底。

我呀，唉！把个哲学，[④]

---

① 哥特式，gotisch，一个集时间地点为一体的概念，表明时间在中世纪，此处是中世纪晚期、近代早期，即历史上浮士德生活的15—16世纪；表明书斋在某一具有哥特式风格的建筑中。哥特式一般用于彼时教堂、修院及其附属神学院、大学等建筑，主要特征是高拱顶、花玻璃，室内昏暗。历史上的浮士德与路德（还俗前）、哥白尼、布鲁诺相仿，是教士。彼时学者一般附属于教会大学、修院等机构（直到今天，西方大学天主教神学系教席均要求神职担任）。剧中浮士德显然并无家室。这是否暗示其教士身份不得而知，但至少表明他是一位经院学者，终日盘桓于书斋，只关注形而上的学问，远离现实生活和感性世界。

② 不安地，unruhig，道出浮士德在整部剧中的状态。躁动不安，是一种受欲望驱使不安于本分、因丧失信仰希望而失去内心平静的状态，也是近现代人的一个表征。

③ 双行押韵体，Knittelvers，通常四音步双行押韵，扬抑或扬抑抑扬交错，略相当于打油诗，是一种较为简单的诗体。中世纪晚期、近代早期如汉斯·萨克斯的狂欢节喜剧常用。歌德大约从戈特舍德的《德意志诗论》中了解到该诗体，曾在青年时代拟写。双行押韵体用在此处，既符合历史上浮士德所处时代，也让人联想到彼时市民文学中的学者讽刺。同时，简陋诗体与浮士德慷慨陈词之间的反差，造成喜剧舞台效果。

④ 哲学：自中世纪至18世纪末，相当于大学的基础课而非独立学科，也就是通常所说的七艺，七项自由艺术（技艺），包括语法、修辞、论辩术等与语言相关的基础三艺，以及算数、几何、天文、音乐等与数理相关的高级四艺，总起来约相当于今天的文理学科。修完基础七艺课程后，称师傅（即今天的硕士，MA=Master Artium，七艺的师傅），方有资格修法学、医学、神学等高级课程，获法学、医学、神学博士学位，其中以神学博士为最高。至今大学仍然沿用这三类博士头衔，在此之外，增加了哲学（即文理）博士（PhD=Doktor Philosophiae）。——故而此处浮士德的意思是说，他学完了当时大学所有课程，包括最高级的神学。

355 法学，连同医学，

可惜还有那神学！

可惜：神学在彼时所有三门大学学科中级别最高也最难；下面的离经叛道属于明知故犯。

统统学了个遍，无比热切。

可到头来，我这可怜虫！

不过和从前一样机灵；

自嘲学识智慧并无分毫长进。属15、16世纪学者讽刺程式。

360 我号称硕士，又称博士，

也有十来个年头，

牵着我学生们的鼻子

牵着某人鼻子走，俗语，有摆布、愚弄的意思。

上下左右兜着圈子——

方知，我们什么都无从知晓！

365 这直令我心如刀绞。

学者悲剧，存在意义上的悲哀，非剧种意义上的悲剧。

虽说我强过那班自命不凡者，

愚不可及又自命不凡者。

什么博士硕士文书神父则个；

我无所谓顾虑无所谓怀疑，

毫无顾虑、大胆怀疑，针对正统，近代禀性。

也不惧怕什么魔鬼和地狱——

怀疑（Zweifel）押魔鬼（Teufel），首次提到魔鬼，更进一层，接近离经叛道。

370 为之我的快乐也被夺去，

不再幻想能得什么真知，

不再幻想能教什么知识，

改善人类或劝人皈依。

歌德时代启蒙话语。

我既无家当又没有钱，

375 没有世间的荣耀和光鲜；

包括物质和感官享受。

连狗都不愿这般残喘！

我于是转而投向魔法，[①]

或有灵的力量和嘴巴，

向我把某些奥秘传达； 通灵以获得新的认识。

380 我便无需再臭汗淋漓

讲自己不知道的东西；

且明白是何最内在地

把世界联系在一起； 最内在：内心深处，灵魂深处；背离神，寻找神以外的其他原因。

直观诸作用力及其本源， 魔法、通灵说、泛智学的综合表述。[②]

385 不必在陈词中翻来翻去。 以魔法取代书本和经院知识。

哦望月之光，惟愿你 以下咏月，狂飙突进－善感风格。

最后一次俯看我的彷徨， 找到新的途径，不再痛苦彷徨。

---

① 魔法，Magie，在各种文化中均有悠久历史，在欧洲系统形成于文艺复兴时期，是一种着眼于事物之间联系的普遍的关于自然和人的认识。魔法的基本出发点是万物有灵，灵灵相通，人与万物之灵之间也有通感，这样便可借助这种通感达到对万物和自身的认识。进入魔法需要通过秘术，而非书本知识或经院的形而上学。近代早期魔法分为教会和世俗当局允许的白魔法和令行禁止的黑魔法。其中白魔法与炼金术一道，相当于今天自然科学尤其实验科学的前身，而黑魔法则指各种巫魔之术。此处浮士德所言大致属白魔法范畴，以下梅菲斯特所行悉为黑魔法。

② 泛智学，Pansophie，一种平民教育思想的理论根据。其原理是通过教育使所有人获得广泛而全面的知识，从而普遍提升智慧的水平，在此基础上获得对整个世界本来面目的认识。泛智学认为智慧主要来源于科学和经验的不断积累，因此重视自然科学学习。该理论由17世纪摩拉维亚（时属神圣罗马帝国，现属捷克）教育家、加尔文派兄弟会牧师夸美纽斯（1592—1670）系统提出（《泛智学提要》，1637，1639）。

可知多少个夜半时分
我在这案边把你守望：
390 直到你，忧郁的朋友，
出现在我书卷的上方！
啊！我多想走上山冈
在你迷人的光辉中徜徉，
与众精灵绕山洞浮荡，
395 在你朦胧的草地上驰骋，
抛却所有知识的烟瘴，
在你的甘露中沐浴疗伤！

唉！我依然身陷囹圄？
这可憎的发霉的蜗居，
400 即便是可爱的天光
透过花窗也黯淡无光！
被这书堆团团禁锢，
蛀虫啃噬，灰尘满布，
直摞到高高的穹拱上，
405 衬着一围壁纸熏得发黄；
瓶瓶、罐罐，周匝狼藉，
还有插满了接管的仪器，

月光，月亮。

在自然中获得康复，自然有疗伤的功能。

以下书斋景象。

哥特式花玻璃。

双关，身体上和思想上。

双关，自己即为书蛀虫。

被油灯或蜡烛熏黄。

医学－炼金术器皿。

老祖宗的家当满满当当——
这是你的世界！这也叫一个世界！

410 你还在发问，为何你的心
惶恐不安地纠结在胸中？
为何某种莫名的痛苦
遏制了一切生命的涌动？
围绕你的并非生动、
415 神把人造于其中的自然，
歌德时代的说法，针对经院学问、形而上学对人的异化。
而是乌烟和霉气中
唯人兽的枯骨伴在身边。
医学道具，同时双关，死气沉沉的书斋世界。

快！逃向广阔的天地！
这里有一部秘笈，
420 系诺氏亲手所书，[1]
有它随行尚嫌不足？
去认识星辰的轨迹，
按占星原理，也等于认识人的命运。
若自然肯传授给你，
由形而上学到经验和直觉。

---

[1] 诺氏，诺斯特拉达姆斯，Nostradamus，诺特拉达姆（Michel de Notredame, 1503—1566）的拉丁化姓氏，法国占星师，自然科学家，与历史上浮士德生活在同一时代。但此人并未留有一部类似书籍。此处当泛指研究魔法秘笈的人。

心灵之力便会开启，

425 犹如灵在与灵对话。

万物通灵，泛智学、通灵术的想象，因此便可认识万物的本质。

枯燥的思考，断不会

向你开示神圣的符号：

魔法秘笈中的符箓。

精灵哦围着我飘上飘下；

你们若是听到就请回答！

翻开秘笈，瞥见大宇宙的符号[①]

430 哈！所有的感官为之一振

魔法符箓开启感官直觉；以下频频使用“我感觉”“我感到”。

至467行，转为牧歌体，可更为灵活自由地表达感受。

一阵狂喜瞬间流遍全身！

顿感青春而神圣的生命

点燃，幸福在经脉中涌动。[②]

记下符箓的可是一位神明？

435 它们平息了我内心的躁动，

让我可怜的心欣喜满盈，

它们且隐秘地发功

令我周身自然的力量显明。

我亦神明乎？竟如此豁然开朗！

---

① 大宇宙的符号，约指近代早期魔法书中常见的某种模型，由神秘几何图形和符号组成，表明日月行星与诸元素及罗马诸神的对应关系，如土星的符号为♄，对应的元素是铅，对应的神是土地神萨图尔（Saturn）。

② 借助魔法书中的符箓，浮士德的感官开启，可通过直觉与蕴藏在自然中的灵交流，由此认识自然。这重新赋予了他生命的感觉。

440 在纯然的笔画中我看到

能动的自然向我心灵开敞。

我终于领会智者所言：[①]

“精灵的世界并未锁上；

是你心已死，知觉关闭！

445 来吧，后生，欣欣然地

让尘世的心胸沐浴霞光！”[②]

仔细观察符箓

但见万物交织成整体，

交互作用彼此相依！

天上的力量上下沉浮

450 金色的水桶相互传递！

摇动馨香祝福的翅膀

由天空穿过大地，

通过魔法、通灵术，自然向人的心灵敞开，人于是可以与自然沟通。

以上四行未必是某段具体引言，而是就此问题所作比较精炼的概括。

该图景令人联想到“雅各梦中的天梯”，参《创世记》28:12。[③]

天地万物相互作用，构成一个绵延不断的链条。

移觉，通感。

---

① 智者，一说指上文提到的秘笈作者“诺斯特拉达姆斯”；一说指歌德同时代的斯威登堡（Emanuel Swedenborg, 1688—1772），瑞典神学家、自然哲学家、神秘主义者，通灵术倡导者；一说泛指哲人。

② 霞光，Morgenrot，即朝霞，令人联想到神秘神学家波莫（Jacob Böhme, 1575—1624）的《朝霞》（*Aurora*，作于1612年，出版于1634年，第二版副标题“哲学、占星术、神学之根”），该著作曾对歌德时代尤其浪漫派诗人和哲学家产生重要影响。

③《创世记》28:12：“［雅各］梦见一个梯子立在地上，梯子的头顶着天，有神的使者在梯子上，上去下来。”

万物和谐地在宇宙回响![1]

再次提到宇宙和声。

壮哉奇观！唉！不过是个奇观！

奇观，Schauspiel，视觉游戏，在符箓引发的默观中所见，无法切实捕捉。

455 何从抓住你，无尽的自然？

还有双乳？一切生命的源泉，

把自然想象为母亲。以下“你”即双乳、源泉。

天空和大地维系于你，

干瘪的胸膛直拥向你——

你汩汩哺育，我却载渴载饥？

无奈地翻着书，瞥见地灵的符箓

460 这符箓令我感觉一新！

之前无感。

你，地灵，似离我更近；

我感觉自己力量高涨，

如饮了新酒周身滚烫，

我感到有勇气走出去，

凸显感觉，聚焦自我，狂飙突进自我张扬的风格。

465 承受大地的痛苦和幸福，

去与狂风骤雨相博弈

纵沉船咔咔亦不迟疑；

陡然翻转到另一个极端，参本场后的简评。触礁沉船是巴洛克常见寓意图。

[1] 本节对大宇宙符箓的描写，基本按新柏拉图主义-泛智学思想，将宇宙万物想象为一个相互关联的整体，其中不仅有横向的联系，也有纵向的沟通。而圣经中对天梯的想象事实上一直与古希腊（荷马）对“金色链条”的想象结合在一起。

上方似有烟云凝聚——

月光隐匿——

470 烛火渐熄！

雾气升腾！——我头顶

红光闪动——从穹拱

飘下一阵寒气

令我战栗！

475 我感觉你绕着我飘，我祈求的灵。

请你现形！

哈！我的心要迸裂！

所有的感官

搅动出新的感觉！

480 我感觉已把这颗心拱手相与！

你必须！现形！我死不足惜！

以下是地灵行将显现时的各种异象。诗行忽长忽短，无韵，拟飘忽状，及惊讶的语气。

神灵临到时人的战栗。

灵要现形，终可与灵对话，心情激动复杂。

人不能直面神灵，否则会死。

抓起秘笈，神秘地念诵彼灵的符咒。一股赤色火焰抖动，**灵**在火焰中现形。[①]

---

① 影射《出埃及记》中耶和华神向摩西显现：一日摩西在何烈山放牧，见燃烧的荆棘丛，神的天使显现，他感到奇异走近观看，耶和华神遂以火焰的形式显现。参《出埃及记》3:2-4："耶和华的使者从荆棘里火焰中向摩西显现。摩西观看，不料，荆棘被火烧着，却没有烧毁。摩西说：'我要过去看这大异象，这荆棘为何没有烧坏呢？'耶和华神见他过去要看，就从荆棘里呼叫说：'摩西！摩西！我在这里。'"

灵[1]

是谁在召唤？

浮士德 扭过脸去 不敢直视灵。

好可怕的脸！ 令人吃惊，难以忍受。

灵

是你使劲把我招引，

沿着我的界域吸吮， 如婴儿吮奶。

而此刻——

浮士德

485 天呐！我受不了你！

灵

你深吸着气求见我的真形，

---

[1] 此处并未标注“地灵”，而是“灵”。地灵，Geist der Erde，或 Erdegeist，当避免与“土地爷”类神祇混淆，因西方文化中无“地灵”之概念或想象。根据泛智学的宇宙生成论想象，这当是一种生成宇宙万物的灵，居于地球内部，与永恒和混沌为伴，即相当于“自然”。——对于（地）灵的舞台造型，歌德有手绘图样。【见附图 3】按歌德的设想，（地）灵当在舞台上显现出一颗巨大的头颅，下抵胸部。舞台演出中用魔灯装置将图像打到后面的幕布上，且逐渐由小变大，由暗变明。

听我的声音，睹我的面容；

你强烈的心愿把我打动，

我来也！——可怜你这超人

Übermensch，想获得超越人认识能力以外的知识的人，尚非尼采所谓超人。

490 却吓破了胆！你心灵的呼唤何在？

还有你的心胸？它自造了

一个世界，载之保之，因欣喜

若狂而膨胀，欲与我诸灵平起。[①]

浮士德何在？刚还闻其私语，

495 刚他还用尽全力向我近逼。

难道你，竟因置身我的气息，

于五内颤抖不已，

成了怯生生缩向一边的虫蛆？

浮士德

我怎会躲避你这火焰形象？

Flammenbildung，人不得见神灵身形，只得见火焰。

---

① 以上灵的台词中，几个关键词的构词，如擅加前缀 er- 构成 eratmen（深呼吸），如擅自合成 Freudebeben（因欣喜而震颤），皆戏仿虔诚运动的造词法。虔诚运动为细腻描摹人神交流时微妙的感受，以加前缀后缀或合成的方式自造了很多词。虔诚运动是 18 世纪下半叶善感运动、主观主义重要来源，此处刺其过于强调主观感受。

500 我，我浮士德，和你一样！

典出创世记，神照着自己的形像（Bild）造了人。[①]

灵

地之灵，自然之灵，主自然万物的生息。

生命的洪流中，行动的狂飙里

我上下翻腾，

我东西飘动！

本版 wehen，飘动的意思，有版本作 weben，织机编织的意思，均通。

出生与死亡，

505 一片永恒的汪洋，

一次交替的穿梭，

一场燃烧的生命，

在呼啸的时间织机上，

我编织着神的生动的衣裳。

织工的比喻，神或自然如织工纺线。神，Gottheit，抽象，非人格神。

浮士德

510 游走四方的你，忙碌的灵，

我感到我与你这样的近！

双关，距离并身份接近，故有下文灵的反驳。

---

① 《创世记》1:27："神就照着自己的形像造人，乃是照着他的形像造男造女。"该节是所谓"人神同形论"（Ebenbildlichkeit Gottes）的原始依据。而人神同形论可以说是一柄双面剑：一方面，它表明人不过是神的拓像，而非神本身；另一方面，它又强调人与神的相似，故而在启蒙时期尝用来作为提升人的地位的根据。

灵

你等同于你所理解的灵，

而不是我！

灵认为浮士德过于渺小，不配与自己相比，点出人的局限，讽刺其无端的膨胀与骄傲。

隐。

浮士德 崩溃

本以为可与天神比肩，却遭地灵鄙夷。

不是你？

515 那是谁？

孤韵。

我，神的形像，

原文孤韵。格律韵脚不规则，拟崩溃状。以抽象的神（Gottheit），置换了《创世记》中的人格神（Gott）。

竟连你也比将不上！

有人敲门。

瓦格纳的闯入沿用浮士德木偶剧情节。

该死！听得出——是我的助手——

我的洪福要化为乌有！

打扰了与灵的对话。

520 如此丰富的幻景

幻觉和想象中所见。

无聊的假道学定要扫兴！

瓦格纳 身穿睡袍，头戴睡帽，手持灯盏。

一副慵惫无神的样子。

浮士德不耐烦地转过身。

以下两人对话，拟经院式论辩，针对不同话题，各自据理力争。

瓦格纳[①]

抱歉！我听到您在诵读；

莫非在读希腊悲剧某部？

我想用这手艺谋些好处，

525 因现如今它颇令人瞩目。

我常常听见人们称道，

说演员能把牧师教导。[②]

引入另一类型学者讽刺：针对出于虚荣、功利动机的学术研究；小市民学者的平庸迂腐，追时髦，无创造。

诵读，朗诵，不同于自然朗读，强求抑扬顿挫的技巧，做作，无真情实感。

文艺复兴后人文学者传统。竟把前番浮士德与灵的对话听成古希腊悲剧。

古典学和朗诵技巧。功利思想。有用，见于贺拉斯之“有用和愉悦”（寓教于乐）。

浮士德

是了，牧师快成了戏子；

说不准何时就成了真事。

---

① 瓦格纳，Wagner，该角色在 1587 年施皮斯版的浮士德故事书中就已出现，身份是浮士德的助手。助手，Famulus，一般是贫困学生，在教授家中食宿，帮助料理教务。1590 年马洛的《浮士德博士悲剧》、1674 年普菲策尔版浮士德故事书、歌德观看的木偶剧［文本于 1846 年由希姆罗克（Karl Simrock）复原出版］中，均有瓦格纳出场。且早在 1593 年，即在首部浮士德故事书出版 6 年后，就已有《瓦格纳故事书》（*Wagnerbuch*）问世。在诸故事书中，瓦格纳的学术动机多来自对现实和功利的考量；在戏剧或木偶剧中，瓦格纳的功能在于以之为线索，进行大学和学者讽刺。歌德的瓦格纳对两种传统均有继承。关于瓦格纳形象流变及特征可参史敏岳：从学者讽刺传统到科学伦理危机——试析歌德《浮士德》中的瓦格纳形象，载于《广东外语外贸大学学报》，2020/3，第 15—25 页。

② 将牧师与演员作比，属 18 世纪下半叶启蒙话语，其中包含两层意思：其一，当时有人提出，牧师当向演员学习说话技巧，因布道已不在内容，而在形式；其二，在启蒙世俗化语境中，以席勒为代表，提出戏剧可以作为道德教化的机关，这样戏剧便可取代布道，演员也便可取代牧师，行使对大众进行道德教化的功能。

瓦格纳

530 唉！若便如此困在书斋，

牧师或学者脱离生活。

连过节也不窥一眼窗外，

也不用望远镜远远瞧瞧，

言牧师或神学家、学者不与外界接触。

又如何把世人说服引导。

说服：演说术的要旨。

浮士德

再论演说术，反对修辞条条框框，提倡由心而发、用情动人的“天才审美”。

若无真情，便徒劳无功，

535 若非迸发自心灵，

若非以本真的快意

去把听众的心打动。

你们只管坐定！拼拼凑凑，

演说术仅讲求引经据典。

烩一烩他人宴席的残羹，

540 再从可怜的余烬中

吹出些微弱的火星！

唯稚子和猴子会钦佩，

倘这是你们追求的口味；

你们终做不到与心相印，

545 倘若不是发自你们内心。

瓦格纳

演讲本身令讲者幸福无比；

我切感自己尚有很大差距。

浮士德

那阁下则务求诚实所得！

莫要作挂响铃的蠢货！

550 理智和正确的思想

无需技艺自行宣讲；

你们若谈论严肃话题，

又何须去追词逐句？

是呀，你们讲演，言辞光鲜，

555 不过是矫饰一番前人的碎片，

就像秋日扫过枯叶的浊雾，

哪里能让人如饮甘泉！

演讲者（Redner）与诚实的、正派的（redlich）是同根词，文字游戏。犹聒噪不止。挂响铃的蠢货：愚人打扮，愚人帽角、衣角坠铃铛，显示愚人身份。

重新装点一下前人的好词好句。

瓦格纳

哦神啊！技艺悠长！

而我们的生命短暂。

560 每每当我奋力校勘，

便感觉脑袋和心里慌乱。

Vita brevis, ars longa. 引用落俗的古代格言，且与基督教的“神”连用，拼凑碎片。

宗教改革时期，基督教人文主义者主张通过勘校古代文献回到源头（ad fontes）。

生命短暂，学问很多。

获得升至源头的手段

应前行的“校勘”。将“回到”源头改为“升至”源头，言此举高不可攀。

好不难上加难！

刺瓦格纳奉人文主义者、古代语文学家为圭臬。

可惜还没走到半路，

565 可怜鬼们便一命呜呼。

浮士德

难道羊皮纸卷即是圣井，

羊皮纸卷：代指古籍，在西欧使用到 1350 年前后。

喝上一口会永远不渴？

影射《约翰福音》中著名的“雅各井边的谈话”一节。[①]

泉源活水你不曾获得，

若非它涌自你自己心灵。

将福音书中“从耶稣涌出”，改为从人的心灵涌出，背离正统，凸显人的自我。

瓦格纳

另起一话题，论及近代历史观。

570 请原谅！窃以为是乐事一桩，

即置身以往各时代的精神，

去看一看先贤们是如何思想，

与下行同为 17 世纪戏剧常用的亚历山大体。

然后见我辈终如何高高在上。[②]

刺 18 世纪启蒙历史主义，按当代标准衡量历史。

---

① 《约翰福音》4:14：“[耶稣回答说：]‘人若喝我所赐的水就永远不渴。我所赐的水要在他里头成为泉源，直涌到永生。’”

② 本行含俗语 wir haben es herrlich weit gebracht，字面意思“我们取得了很大成就”，口语中常带讽刺意味，有“我们的情况不妙”之意，此处双关。

浮士德

哦是了，上到了星星之上！

575 朋友，过去的各个时代

于我辈是七印封严的书卷；

你们所谓各个时代精神，

根本是诸君自己的精神，

各个时代虚映在上面。

580 这便难怪令人感到悲哀！

人一见你们便抽身跑开。

要么垃圾桶要么破烂铺，

至多是政治历史戏一部，

掺着高妙的实用的准则，

585 放到傀儡口中适得其所！

过去的时代已不可知，历史是一部被封印的书。典出《启示录》。[①]

刺近代的历史书写、历史主义。

再启一个话题，由历史想到历史剧，谈巴洛克式政治历史大戏。

巴洛克戏剧，尤指巴洛克晚期流动剧团上演的演绎君王命运的道德教谕剧。

按一定戏剧规则、道德准则塑造政治历史人物。

适合品味不高、内容驳杂的流动剧团的演出。

瓦格纳

可世事！还有人心和精神！

那可是人人都想有所认识。

---

① 《启示录》5:1-4："我［约翰］看见坐宝座的右手中有书卷，里外都写着字，用七印封严了。我又看见一位大力的天使大声宣传说：'有谁配展开那书卷，揭开那七印呢？'在天上、地上、地底下，没有能展开、能观看那书卷的。因为没有配展开、配观看那书卷的，我就大哭。"

浮士德

唉人们所谓的认识！

有谁敢直呼孩子的名字？

590 稍有几个有识之士，

竟愚蠢到把心思和盘托出，

向群氓开示他们的感悟，

结果从来被钉十字或烧死。[①]

失陪了朋友，漏夜已至，

595 咱们此番到此为止。

以下话题，涉及认识和开示真理。

das Kind beim rechten Namen nennen，直言不讳，歌德以后成为成语。

瓦格纳

我多想就这般不休不眠，

继续受教，与您交谈。

那便明日，复活节第一天，[②]

请允许再请教问题若干。

600 我向满怀热忱钻研学问；

此时当为复活节前一天，礼拜六夜晚，守夜时分。

---

① 被钉十字（架），指耶稣基督，并那些在他死后因传福音而被钉十字架的使徒、圣徒；被烧死，即遭受火刑，如近代的胡斯、布鲁诺、萨伏那洛拉等。按文中意思，其共同特点是不知保守秘密，公开宣示真理。浮士德显然认为，真理仅能为少数精英认识和接受，知识分子有出于伦理考量向群众保守秘密的义务（施特劳斯：《迫害与写作艺术》）。

② 不经意中给出本场具体时间。复活节第一天是主日（礼拜日），也是庆祝耶稣复活的日子。据此，此时当为礼拜六夜晚，传统上复活节前守夜的时间。相当于除夕对大年初一。

虽有所知，但求知无不尽。

下。

浮士德 独自

以下独白长达134行，极言人囿于尘世、意欲挣脱又无法自拔的处境。

亏这主满脑子踌躇满志，

整日里纠缠于无聊琐事，

伸着贪婪的手去挖宝藏，

605 找到条蚯蚓即欣喜若狂！

《早期稿》中学者剧第一部分结束于此，下直接书斋·[二] 梅菲斯特扮浮士德戏弄新生。[①]

以下至独白结束，1808年首次随第一部出版，与上节创作时间间隔三十年许。

才灵气满满将我萦绕，

岂容这般人声前来聒噪？

言瓦格纳乱入。

可是唉！此番我感谢你，

凡夫俗子中最贫乏的一个。

凡夫俗子，原义“地上的众子”，与天堂序剧中“神的众子”（天使）呼应。

610 你把我拖出绝望的泥潭，

绝望几乎令我神志昏乱。

哦！那所现之形硕大无朋，

我直感觉自己如侏儒一般。

我，神的同形，自以为

---

① 换言之，即是学者讽刺对接大学讽刺，其间并未交代梅菲斯特如何出场和打赌等情节，证明《早期稿》或原初设计，仅单纯聚焦学者和学院讽刺。

615 接近了永恒真理的水平，

永恒真理：神的另一个称谓。

在天光与澄明中自享其乐，

蜕掉了凡夫俗子的躯壳；

我妄以为，自己胜过基路伯，

基路伯，Cherub，智天使，与炽天使同列最高等级天使。

自由的力已汇入自然的血脉，

620 创造着，享受众神样的生命，

天使只静观，并不创造；我的创造使我胜过天使，接近众神。

为此我该遭怎样的天谴！

为自己的自不量力。

一句雷言把我掀到一边。

前文灵的揶揄："你等同于你所理解的灵，而不是我！"

我岂可妄自与你比肩！

针对地灵。

我纵有力把你招引：

625 终也无力把你留住。

就在那个有福的瞬间

地灵显现的瞬间。

我感到自己渺小而又伟岸；

你残忍地将我打回原形，

打回到不定的人的运命。

630 谁来教导我？当规避什么？

是否当听从迫切的心声？

哦！就连行动也一如痛苦，

行动：从心所欲的、不当的行动。

遏止着我们生命的步武。

纵精神接纳了殊胜之物，

635 也总难敌纷呈的异质掺入；

人的精神难以超脱俗界事物的介入。

纵我们达至了此世的善，

更善者即称之伪善和虚幻。

更大的善，天上的善，神的善。人难以企及天上的事物。

赋予生命的绮丽的感觉，

皆蒙俗尘之杂芜而僵固。

640 想象力本可大胆驰骋

大约指观看大宇宙符箓和地灵显现。

踌躇满志地伸向永恒，

待好运屡屡为时代漩涡吞噬，

它便满足于狭小的时空。

无法进入大宇宙，退而安于小宇宙。

忧虑遂盘踞于内心深处，

或呼应第二部第五幕深夜场中的“忧虑”，彼处浮士德全无了忧虑。

645 在那儿制造隐隐的痛苦，

它辗转反侧，令人颓唐忧惧；

忧虑令人提不起兴趣，不得安宁。

它随时给自己罩上新的面具，

或显现为家宅、妻子和儿女，

忧虑潜伏于日常生活之中。

或为水、火、匕首和毒剂；

潜伏于自然灾害、战争、宫廷阴谋中（匕首和毒药，通行的暗杀手段）。

650 盖不会发生的，你为之战栗，

永不会失去的，你为之悲戚。

人出于忧虑之各种有悖常理的表现。

我不同于诸神！实感受至深；

我等同于蛆虫，在土中蠕动，
一只蛆虫，以吃土为生，
655 毙命于漫游者脚下葬身土中。

我莫不就在土中？这布着
层层书架的高墙如此逼仄；
这蛀虫世界里堆放的
千般杂品破烂把我压迫。　　自比蛆虫，困于书斋如困于土中。
660 我所缺乏的要在此寻找？
我当读万卷书方可知晓，
人无处不在庸人自扰，
幸运儿实在是少而又少？——
你这髑髅如何冲我冷笑？[①]　　冲书斋中的头盖骨。
665 是为你我的脑子都一时糊涂
追逐明快的白昼又在暮霭时分，
乐求真理，可悲地误入歧途。
嘲笑我吧，你们这些仪器，　　冲书斋中的仪器、器械。
曲柄，辊子，齿轮，轮齿。
670 我尝立于门前，当你们作钥匙；

① 影射莎士比亚《哈姆雷特》第五幕墓地场中，哈姆雷特冲弄臣郁利克的髑髅讲话的场景。

你们无奇不有，却未能把门开启。

仪器虽多而复杂，却不曾帮助浮士德打开真理之门。

自然它神秘莫测，白昼里
也不让人将其面纱扯去，
它不喜启示给你精神的东西，
675 任你用螺刀用机括亦无能为力。

仪器只能辅助，使现象变得更为明显，但不可借之探知宇宙自然的真谛。

你，我不曾用过的老器具，
你戳在这里，不过曾为家父所需。
迟早要被熏黑，你这老轴卷，
只要案上的幽灯还在冒烟。
680 我早该打发了这区区家传，
省得背着它们在这里冒汗！
你从父祖继承的家什，
获得之，是为拥有之。

弃而不用的不算拥有。如何对待父祖遗产的至理名言。

不用之物是沉重的负担；
685 唯眼下所造者用之方便。

引出下文的毒剂。

然我的目光为何盯住那里不放？

以下准备饮鸩，通过死达到与万物合一，获得神性认识，进行纯粹行动。

莫非那小瓶有吸引眼球的磁场？

看到盛毒剂的小瓶。

为何我顿觉眼前一亮，
如月夜幕下林中的月光？

690 独一无二的烧瓶啊，你好！

曲颈梨状瓶，如第二部第二幕实验室场荷蒙库鲁斯的曲颈瓶。

我这就虔诚地将你取下，

我因你而感佩人的机巧。

当为某种类似浓缩鸦片制剂的液体。

你是醇美的安眠汤之最，

是所有致命妙力的精粹，

695 请对你的师父施与恩惠！

显然为主人公早年所炼制。

我看到你，痛苦消减，

我抓住你，雄心和缓，

精神的潮涌渐行渐远。

我被指向大海的深处，

700 脚下是波光粼粼的海面，

影射耶稣履海的奇迹。①

新日子招手在新的岸边，

第三次尝试，以死挣脱人的局限。

但见一驾火车，羽翼轻盈，

火车：燃火的马车。赴死前的幻象，典出《旧约·列王记下》。②

飘然而至！我准备停当

只待踏上新途，穿越苍穹，

---

① 参《马太福音》14:22-33，耶稣在海面［实际上是湖面］上行走，众门徒惊慌，喊叫起来，耶稣对他们说："你们放心！是我，不要怕！"耶稣以此奇迹向门徒启示，自己是神的儿子。

② 《列王记下》2:11，耶和华要用旋风接以利亚升天，［……］忽有火车火马将二人［以利亚和以利沙］隔开，以利亚就乘旋风升天去了。

705	去往新的界域纯然行动。	指在天界，或融入自然后，不受世俗干扰和限制的活动。
	崇高之生命，众神之喜乐！	
	你，一只毛虫，凭何荣膺？	
	啊，且决绝地转身背向	
	美好的尘世的阳光！	告别状。
710	义无反顾地推开人人	
	避之不及的道道大门。	通向死亡的门。
	是时候了，用行动去证明，	饮鸩。
	人的尊严不让崇高的众神，	人的尊严将人提升至与众神等高。
	不会在黑暗的洞穴前觳觫，	指地狱。古希腊众神与基督教地狱掺在一起。
715	虽则想象力在那里自受其苦，	想象力受自己想象出的地狱之苦。
	是时候奋力奔向入口处	
	燃烧着地狱之火的通路；	地狱之入口。依然是基督教的想象：先要经过死亡的地狱方得进入新境界。
	是时候欣然决意迈出此步	
	哪怕它冒着危险化入虚无。	很可能找不到真理，而是进入虚无。
720	来吧，晶莹纯净的杯子！	冲准备用以饮鸩的玻璃酒杯。
	离开你古老的匣子，	
	许多年我不曾把你想起！	
	你曾在先祖的欢宴上熠熠，	
	给严肃的宾客带来欢娱，	

725 当你在他们的手中传递。

传杯饮酒，如国之曲水流觞。

你上面绘满一幅幅彩图，

饮者需行令讲述那些掌故，

而后一饮而尽杯中之物，

多少青春夜晚历历在目；

边行酒令边传杯夜饮的情景。

730 此刻我不再把你传给邻人，

不再行令一展我的机敏；

这是令人瞬间迷醉的琼浆。

冲杯展示另一手执的药瓶。

你将被注满棕色的佳酿。

倒入。

我亲手调制，亲自拣选，

735 就让我全身心把这最后一饮，

作节日的致意敬献与清晨！

清晨：复活节的早晨。

引杯至嘴边。

饮鸩自决，在浮士德与歌德时代均属犯罪行为。

简评

本场大致包含对三种不同类型学者的讽刺。一类是中世纪晚期、近代早期的经院学者，亦即历史上浮士德时代的学者。他们意识到至此的书本知识、形而上学方法已不能带来新的认识，于是转而求助自然魔法（所谓白魔法），试图通过自然哲学和实验科学探索宇宙奥秘。

一类是以瓦格纳为代表的迂腐而僵化的人文主义者，具早期歌德时代特征。这类学者出身市民等级，治学动机带有强烈的功利主义色彩，希望通过古典知识获得声望和认可。此两类学者讽刺作于 1770 年代初，见于《浮士德·早期稿》。第三类属于善感运动、狂飙突进时代学者。与前两者不同，此类学者的特点是以自然为依托，从个体情感出发，把主观感受作为衡量客观世界的标准。歌德的讽刺或反讽聚焦其无节制的自我标榜和个性张扬。该部分主要创作于 1795 年以后。

对于前两类，本场主要借用中世纪晚期以后学者讽刺程式进行讽刺；对于第三类，则通过夸张地频繁使用善感运动、狂飙突进关键词，诸如“自然”“感觉”“内心”等，进行讽刺或反讽。

本场浮士德角色，起兴于故事书和木偶剧传统，又掺入歌德时代的新品。如此一来，便似以速写风格，勾勒出自近代早期至启蒙时代的发展轨迹，并由此可见两者一脉相承的关系。与中世纪相比，浮士德可谓从一个极端翻转至另一个极端，暴露出书斋学者、形而上学家身上常见的问题——一旦自以为获得正确方法，便会按挥之不去的经院传统，沿新的逻辑执着而彻底地走下去，即浮士德一旦转向魔法，以为开启感官便可通过交感与万物通灵，直观自然的奥秘，便一头扎入纯粹的感官体验，开始追求对世界穷尽式的归纳法式体验，进而发展到以个体感觉作为唯一标准，并借此将自我抬升至神的地位。

这其中便埋下悲剧的祸根。如果说书斋学者尚不会对外界造成直接危害，那么他一旦走入世界，将执念付诸实践，贯彻到行动，便会无可避免造成危害。格雷琴悲剧是一例，第二部的菲勒盟－鲍咯斯悲剧则又是一例。

由浮士德形象体现的近代以来世俗化的策略和轨迹，或可与钱穆（《国史大纲》，卷一，商务印书馆，第354页）对中国“古代宗教之演变”的概括进行类比：

古代一种严肃的、超个人的 相应于团体性与政治性的。宗教观念，由是产生一种君主的责任观念。遂渐渐为一种个人的、私生活的乐利主义 尤甚者为神仙长生术。所混淆。

纯理的 即超我的。崇敬与信仰堕落，方术的 由我操纵的。权力意志扩张。惟一的上帝，分解为金、木、水、火、土五行；死生大命，亦以理解自然而得解脱，别有长生久视之术。

团体性的 政治、社会、历史、文化的。束缚松解，个人自由发舒。

两者之间的共同点有二：一是均以个体的、私密的维度，置换了超个体的、团体的、政治性的维度；二是均以所谓的自然取代了纯理的信仰。导致的结果也必然具有相似性：乐利主义或称功利主义盛行，自我操纵的权力意志扩张，个体以自然情感而得解脱，“团体性的束缚松解，个人自由发舒。”

本场结束于浮士德“引杯至嘴边”。在此仅对饮鸩企图略作评述。浮士德的“自杀”与其说是通常意义上的轻生，不如说是他试图探究宇宙奥秘的又一个也是最为极端的尝试。第一次尝试是试图通过直观魔法符箓，第二次是试图通过与（地）灵的对话，两次尝试落空后，他便如荷尔德林剧中的恩培多克勒，试图通过融入宇宙万物来认识终极奥秘；或试图以达到彼岸世界，来摆脱人的局限和尘世的束缚，得到纯粹的知识和认识。究其动机，归根结底是受欲望驱使——求知欲和灵知主义引发的自我意志膨胀。

耐人寻味的是，歌德有意把这一场景安排在复活节主日前夜。在基督教传统中，这恰是信徒守夜、期盼主的复活的时刻。作者或许想借此，将浮士德的痛苦与耶稣的受难进行类比；又或许是为暗示，浮士德希望像耶稣那样通过死亡获得新生。但无论如何，由正统教义观之，这一安排凸显了浮士德的离经叛道。

本场说明

钟声与合唱，是联结夜与城门外的一个过场。由此，场景由黑夜里沉闷的书斋，切换到春日里明快的田园；角色由狂躁抑郁的学者，切换到熙熙攘攘欢庆节日的人群；独角戏转换为大众剧；冗长沉重的独白转换为轻快的对话和歌舞。本场《早期稿》中无，首次出现在1790年出版的《未完成稿》。

钟声是复活节的钟声，合唱是复活节的赞美诗，钟声与合唱共同拉开复活节第一天（主日）教会庆典的序幕。此时的浮士德虽已背离正统信仰，但复活节的钟声和歌声还是唤醒他童年记忆，阻止他饮鸩的企图，把他拉回到此岸的生命。换言之，至少在客观上，伴随耶稣的复活，浮士德重获新生。

本场各段唱词均以福音书为依据，借鉴中世纪早期教会赞美诗，采用短诗行，扬抑抑格，肃穆而舒缓。当然作者也间或使用偏离正统的自造词，对歌词进行了淡化正统的处理。因诗行简短，语法缩略，加之用词奇特，故而产生陌生化和神秘效果。

唱词的选用和编排，依天使开场、妇女回应（发现空墓）、天使宣告耶稣基督复活、门徒遵从耶稣嘱托准备走出去传布福音的顺序，再现了产生于中世纪晚期的复活节剧传统。

钟声与合唱

天使合唱

基督复活了！
人得了喜乐，
脱去败坏他的
740 不觉中继承的
种种罪的裹缚。[①]

原罪及其引发的诸罪。

浮士德

是何浅唱低吟，清纯的声音，
猛然把杯移开我的嘴唇？
浑厚的钟声你们已然
745 在宣告复活节的开端？
唱诗班哦你们在唱慰藉的歌？
那首天使在安葬之夜所唱，
作为新的盟约的保障？

埋葬耶稣的夜晚。天使在彼时唱诗的情节，福音书并无记载。
耶稣基督的复活是神与人新的盟约（相对于神与犹太人之旧约）的保障。

---

① 本节直译当为：基督复活了！带给为败坏他的、不觉中潜入的、继承而来的种种不足所裹缚的有死者以喜乐。其中“有死者”指人，“败坏他的、不觉中潜入的、继承而来的种种不足”指原罪及其引发的诸罪。

妇女的合唱 [①]

参《圣经》和合本对应经文译法。

我们用香料

750 把身体涂好，

我等众忠仆

谨将祂安放；

再为祂裹上

纯净的麻布，

755 哦！我们怎

找不到基督。

与经文略有出入，“用细麻布加上香料裹好”的另有其人，参《约翰福音》19: 38-40。[②]

天使的合唱

基督复活了！

爱人者蒙福，

那令人哀伤的

760 行救赎之功的

---

① 妇女一节参《路加福音》23:55-56，24:1-3：“那些从加利利和耶稣同来的妇女跟在后面，看见了坟墓和他的身体怎样安放。她们就回去了，预备了香料香膏。七日的头一日，黎明的时候，那些妇女带着所预备的香料来到坟墓前，看见石头已经从坟墓辊开了，她们就进去，只是不见主耶稣的身体。”

② 《约翰福音》19:38-40：“这些事以后，有亚利马太人约瑟，是耶稣的门徒，只因怕犹太人，就暗暗的作门徒。他来求彼拉多，要把耶稣的身体领去。彼拉多允许，他就把耶稣的身体领去。又有尼哥底母，就是先前夜里去见耶稣的，带着没药和沉香约有一百斤前来。他们就照犹太人殡葬的规矩，把耶稣的身体用细麻布加上香料裹好了。”

考验祂经受住。[①]

浮士德

你们强劲而轻柔的天音，

缘何送入我凡尘的耳畔？

且去萦绕那班柔弱之人。

765 我听到福音，只是我不再相信；

奇迹是信仰至爱的爱子。

信神才相信神的奇迹。肉身复活是基督教最大的奇迹。

悠扬之福音传来的界域，

我岂敢奔向那里；

然则，少时起耳熟的歌声，

770 便在此刻把我唤回到生命。

多少个静穆的守夜时分

复活节前（礼拜六夜晚）守夜。以下对少年时代的回忆。

上天之爱的吻骤然降临；

继而是钟声充满预知的鸣奏，

祈祷遂成为纵情的享受；

775 莫名的美好的渴望，

驱使我越过森林和牧场，

转移到对自然的情感，泛神论式的世俗化的虔诚。

---

① 本节天使合唱句式同前，直译为：基督复活了！那经受住了令人哀伤的、行救赎之功的、磨练人的考验的爱人者蒙福了。“爱人者”指耶稣基督，“令人哀伤的、行救赎之功的、磨练人的考验”指被钉十字架。

我禁不住热泪千行

感觉为我而生天地玄黄。

歌声向少年宣告快乐的游戏，

780 春节里无拘无束的欢喜；

记忆唤醒赤子之情感，

将我最后决绝的一步阻拦。

继续吧甜美的天籁之歌！

我涕泗滂沱，大地重又拥有了我！

如找彩蛋等，或复活节剧，至今仍在基督教（天主教）地区中小学上演。复活节在过了春分第一个满月后的周日，在三月底或四月初，故称春天里的节日。

门徒的合唱

785 那被埋葬的

已升向上方，

那复活了的，

已荣归天堂：

怀幻化之欢愉

790 近创造之欢喜：

唉！门徒们悲苦，

俯伏于地的胸脯。

祂把我们丢下

耶稣基督。

参《路加福音》24:51。[①]

[①] 《路加福音》24:51："正祝福的时候，他就离开他们，被带到天上去了。他们就拜他，[……]。"

在此渴念着祂；

795 主啊！为着你的福，

我们喜极而哭！

天使的合唱

基督复活了，

从腐败的肚腹。 阴间，坟墓。

请欢喜地剥去

800 身上的绑缚！

用行动去称颂， 以下五行用词用韵讲究，[①] 共为耶稣对门徒的嘱托。[②]

用爱去证明，

同袍相济共饮，

行走传布福音，

805 喜乐宣与万民，

你们常随主爱，

祂与你们同在！

---

① 以下五行（801—805）构成排比，且均以动词第一分词构成的形容词修饰“你们”，这便是强调以行动界定门徒的身份，即他们当以行动去践行耶稣的嘱托。五个第一分词尾词，一顺儿以倒数三个音节押韵，构成拖尾韵（Schweifreim），极富节奏感（强弱弱，华尔兹的旋律）。

② 参《马太福音》28:19-20：“所以，你们要去，使万民作我的门徒，奉父、子、圣灵的名给他们施洗。凡我所吩咐你们的，都教训他们遵守，我就常与你们同在，直到世界的末了。”另参《约翰福音》21:15-16，耶稣三次嘱托彼得“牧养我的羊。”《约翰福音》20:21：“耶稣又对他们说：‘愿你们平安！父怎样差遣了我，我也照样差遣你们。’”

本场说明

城门外是一场大众剧，场景转换为春日里的郊外，角色增加至几十个，独白转换为丰富的散点对话，内容由书斋中的思辨，转换到市井和村野生活。

需得想象，舞台上，群众演员按等级阶层和职业划分，一组组出场，横穿过舞台；观众仅捕捉到谈话的片段。除却席勒《华伦斯坦》(1799)的开场，此类大众剧在歌德时代并不常见。

本场中最为著名的段落，莫过于浮士德的“复活节踏青”。该段诗歌经典地表达了，人们如何于主的复活之日、万物复苏之时，走出城内逼仄的日常世界，在城门外疏阔明朗的自然中，去感受自由，体悟生命。

本场第二部分，镜头转移至菩提树下载歌载舞的农民，由此引出浮士德的身世，不露声色插入一段对近代早期炼金术的回溯。最后，当夕阳西下浮士德准备回城之时，亦即就在他刚刚在大自然中开启感官感受到生命之时，便有梅菲斯特化身的黑色贵宾犬出现在眼前。其中的寓意显而易见：人一旦告别形而上的学问，走出书斋，进入经验世界，试图有所作为，就势必遭遇心魔，与魔鬼为伍。

城门外原不见于《早期稿》和《未完成稿》，歌德大约在1801年左右，将此前陆续成文的底稿进行了修改和扩写，成稿于1808年随第一部面世。本场填补了此前两稿在夜与书斋［一］之间情节上的漏洞，为梅菲斯特出场做出铺垫。

本场台词浅白风趣，格调明快，诗歌体式丰富，伴有音乐歌舞。

城门外

各色踏青者

走向郊外。

学徒甲组

往那边走干嘛?

学徒乙组

要去猎人之家。

酒馆名。与以下三处均取用或化用法兰克福附近地名，系青年歌德常去的地方。

学徒甲组

810 我们要去磨坊一游。

乡村的标志。

学徒一

我建议去水堡走走。

学徒二

去那边的路很是无聊。

学徒乙组

你呢老兄？

学徒三

随大流就好。

学徒四

走吧去城堡村，那儿肯定有

815 最美的妞和最好的啤酒，　　美女和美酒。

还有一流的打架斗殴。

学徒五

你这家伙可真逗，

是不是又想去挨揍？

我不去，想起那儿就发抖。　　以上谈话的片段。

使女一

820 不，不！我要进城回家。

使女二

他肯定在那杨树底下。

使女一

那算不得我的福气；

他定和你走在一起，

只和你在场上跳舞。

825 你高兴与我有何干系！

使女二

今儿保准不只他一个，

那个卷毛儿八成也跟着。

学生一

大学生。

嘿，那边来了几个美人儿！

使女类的姑娘。

师兄快点儿！去搭个伴儿。

830 一抹鼻烟，一杯烈酒，

歌德时代引入烟草，非浮士德时代。

有美一人，正合我的胃口。

烟酒加美女，程式化说法。

市民姑娘一

身份高于使女。

瞧那帮男孩好没出息！

真真的是颜面尽失；

明明能找最好的姑娘，

835 偏偏追着使女们不放！

学生二 冲学生一

且慢！后面又有两个过来，

一身煞是撩人的穿戴，

有一个是我的邻居；

我对那姑娘颇为中意。

840 别看她们文文静静

临了还是会带上咱们同行。

学生一

不师兄！我不想自讨没趣。

快走！还是打打野味的牙祭。

乡下姑娘，低级的使女。

那班周六拿扫帚的手，

845 周日摩挲起来最是温柔。

市民一

市民很程式化的牢骚。

不，这个新市长我不喜欢！

他一当上便愈发肆无忌惮。

他都为本市做了什么？

还不是一天不如一天？

850 人要比以往更加听说，

上的税也比从前更多。

乞丐 唱

以手摇风琴行乞的那种。

好心先生，漂亮太太，

穿着讲究好不富泰，

劳驾朝这边瞧上一瞧，

855 见我潦倒且行行好！

别让我白白地摇琴！

手摇风琴。

谁肯施舍才会开心。

愿人人欢庆的日子，

成为我丰收的节日。

丰收节，Erntetag，民间庆祝秋收的节日，复活节在春天，文字游戏。

市民二

小市民心态。

860 我最喜在礼拜天节假日，

聊聊战场的杀声和战事，

如远远的在土耳其，[①]

远处战事，事不关己，幸灾乐祸。

有几群人打在一起。

倚窗而立，小酒一呷

865 且看各色船只顺流而下；

由驳船想到危险重重的远航，依然是苟且的心态。

傍晚便高兴地回到家中，

---

① 或指 16—18 世纪绵延二百多年的波（斯）土（耳其）战争，或指 17—19 世纪同样绵延二百多年的俄（罗斯）土战争，或泛指事不关己的战争。歌德在创作该段时，1820 年代的希（腊）土战争尚未爆发。

庆幸太平日子天下太平。

苟安在平庸而狭隘的私人家庭领域。

市民三

这位邻居，所言正合我意！

任其把头劈成两半，

870 任天底下混乱不堪；

就只要家中一成不变。

老妇 冲市民姑娘

媒婆虔婆之类。

诶好俊的雏儿！瞧这打扮！

谁人见了能不眼馋？——

别鼻孔朝天！悠着点！

875 你们的心愿我能帮着实现。

市民姑娘一

阿姐快走！我可要提防

不跟这等巫婆走在路上；

言外之意，暗地来往，却不敢公开招摇。

就算她在圣安得烈之夜，

让我看到了未来的情郎。[①]

市民姑娘二

880 我见到水晶球中的影像，

水晶球占卜，民间流行的非法魔法巫术。

和一群冒失鬼，士兵模样；

我四处瞧来我到处找，

只可惜就是遇他不到。

以下马上出现。

士兵

诗行短促，用词简单，扬抑格，拟士兵正步行进节奏。战争为夺取城池和女人，属程式化母题。

城堡城墙高

885 上有垛口绕，

姑娘心思骄

把我来讥诮，

两个我都要！

辛苦加拼命，

890 定将有回报！

① 圣安得烈之夜，11月29至30日夜晚。天主教中，每位圣人都有瞻礼日，圣安得烈（Sankt Andreas）的瞻礼日是每年11月30日。安得烈是耶稣十二门徒之一，被钉死在叉形十字架上。民俗和迷信认为，姑娘们这晚在床头呼唤安得烈的名字，便可在梦中见到未来情人；巫婆可在这晚告诉姑娘们未来的爱情婚姻状况。

吹响冲锋号

来把勇士召，

为了得快活，

不怕把命抛。

895 冲锋要舍命！

舍命去冲锋！

姑娘和城堡

一样不能少。

辛苦加拼命，

900 定将有回报！

士兵们啊

开拔。

浮士德与瓦格纳上。

浮士德 以下“复活节踏青”。[①]

春的目光明媚，充满生机，

---

① 复活节踏青，Osternspaziergang，由此前大众市井语言、闲聊式片段中脱颖而出，集描写与抒怀为一体，把城外大地回春、万物复苏、人潮如涌的自由欢快场景，与城内拥挤逼仄的日常生活，进行了鲜明比照。诗歌想象宽广，描写细腻，修辞考究。与前牧歌体不同，诗行用四扬音，多长短短格，节奏明快，韵脚自由，语气激昂。本节常被提取出来单行刊印，且被列入德国中小学课本，故而可谓脍炙人口，家喻户晓。

解放了冰封的河流和小溪；[①]

905 希望和福泽又绿了山谷；

老迈的残冬，力气全无，

逃回到草木荒芜的山坞。

残冬边撤退，边朝这里

一阵阵无力地播撒冰粒

910 一缕缕掠过回春的大地；

阳光再容不下冰雪，

处处在萌动、生长、勃发，

她要让万物复苏灼灼其华；

原野上花儿尚未开放，

915 她代之以姹紫嫣红的春装。

请你转身，由脚下的小丘，

向着城门口回首。

但见各色人群花团锦簇

从黑黢黢的城门洞里涌出。

920 人人都愿在今日沐浴阳光。

山谷回青，终于可以放牧，预示来年的好兆头，带给人新的希望。

拟人，面对春天，冬天苍白无力，如年迈而疲弱的老者。

春天把残冬驱赶到荒山，独自统治世界，令大地回春。

残冬以冻成冰粒的残雪进行最后的无力的抵抗。

她，阳光。

你，冲瓦格纳，也作泛指。

各色：指服装颜色，亦指各阶层、各行各业的人混杂在一起，不像平日不相往来。

城门是城里和城外的通道，走出城门便进入大自然，自由的天地。

复活节首日在礼拜日，德语字面意为“太阳日”，文字游戏，一语双关。

---

① 河流对于中世纪到近代早期的城市起到至关重要的作用，河流给城市提供生活用水，驱动磨坊转动，为手工作坊运送不可缺少的原材料，为城市输送日常用品；此外河流还可协助排放垃圾，起到防火作用。春天河流解冻，城市方可恢复正常生活和劳作。

人们在把主的复活欢庆，[①]
因人们自己也如获新生，
由低矮的发霉的房屋，
由日常的生计的束缚，
925 由山墙和屋顶的压抑，
由街衢的逼仄和拥挤，[②]
由穆穆黑夜中的教堂
万众一齐被带进天光。
看呐，快看！转眼间
930 人群散入了田野菜园，
小河上，横七竖八，
欢快的小舟激起浪花，
瞧啊，眼看要被挤翻，
最后一艘离开了河岸。
935 就连远处山间的小径上

在教堂守夜，接受新的火种。参上注。

---

① 按教会年和教会传统，一年中最盛大的节日并非圣诞节，而是复活节，复活节是一个教会年的开始。根据福音书记载，耶稣在此前的圣周五被钉十字架，然后被埋葬，第三天（也就是礼拜天的早晨）复活。依照教会典仪和民间习俗，礼拜六晚上人们到教堂守夜，教堂里熄灭所有的灯烛，一片漆黑，以表达人们的哀悼和对复活的期盼。黎明时开始用新的火种点亮所有灯烛。

② 此处白描的城市景观，符合欧洲从中世纪到近代早期的真实情况。彼时城市不多，周围是广大的农村。城市是手工业者和商人聚集的地方，面积有限，街道狭窄，房屋矮小，室内又因窗子小，采光不好而十分阴暗，处处给人一种压抑的感觉。

也闪烁着绚丽的春裳。

村子里早已是沸沸扬扬，

这里是百姓真正的天堂，

老少齐欢呼，遂意称心：

940 我终于在此做回真正的人。[①]

城市治安条例规定不得大声喧哗。

在城外可暂时打破等级隔阂及各种条例法规。

瓦格纳

与您，博士先生，一道踏青，

十分荣幸且获益颇丰；

然我实不愿意混迹此地，

因在下与一切粗鄙为敌。

945 丝竹声、保龄球、叫好，

于我皆是恼人的喧嚣；

他们像中了邪一般撒野

却称之为演唱称之为喜悦。

抹不去的功利主义。

与日常和大众生活格格不入。

农民 在菩提树下。

---

① 欢呼，人们只有在郊外方可大声欢呼。因城市人口密集，狭窄拥挤，根据城市管理条例，平日禁止大声喧哗；同样，根据管理条例，不同等级、不同阶层之间平日也限制交往聚集。

载歌载舞。[1]

牧羊人一副俏打扮，

950 彩衣、飘带和花冠，

跳起舞来好身段。

菩提树下人攘攘

舞之蹈之众欲狂。

呦嘿！呦嘿！

955 呦嘿哈！嘿哈！嘿！

提琴拉得吱吱响。

眼见他如旋风一样，

兀地撞上一位姑娘

胳膊肘的好伎俩；

960 结实的小妞转过身

说道：诶这也太蠢！

呦嘿！呦嘿！

呦嘿哈！嘿哈！嘿！

您休得无礼没分寸。

牧人，传统田园母题，代指轻松愉快的爱情，不一定是真实身份。

[1] 本段基于少年歌德在法兰克福城外的经历，同时采用传统田园诗母题，语言转为朴拙的乡野风格。

965　　快步劲舞围成圈，

向左旋来向右转

罗裙翻飞起翩跹。

跳红了脸，跳出了汗

手挽手来把气喘，

970　　呦嘿！呦嘿！

呦嘿哈！嘿哈！嘿！

你胳膊搭在我腰间。

别来和我套亲近！

哄骗新娘子的

975　　都不知有多少人！

可他还是献殷勤

菩提树下传回音：

呦嘿！呦嘿！

呦嘿哈！嘿哈！嘿！

980　　喧闹声里有提琴。

老农民

格律不齐，语言朴拙，诚恳。引出浮士德身世。

博士先生，承蒙不弃，

今日赏光驾临此地，

您这样一位学者，
也肯屈尊与民同乐。
985 请接过这只大杯，
我们已把新酒斟满，
递给您并高声祝愿，
愿它不单给您解渴；
更愿杯中每一滴酒，
990 都能为您增一分寿。

农民式淳朴的祝福。

浮士德

我接过这爽口的琼浆，
回一声感谢并祝祥康。

众人 聚拢过来围成一圈。

老农民

讲述往事。

说真的，值此佳期，
很荣幸您光临此地，
995 前番在凶险的日子
您为我们做了好事！
有几位就站在这里，

言瘟疫流行时，浮士德曾前来救助。

亏得令尊止住瘟疫，

最终从高热中

1000 夺回了他们的性命。

那时候，您还年轻，[①]

也挨家挨户探病；

不惜帮着搬运尸体，

而自己却安然无虞。

1005 您经受了生死考验；

救助救助者自有上天。

据说历史上浮士德的父亲是农民，此处显然是医生、炼金术士。

众人一齐

大难不死者有后福，

希望您来日常相助！

浮士德

我向天上的救者俯首，

1010 祂教人救助遣下援手。

接农民的宗教语言。

与瓦格纳走开。

---

① 以下青年浮士德的故事中，化用了诺斯特拉达姆的事迹：1525 年普罗旺斯瘟疫流行，时 22 岁的诺斯特拉达姆医治和救助患者，自己却未染病。

瓦格纳

大人啊！见众人的敬仰

竟不知你作何感想！

幸福啊！凭自身的天赋

得来如此这般好处！

1015 为父的指你给儿子看，

人人都拥上前来打探，

琴声中断，舞者悄然。

临行前，人们列队相送，

把帽子抛向半空：

1020 人们险些跪倒在地，

仿佛是要恭迎圣体。

圣体（一块大无酵饼）平日供奉于圣坛中央的神龛，圣灵降临节抬出来游行，人们见之要行跪拜礼。

浮士德

再有几步便上到那块山石，

咱们不妨在此驻足小憩。

我尝心事重重独坐此地

1025 用祈祷和斋戒折磨自己。[①]

我满怀希望，坚信不移，

---

① 欧洲自 14 世纪起，时有瘟疫暴发，在当时被视为神的惩罚，在用药物治疗的同时，伴以祈祷、斋戒、鞭笞等赎罪方式。

紧扣十指，流着泪叹息

双手十指交叉相握，一种祈祷的手势。

以此切切地恳求天主

快让那场瘟疫结束。

1030 众人的掌声于我如嘲讽。

哦你若把我的内心读懂，

便知父亲和儿子

竟如何担得起这份令名！

家父是位不明的乡望，

不明：搞秘术、炼金术。以下转入炼金术（制药）。[①]

1035 他终日里苦思冥想，

思考自然及其神圣造化，

态度诚恳，方式却奇葩。

他，属炼金术士群体，

他把自己锁在炼丹房里，

炼丹房，原文黑厨房，炼金术士的实验室。

1040 按不计其数的方子，

---

① 炼金术，Alchemie，简言之，起源于希腊化时期的埃及，中世纪由阿拉伯经西班牙传入欧洲，加入灵知主义和新柏拉图主义元素，至 16 世纪其哲学意味减弱，演变为纯粹的炼金，直至 18 世纪中叶仍在封建宫廷进行。炼金术的基本原理，是相信元素可以嬗变，各种物质基本组成成分的混合比例不同，纯度也不同，含有水银和硫黄成分的金属，可通过化学提纯，从贱金属变为贵金属，如铅可变成黄金。为此要研制出一种万能的粉状或液体状的神秘药剂（智者之石）。相信物质会发生质变，也是人造人试验的理论基础。炼金术除用于炼制贵金属外，还用于制药。医用炼金术试图用智者之石，把低级的病元素分离出来，重新在身体中建立理想的混合比例，以达到治疗、返老还童和长寿的目的。歌德曾在 1768—1769 年养病期间接受过类似炼金术式的治疗，并亲自建了一个小炼金术实验室进行试验。帕拉塞尔苏斯是浮士德同时代的著名炼金术药师，本节描述便可视为以帕氏为例。

把相克之物混在一起。

让红狮，大胆的求婚者，

在温水浴中，与百合结合，

继而把两者，用明火，

1045 从一个洞房煎熬到另一个。

随之伴着五彩纷呈

年轻的女王现身瓶中，

这便是妙药，病人死掉，

无人问津：谁人治好？

1050 我们拎着这地狱般的猛药

走山串谷，出门入户，

远比瘟疫还要肆虐荼毒。

我亲手给千万乡亲递上毒剂，

他们凋敝，我却觍颜

1055 听人把无耻的凶手称赞。

以下拟炼金术术语，记炼金术中颇具代表性的操作。红狮：红色的氧化汞。

百合：白色盐酸；温水浴：将曲颈瓶置于水中，用文火逐渐加温，使瓶中物质溶解。

用大火把化合后的物质从一瓶（洞房）气化（煎熬）到曲颈瓶。

气化固体冷却后，在曲颈瓶内壁结成彩色物质，汞盐晶体（氯化汞）。

年轻的女王：当为公主，是红狮与百合即国王与王后结合的产物。

瓦格纳

您何苦为此过意不去！

一个老实人尽心尽力，

用上自己所学的手艺，

这岂不就已万事大吉？

1060 少年的你，若尊重父亲，

便甘愿承受他的指教；

待你成年，增益了学问，

便有儿子实现更高目标。

人称改为泛指的你，时态转为现在时，讲一般子承父教、代际相传的道理。

瓦格纳惯爱讲些普泛的大道理。

浮士德

哦尚能怀抱希望浮出迷途

1065 之汪洋的人何其幸福！

不知道的人们恰恰需要，

不需要的人们偏偏知道。

还是莫让此刻的美景

在黯然的神伤中凋零！

1070 你看，火红的晚霞

正映着碧野环绕的农家。

夕阳沉坠，白日将尽，

落日正匆匆赶去催发新生。

可恨我竟不能插翅而起，

1075 紧紧追随她而去！

我仿佛看到永辉之中

沉静的世界伏于脚下，

千峰点燃，万谷平静，

夕阳西下的美景。

太阳于此沉落，于另一端升起，包含思辨和想象。

银亮的溪水汇入金川。　　言金色的霞光。

1080 任荒山野壑都阻止不了

我如神一般的奔跑；

在我惊愕的双目前

大海敞开了温暖的港湾。

女神她看似终于沉落；　　女神：太阳。

1085 但却有新的冲动醒来，

我赶上前去饱饮永恒之光，

我面向白昼，背对黑夜，

头顶是上苍，脚下是波浪。

日之西沉兮如梦如幻。

1090 可叹啊！精神与肉体

实难并驾齐驱双飞比翼。

然向高远翱翔的豪情，

乃人与生俱来的天性：

当他见头顶的碧空中，

1095 传下云雀嘹亮的歌声；

当他见陡峭的松山之巅

有雄鹰展翅盘旋，

见越过原野，越过平湖，

鹤群振翅向故乡飞翔。

【下启黑犬，为魔鬼梅菲斯特现身登场做铺垫。】

瓦格纳

1100 在下也不乏头脑发热的时候，

对这般冲动却从无感受。

森林和原野看得我烦腻，

我从不羡慕鸟儿的羽翼。

精神的愉悦不同，它载着

1105 我们在书中在字里行间遨游！

冬夜变得温馨而美丽，

神仙般的日子温暖四体，

啊！若再展开羊皮纸卷，

便如整个上天降临面前。

浮士德

1110 你仅仅意识到一种冲动；

却从来认识不到另一种！

有两个灵魂啊驻于我胸中，

两个灵魂相互争斗的说法，自古希腊有之，至 17、18 世纪重又流行。

一个要与另一个分离；

一个，沉浸于粗鄙的爱欲，

指对尘世的欲望，不特指男女之欲。

1115 囿于形骸难逃尘世的藩篱；

另一个，从尘埃中奋起
向着崇高先祖的天地。
哦若果有精灵浮于空中，
盘踞于天地之间活动，
1120 就请从金色香雾中下凡
带我去往新的彩色人生！
多想有一件自己的魔衣！
它载我到遥远的异域，
纵是世间最美的华服，
1125 纵是国王的衮冕不换。

以下由梅菲斯特提供，为魔鬼出场埋下伏笔，实为浮士德所愿。

瓦格纳

请勿把那群熟识召唤，
暮霭中它们正滚滚弥漫，
从四面八方扑来，
带给人千万重危险。
1130 但见群魔从北方袭来，
青面獠牙，舌如利箭；

以下对群魔的描述，参照一部泛智学著作的木版插图。[①]

浮士德想象的是自然精灵，瓦格纳则联想到恶灵，妖魔鬼怪。

民俗认为，傍晚是鬼魅出没的时间。

北方群魔，北风寒冷刺骨。

---

① 著作名《公共医学》，于1631年在法兰克福出版。插图以寓意图形式显示，妖风从四面八方吹来一群群恶灵，恶灵穿云过雾，洪水猛兽般扑向一位病人，令其陷入千万种危难之中。危难包括自然灾害、疾病，战争与利箭，火焰与热浪，洪水和洪流般的汗水。

但见群魔从东方袭来，

啮噬肺腑，令你干燥难耐； 东风干燥。

群魔从沙漠吹来南风，

1135 热浪层层，堆上头顶， 南风炎热。

西风带雨，貌若甘霖，

却把你和良田牧场淫浸。 西风湿润，淫雨则引发涝灾。

它们顺从，惯幸灾乐祸，

貌恭，不过为欺骗你我。 言群魔听从召唤，实只为给人带来灾害。

1140 它们装作自上天派遣，

撒起谎来如天使喃喃。 风声如天使喃喃私语，动听却具有欺骗性。

咱们走吧！天将晚矣，

冷风习习，浓雾四起！

天黑了才知把家珍惜。—— 俗语。

1145 你为何吃惊地望着麦地？ 冲浮士德。

是何在黄昏里引得你注意？

浮士德 吊诡之处：恰值复活节踏青，感官苏醒，焕发新生，魔鬼便尾随而至。

你没见有黑犬在麦苗麦茬间跑跳？[①] 在新苗和（旧年割剩的）麦茬间。

---

① 黑犬，黑色卷毛犬，学名贵宾犬，在当时是大型渔猎犬，在魔怪故事和魔法中是恶的化身。传说历史上浮士德有一条大型黑犬，眼睛火红，抚摸它时会变颜色，实为精灵所化。在普菲茨尔版和基督教意义版浮士德故事书插图中，在莱比锡地下酒窖的壁画上，都绘有黑犬与浮士德相伴。

瓦格纳

早已看到，但只觉无关紧要。

浮士德

仔细瞧！瞧那畜生是个什么？

瓦格纳

1150 我看是条贵宾，狗走狗路

黑色大狗在黄昏中难以辨认。

不情愿地尾随主人的脚步。

黑犬实为梅菲斯特所化，自此跟随主人浮士德。

浮士德

注意到吗，它正绕着咱们

边兜圈子，边由远及近？

没看错的话，有个火团

1155 一路紧跟在它的后面。

瓦格纳

缺乏灵性，不得直观黑犬的本质。

除了黑犬我什么也没看见，

您老八成是看花了眼。[①]

---

① 歌德不相信“看花眼”：1822 年他在《生理颜色学》中写道，黑色物体移动时，会在眼前留下一个光圈；据说他自己在黄昏时分，亲眼见一只黑犬从窗前跑过，身后拖着光圈。他称自己在撰写《浮士德》时，半开玩笑半当真地舶入了这个细节。

浮士德

看上去，它正悄悄用魔圈

套我们的脚做未来的羁绊。

浮士德之不祥的预感。

瓦格纳

1160 它围着咱们乱窜惶恐不安，

似见咱们是过客而非主人。

始终麻木，未察觉有异。

浮士德

圈子渐小，它已到跟前！

兜着圈子到跟前。

瓦格纳

看！就一条狗，并非幽灵。

它咕咕叫着，警觉地趴下，

趴下：猎犬盯住猎物准备出击的姿势。

1165 摇着尾巴。尽是狗的习性。

浮士德

过来吧！与我们结伴而行！

浮士德主动邀请。呼应天堂序剧，天主遣下梅菲斯特做浮士德的伙伴。

瓦格纳

就是只颟顸的卷毛畜生。

你站住不动，它便痴等；

你冲它讲话，它便扑你；

1170 丢出去东西，它捡回来，

寻着你的棍子跳进水里。

精辟概括经过驯化的狗的技能。

浮士德

你或许有理；我确未发现

精灵的痕迹，皆驯化而已。

瓦格纳

一条犬，若得好好训练，

1175 就连圣贤也不免喜欢。

它完全当得起你的厚爱，

它大学生中优秀的人才。

训练有素的狗，在歌德时代颇受大学生青睐。

两人走入城门。

至此，第一部中瓦格纳的戏份结束，再出场在第二部第二幕书斋。

【插图 2】

黑犬

［图中文字：梅菲斯特首次出现］

《浮士德·第一部》书斋［一］

约翰·浮士德博士作《黑魔法游戏实践》插图，约 17 世纪中叶

（藏于：魏玛安娜·阿玛利亚公爵夫人图书馆）

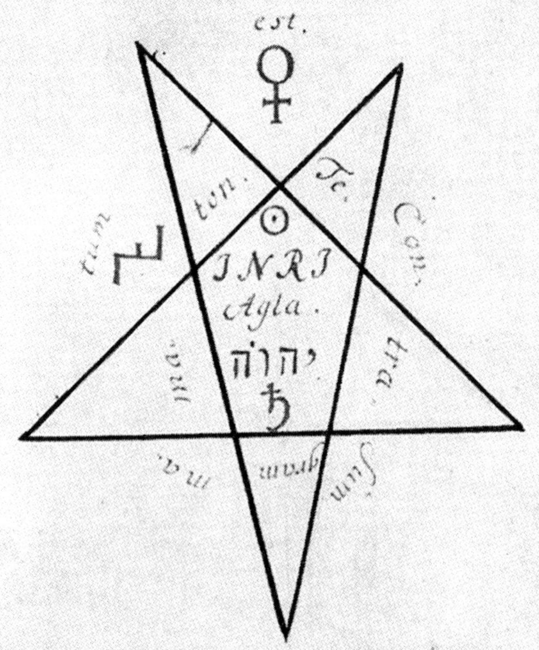

【插图 3】

五角星

［图中上方文字：所罗门密钥］

《浮士德·第一部》书斋［一］

约翰·浮士德博士作《黑魔法游戏实践》插图，约 17 世纪中叶

（藏于：魏玛安娜·阿玛利亚公爵夫人图书馆）

本场说明

书斋［一］中，浮士德偕黑犬走进书斋，依次用各种祛魔的咒语逼迫其现形。现形后的梅菲斯特进行自我介绍，之后为吊浮士德胃口，先行告辞，约好改日再至。浮士德不放，梅菲斯特唤小妖怪唱催眠曲催眠浮士德。但书斋门外祛魔的五角星挡住了他的去路……

本场十分富戏剧性。其中相当有趣和刺激的部分，是浮士德的三次祛魔和梅菲斯特的一次念咒。浮士德先用所罗门咒语、四大（元素）咒，未果，最后用基督教的十字苦像逼出梅菲斯特。因其原本为基督教系统中的魔鬼。三次祛魔强度层层递进，愈演愈烈。梅菲斯特念咒的目的，是招来老鼠咬开降住他的五角星，让他得以走出书斋。凡此，均生动再现了传统的祛魔术和魔法实践。

本场中，梅菲斯特正式出场，作为一部舞台剧，自梅菲斯特出场，《浮士德》才开始变得生动有趣。梅菲斯特是丑角，也是主角，戏份远多于浮士德。他好诡辩、斗机锋，言辞犀利，诙谐幽默，插科打诨，无所不为，为戏剧表演赋予了灵魂。2000 年施泰恩导演的全本《浮士德》用两个演员演绎梅菲斯特，大致符合歌德对梅菲斯特角色的设想：一个倾向于思辨，一个倾向于纯粹的丑角。

就梅菲斯特身份，尤其作为丑角的身份，歌德在塑造过程中，在造型和语言风格方面，大体沿袭了戏剧传统。因此要注意这部分的戏剧程式和喜剧特征，不必对谐谑调侃、诡辩托词等修辞策略进行过度阐释。

本场不见于《早期稿》和《未完成稿》，约作于 1800 年前后，补上了对梅菲斯特出场的交代。此前的手稿补遗显示，歌德原计划在此加入一场博士答辩，梅菲斯特先参加答辩，后在博士宴中充当侍者。现如今版本，大大突破了学院生活的框架。

书斋［一］和书斋［二］原为连贯的一体，后人为方便起见，将之一分为二，划分后的两场分别以梅菲斯特出场和魔鬼契约为核心，重点突出，层次分明。

本场祛魔等片段使用短诗行，余者主要采用牧歌体。

书斋［一］

浮士德同**贵宾犬**　走进书斋

贵宾犬，参前注，在此用学名“贵宾”，合梅菲斯特“贵宾”身份。

别了郊外的山水，
夜幕中乘兴而归，
神圣的恐惧莫名，
1180　向善的灵魂苏醒。
狂野的冲动安静，
连同疯狂的举动；
萌动了爱人之心，
1185　对神的爱情萌动。

另一个灵魂。

贵宾安静！别来回跑动！
何以在门槛上嗅个不停？
请你趴到炉子后面，
给你我最好的靠垫。
1190　你才在郊外的山路上
连跑带跳令我们开怀，
此刻就请做个安静的
贵宾，接受我的招待。

暗示已注意到门槛上祛魔的五角星。

民俗中称炉子与墙之间黑暗狭窄的空间为“地狱”。

啊当我斗室之中
1195 重又点燃起烛灯，
胸中遂一片光明，
心灵照见了心灵。
理性又开始言说，
希望复开出花朵；
1200 我渴望生的溪流，
哦！渴望生的源头。

别咕咕叫贵宾！你的犬吠，
与此刻萦绕我心灵的
神圣的乐音实不相配。
1205 不足为奇，人惯会鄙夷
自己不明白的东西，
对善和美嘀嘀咕咕，
因自己常常难以企及；
莫非犬也如人一般嘀咕？

魔鬼听不得神圣和美善的东西。

1210 可惜唉！我感到，无论如何，
胸中再涌不出满足。
河水为何定要在瞬间干枯，

走进书斋，在自然中获得的感受干枯。

我们为何重又口渴？

对此我实在感受良多。

1215 然这一缺憾或可弥补，

但去珍视超凡的事物，

超验的、神性的东西。

我们渴慕神的启示，

且唯有在新约里，

它燃烧得无比庄严美丽。

1220 我展开经文迫不及待，

满怀真情实感

将神圣的原本

移译为我心爱的德文。

古希腊语新约，非中世纪通用拉丁语译本。影射15—16世纪人文学者“回到源头”的做法。

打开一卷，准备开始。[1]

经上写道：“太初有道！”[2]

---

[1] 以下翻译圣经一段，影射马丁·路德译经。历史上的浮士德与路德生活在同一时代，且据民间传说，路德在译经时，也曾感到过魔鬼侵扰，并掷出墨水瓶去驱赶魔鬼，以致其书斋的墙上至今留有墨迹。浮士德则相反，他非但没有驱赶魔鬼，反而用笔与魔鬼签约。本段同时暴露出圣经或任何宗教经典翻译的弊端：破坏了原文的多义性，最后蜕化为人的语言，将神的启示置换为人的观念。

[2] “太初有道”，即《约翰福音》前言开篇。马丁·路德把希腊语的逻各斯（logos）译为德语的道（Wort）。然逻各斯语义丰富，有语言、理性、思想、逻辑等等多重含义，无德语词与之完全对等，故而给浮士德的自由发挥留下空间。然而经文以及路德的译文，由上下文看，（转下页）

1225 已然卡住！可向谁求教？

我无法把道看得如此之高，

我定要择词别译，

若真得圣灵的光照。

经上写道：太初有意。[①]

1230 要慎重考虑这开头一句，

下笔切不可操之过急！

是意生成创造了天地？

经上当写：太初有力！

然，就在写下的这一秒，

1235 我便察觉，这站不住脚。

圣灵助我！猛然间有了应对

浮士德取了“言”的意思，这与其下决心走出书斋的愿望相悖。

圣灵：三位一体中的一位，依《启示录》传统，掌管语言、文字和言说。

（接上页）意思非常清楚，“道就是神”（《约翰福音》1:1），“道成了肉身”（《约翰福音》1:14），“道”即是神之言，是神，是耶稣基督。浮士德的翻译则完全从心所欲，实则表达了他自己的意愿，至“太初有为”则已纯属浮士德的杜撰和篡改。

① 意，der Sinn，德语中本就是一个词源复杂的多义词，作抽象不可数名词时，有思想、意识、意念、理解力的意思；同样作不可数名词时，有意义的意思，指事物的精神内涵；作可数名词时，有感觉、知觉的意思，强调感官感觉带来的感知。歌德在此避实就虚，没有像在“太初有道”之后那样略加评论，点拨“道”的含义。他在此含混过去，就“Sinn”的多义，再做游戏。薛讷注释中也无相应解释。在此权译为“意”，可理解为意义，即神造物的意义、目的，也就是神为造物的存在赋予合法性；也可理解为思想意识，这等于说，浮士德从人的角度、从观念论出发，认为先有思想、意识、意念，再有其余，由此接到下面的“力”和“为”，都是从人的角度出发的篡改。和合本《圣经》翻译中并无“思”字，对应该词的地方多译为“意”，如“一心一意”。

我放心大胆写下：太初有为！[①]

你要想待在我书房，

冲贵宾犬。

贵宾，就不要再吵，

1240 别再汪汪地叫！

魔鬼听到圣言而感到不安；“有为”则势必与现实接触，魔鬼嗅到与浮士德订契约的机会。

这般扰人的室友

我可不想在旁忍受。

要么你走

要么我留。

1245 我不好下逐客令，

房门开着，你请。

天呐我看到了什么！

是超自然的奇迹？

是影子？还是实体？

1250 贵宾它变得硕大无比！

---

① （作）为，Tat，行动，显然指人的行动，与意、思相对，强调不同于纯思维思辨活动的实践。浮士德的译经，实则为表达译者本人的意志，并为此而篡改圣言。根据亚里士多德《尼各马可伦理学》（第二卷1—2，第六卷1—2，参廖申白商务印书馆译本），行动的主体是人，是一种受人的思想和选择驱动的有目的的活动；行动与实践理性、与道德挂钩，对行动引起的后果，行动的人也必须承担相应的责任。然而对于承担责任，行至剧终，浮士德并没有执行。另者，根据亚里士多德《诗学》对悲剧的定义（第六章，参陈中梅商务印书馆译本），行动当然也是悲剧展开的前提，只有书斋形而上的思辨生活，没有行动，便没有情节，没有情节，便没有以下的戏剧展开。

它用力站起身来，

舞台表演使用魔灯，把影像投射到烟雾上，影像随烟雾扩散而变大。

全然不是犬的形态！

我怎的把幽灵带进了家！

它看去已状如河马，

河马在18世纪人的想象中，是可怕的吃人的庞然大物。

1255 二目通红，口吐獠牙。[1]

哼！看我把你拿下！

对付这等半魔半妖

正好用所罗门密钥。[2]

尚未参透梅菲斯特之魔鬼的本质，误以为是低级妖魔，故而从较温和的开始。

小妖怪们 在走廊上

隶属和忠实于梅菲斯特的小妖怪，因浮士德要念咒降拿主人，前来营救。

那里面困住一个！

书斋里。

1260 咱在外头别跟着！

像只狐狸进了套

地狱的老猫动不了。

指梅菲斯特。

嘿快来看呐！

可偷窥书斋里的情景。

---

[1] 约在17世纪中叶，德国坊间出现一本托名（历史上）浮士德所作、用于招魂和祛魔的小册子:《黑魔法游戏实践》(Praxis cabulae nigrae)。其中有一页题为“梅菲斯特首次出现”的插图，画着一头黑犬，眼睛火红，口中吐火。【见插图2】歌德曾于1829年指示魏玛图书馆购置该书的上色抄本。

[2] 所罗门密钥，也可译所罗门咒语、所罗门秘诀，一部灵智学－卡巴拉性质的魔法书，后经基督教－灵修意义上的泛智学改编，亦可用来招魂祛魔。该书托名大卫王之子所罗门所作，是魔法书的鼻祖，中世纪出现手抄本，自16世纪以来被广泛传抄，1686年在德国出版，帕拉塞尔苏斯、冯·威灵、凡·海尔蒙（泛智学代表人物之一）均有所提及。

飘过来，荡过去，

1265 飘到高，荡到低，

诶他摆脱了咒语。

若能搭把援手，

就别见死不救！

话说他为咱们

1270 也算没少费心。

梅菲斯特隐身于其中的庞然大物听到浮士德咒语后的反应。侧写。

咒语法力不足，未让庞然大物现出原形。

浮士德

看来要对付这怪物，

我需得念四大元素：

念火水风土四大元素的咒语。[1]浮士德由白魔法转向黑魔法。

撒拉曼达燃烧，

温迪娜缠绕，

1275 希尔芙飘走，

小矮人勤劳。

撒拉曼达，火蜥蜴，对应火精。

温迪娜，水精。

希尔芙，气精。

小矮人，土精，传说土精挖矿，故言勤劳。德语中的土精（花园里的小矮人）也掌看家护院。

---

[1] 四大元素咒，不在所罗门密钥中，但在祛魔实践中常见。其原理是，人们认为，某种动物体内一般会藏有四大元素中某一种元素的精或灵，念诵咒语，会逼迫相对应的灵现出本质和原形。根据帕拉塞尔苏斯所著《论水精、气精、土精和火精》，水对应水精温迪娜，气对应气精希尔芙，土对应土精小矮人，火对应火精火蜥蜴。普菲尔茨版浮士德故事书中有此情节。

谁若不识

念咒的语气，单调无起伏。

四大元素，

不识其力

1280 不识其质，

谁就不是

降魔大师。①

消失在火焰里

撒拉曼达！

1285 奔流到一起，

温迪娜！

闪亮的流星美女

气精一般以流星貌出现。

希尔芙！

帮忙家务料理

1290 因库布斯！因库布斯！②

以上咒语分别涉及四大元素特性。

请你出来了结此事。

希望四者中有一种奏效：对应并降服庞然大物中的灵。

---

① 与历史上浮士德同时代的著名魔法师阿格里帕（Agrippa）曾作过类似表述：四大元素，若非我们对其有全面认识，即便施魔法也不会奏效。并且，物质的合成与分解，祛恶魔招善灵，其成功与否，均取决于对元素的认识。歌德藏有阿格里帕的著作。

② 因库布斯，Incubus，也有小矮人的意思，歌德在本行以之替换了上文的“Kobold”，可能是为押韵之故。此外 Incubus 还有“梦淫妖”的意思。据民间传说，这类侏儒为魔鬼和女人交合而生，在人睡觉时盘踞在人胸口上，让人陷入梦魇。

竟无一元素

藏于这牲畜。

它冲我冷笑无动于衷；

1295 我还是没有把它弄疼。

你且好好听着

更厉害的祛魔。

莫非伙计你

刚逃离地狱？ 魔鬼。

1300 请看此记号！[①] 当高举在庞然大物面前。

任鬼怪魔妖

定向它折腰！

但见它鼓胀炸起了毛。 【见附图4】表明对十字架有所反应，是基督教中的鬼魅，魔鬼。

邪恶的家伙！

1305 可识得祂么？ 耶稣基督。

这与世俱来者，

不可言说者，

---

① 记号，das Zeichen，带有耶稣受难苦像并标有 INRI（拉丁语缩写："拿撒勒的耶稣，犹太人的王"）的十字架。一说是某种符箓，但可辨 INRI 等基督教标识，台词故意含混，以示神秘。

流溢天际者，

充满宇宙，无处不在。

被恶人刺穿者？

指被罗马士兵用长枪刺穿肋旁。[①]以上四行，是对耶稣基督的描述。

1310 祛到了炉子后头

鼓胀成大象一头，

弥漫了整个小屋，

眼见它化作烟雾。

竟别升上天花板！

1315 下来伏到师傅脚边！

瞧吧我不会虚张声势。

瞧我用圣火烧你不死！

你等着

看我拿出三重红光！

要搬出圣父圣子圣灵三位一体，或类似符号，最厉害的降魔符咒。

1320 你等着

看我把看家的本事用上！

梅菲斯特

尘埃落定，梅菲斯特从炉子后面走出，

---

① 《约翰福音》19:34："惟有一个兵拿枪扎他的肋旁，随即有血和水流出来。"

一身游方大学生的打扮。[1]

何苦大张旗鼓？主人有何吩咐？

梅菲斯特甫一出场，即自比仆人，称浮士德为主人。

浮士德

这便是贵宾的内核！

游走的学者？这公案真是逗乐。

公案，言这件事，原文拉丁语，个案，事件。[2]

梅菲斯特

1325 我向学者先生敬礼！

敬礼，原文拉丁词根。

您把我搞得大汗淋漓。

【以下拟大学学者辩论。犹梅菲斯特作为游学的大学生与浮士德博士就恶的定义、属性以及神学和自然哲学问题展开辩论。】

浮士德

你怎么称呼？

---

① 经过三轮祛魔，梅菲斯特终于现身。按早期设计，梅菲斯特要参加博士答辩，故而一身大学生装束。中世纪大学生讲求游学，如手工业者需云游四方博采众长，大学生也要游走于大学之间，拜访名师。德国大学文科尤其神学专业至今仍保留这一传统。

② 直到 19 世纪末，欧洲大学的学术语言为拉丁语，学者间以拉丁语交流在中世纪和近代早期是常态。以下台词多夹杂拉丁洋泾浜。

梅菲斯特

　　　　　这问题显得小器，

对您这样一位鄙视言辞、　　见译经一段。适才偷听到。

远离表象、探究深奥本质

1330 之士，这岂非一桩小事。　　揶揄和讽刺调侃的口气。

浮士德

像你们这样的，通常是

从名字便可以看出本质，

人称你们蝇神骗子败坏鬼，　　圣经中种种对魔鬼的称呼。

对你们可谓实至名归。

说吧，你是谁？

梅菲斯特

1335 　　是那种力量的一部分，

它总是立志为恶又总是行善。[①]　　译法参保罗《罗马书》相应经文。

---

① 一说这是针对保罗《罗马书》中一段有关人“灵与肉的交战”的正话反说。参《罗马书》7:18-19：“我也知道在我里头，就是我肉体之中，没有良善。因为立志为善由得我，只是行出来由不得我。故此，我所愿意的善，我反不做；我所不愿意的恶，我倒去做。”同时，结合天堂序剧，梅菲斯特的做法从一开始便已属天主的救赎计划，即便他报以恶意，结果终究为善。又或可理解为梅菲斯特本就颠倒善恶，因对于梅菲斯特来说，善即是恶，恶即是善。若如此，则又应了《以赛亚书》5:20：“祸哉！那些称恶为善、称善为恶，以暗为光、以光为暗，以苦为甜、以甜为苦的人。”

浮士德

你这哑谜竟是何意？

梅菲斯特

我是那始终否定的灵！

灵，与圣灵相对。[1] 否定：说不，反驳，对着干。[2]

且理当如此；盖所有一切

理当始终否定一切。

1340 其产生就为走向毁灭；

那就不如什么都不产生。

于是你们称之罪孽、

毁灭，亦即恶的一切，

便是我真正的本性。

均为魔鬼的别称。恶，不啻是道德意义上的恶，而且也是神学或形而上意义上与善相对的力量。

浮士德

1345 你自称是部分却整体站在这里？

文字游戏。斗机锋。

梅菲斯特

以下论光与黑暗。[3]

我讲给你朴素的真理。

---

① 灵，Geist，也是一个多义词，作抽象不可数名词时，指精神，精神实质，思想，智慧，心灵，圣神等；作具体可数名词时，有精英和精灵鬼怪的意思。在此当是与圣灵相对的［恶］灵，既非某种具体的精灵，亦非抽象的精神。

② 否定，原文 verneinen，意思是对他人提出的问题做否定回答，说不，反驳，对着干。

③ 此类浮士德与梅菲斯特的问答，在如施皮斯版浮士德故事书中占据相当大篇幅。彼处多为浮士德发问，梅菲斯特作答，内容涉及天堂、地狱、星象、时令等神学和自然科学问题。

你们人，即小的愚人世界，

惯把自己视为整体：[①]

我则是起初是一切的那部分的部分，

1350 是诞育了光的黑暗的一部分，

骄傲的光于是与黑夜母亲

争夺她古老的地盘和位分，[③]

却终不能得逞，因任其如何努力，

都附着于物体无法分离。

1355 光源自物体，令物体美丽，

人是小宇宙，小的愚人世界。

犹言我是黑暗、混沌的一部分，我来自和属于黑暗、混沌。[②]

因先有黑暗、混沌后有光，所以说光是黑暗、混沌诞育出来的。

光必须附着于具体的物质性实体而存在，故而是有条件的，而混沌则是绝对的。[④]

---

① 意思是，只有人把自己视为整体，在这个意义上（肉身没有残缺就是整体），我是整个站在这里。以下转折，表示自己属于黑暗，是黑暗的一部分。

② 起初是一切的那部分，即黑暗、混沌。根据《圣经·创世记》开篇（《创世记》1:1-2：“起初神创造天地。地是空虚混沌，渊面黑暗；神的灵运行在水面上。神说：‘要有光’，就有了光。”），起初，也就是在神创造天地之前，只有黑暗和混沌，神造了光之后，黑暗就成为宇宙的一部分。赫西俄德的《神谱》，也称先有混沌（凯若斯）和黑夜，然后才有苍穹和白昼。可见，无论在基督教的创世论中，还是在古希腊关于宇宙起源的神话中，混沌和黑暗均先于光明和白昼而存在。梅菲斯特称自己是“起初是一切的那部分的部分”，即是说自己是黑暗的一部分。

③ 这是梅菲斯特的创世论：因为先有混沌和黑暗，后有光，于是光仿佛由黑暗母亲诞育出来，且光一旦出生，便与混沌和黑暗争夺地位和空间。这符合古希腊神话的创世想象，但有悖于基督教基本教义，因为这无异于赋予黑暗以创造的力量，且包含希望黑暗（恶）重新赢得胜利的意思。

④ 中世纪便有理论认为，光是物质性的，必须附着于具体的物质性实体而存在。梅菲斯特即从此说，认为黑暗不附着于任何物体而存在，是绝对的，无条件的；而光则是粒子在空间发生作用的结果，是物质性的，有条件的，有限的，相对于黑暗来说是次一等的。这与基督教理解的光不同。基督教认为，神即是永恒的光，是超自然的，不需要依附于任何物质性实体。

却总有物体把它阻挡，

故而我希望，用不了多久

它便和物体一起消亡。

光由黑暗而来，因其物质性，会随着物质的消亡而消亡。

浮士德

我认清了你不凡的使命！

1360 你既无从摧毁大宇宙

便退而从小宇宙着手。

梅菲斯特既无从摧毁神主宰的大宇宙，便致力于颠覆小宇宙——人和人的世界。

以下言梅菲斯特对小宇宙，人的世界，也无能为力。

梅菲斯特

可惜在此也无甚起色。

那与虚无对抗的东西，

就是这个粗笨的俗世，

1365 就算我已全力以赴，

可还是无法把它对付，

我施地震火灾，狂风巨浪，

到头来陆地海洋一如既往！

至于那帮人畜之类，那帮该死的东西，

原文 -brut,《圣经》和合本译“种类”（毒蛇的种类，参《马太福音》3:7）。

1370 我竟是全然无能为力。

我不知已埋葬了多少！

可新鲜的血液总是没完没了。

如此往复，我简直要疯掉！

由气，水，还有土中

1375 生发出种子千万万种，

干生湿生，热生和冷生！

若非把火保留给自己：

我竟无一丝特别的东西。

三种元素，梅菲斯特－魔鬼属于具有破坏力的火元素。

对应风、水、土，不同种子出自不同元素。

地狱之火，毁灭之火，没有种子可挣脱此火而再生。

浮士德

于是你徒劳地攥起

1380 阴险冷酷的魔鬼之拳，[①]

去对抗那永动的

济世的创造之力！

何不另寻用武之地

你奇异的混沌之子！

神的力量。

下文可见，梅菲斯特故意从字面上理解为逐客令。

梅菲斯特

1385 咱们是要好好想想，

改天再议来日方长！

或许从魔鬼之拳（魔鬼的浮士德）中听出端倪，改用咱们。

---

① 魔鬼之拳，Teufelsfaust，其中 Teufel 是魔鬼，Faust 在德语中是拳头的意思，也是浮士德的名字，文字游戏。把两者拼在一起，听之如魔鬼的浮士德，仿佛在有意暗示、提醒甚至申请与魔鬼结盟。

此番我可否就此退去？

一则因浮士德不断反驳，且貌似下了逐客令，一则为欲擒故纵。

浮士德

我看你是问得多余。

我这会儿认识了你，

1390 欢迎来访随你乐意。

邀请。

这是窗户，这是门，

或许烟囱更合你意。

民俗认为魔鬼女巫之类惯从烟囱出入。

梅菲斯特

明说了吧！有个小麻烦

妨碍我踱出房间，

1395 有只幽灵爪在您门槛——

幽灵爪，即五角星。[①]

浮士德

是那五角星在作怪？

五角星：祛魔辟邪的符号。[②]

---

① 幽灵爪，Drudenfuss，其中 Druden，是一种夜间出没的游魂，所经之处会留下鸟爪一样的印迹，形如五角星。

② 五角星，Pentagramma，是一颗发着五道光的星，可一笔画出，西方民俗中视其为神秘符号，可用来祛魔。五角星有多重象征意义：在古希腊是金星的象征（因金星八年走一个周期，轨迹如五角星）；毕达哥拉斯认为它象征健康；古希腊还以之代表精神加四大元素，东南西北四个方向加天空，人的头和四肢，五种感官。后共济会以之代表智慧、正义、强壮、节制和勤奋等五种美德。对于基督教，因其由五个大写的 A——希腊语第一个（转下页）

钦你这地狱的鬼魂，

它既绊住你，你怎能进来？

你这般妖魔也会被困？

梅菲斯特

1400 你仔细瞧！它没有画牢；

那个朝向外侧的角，

如你所见，并没有封严。

五角星向外侧的角没画严，魔鬼可从来的方向乘虚而入。

浮士德

这真是无巧不成书！

你便成了我的俘虏？

向内侧的角是画严的，所以魔鬼出不去。

1405 歪打正着成了猎物！

浮士德似乎很期待。

梅菲斯特

贵宾蹿进门时未曾留意，

前作为狗蹿进门。

（接上页）字母阿尔法——组成，故而也代表神（《启示录》1:8："主神说：'我是阿拉法，我是俄梅戛'"，即我是开始和终末）；它同时代表耶稣之名的五个字母（Jesus），耶稣受难的五个伤口（故而常标记在教堂建筑上），等等。自中世纪起，魔法师、炼金术士、泛智学者视五角星为有魔力的符号，可袪魔辟邪，由此广泛使用，继而在民间流传，常被画在门槛外辟邪。托名浮士德所作的《黑魔法游戏实践》中录有此符箓的插图。【见插图 3】

此刻出门遇到了难题；

魔鬼走不出去这房子。

浮士德

那你为何不走窗子？

梅菲斯特

1410 魔鬼和幽灵有条规矩：

提出规矩、法则，引浮士德联想到契约。契约具有法律效力和约束。

从哪儿溜进来从哪儿出去。

入可自由，出则是奴隶。

能自由进入，但必须从入口出，故而从哪儿出去不能自主。

浮士德

地狱也有自己的法律？

那好，那便可妥妥地

1415 与诸位大佬，签订约契？

第二虚拟式，浮士德主动、试探性地提及契约。

梅菲斯特

我们承诺的，你尽可享受，

绝不会打半点折扣。

可说起来不那么简单，

待咱们下次见面详谈；

1420 此刻我恳切地请求你，

这次就先放我出去。

欲擒故纵，刺激浮士德的好奇和欲望。

浮士德

就再待那么一小会儿，

浮士德主动挽留，撒娇一般的语气。

给我讲一点儿趣事儿。

梅菲斯特

放我走吧！我还会上门；

1425 届时你大可随便发问。[①]

浮士德

又不是我诱捕了你，

自投罗网的是你自己。

魔鬼捉住就要捉牢！

下回就没那么容易逮着。

浮士德依然不愿放掉梅菲斯特。

梅菲斯特

1430 你既喜欢，那我便

---

① 此二行很可能是早期创作计划的残留。根据早期创作计划，浮士德将作为大学教授，与游学的大学生梅菲斯特，按大学习俗，针对神学问题进行辩论。

留下来与你作伴；

但有个条件，要用我的手艺，　　以下的戏法。

体面地帮你打发时间。　　体面：反话，实则制造幻境，进行感官诱惑，催眠。

浮士德

乐享其成，随便你施展；

1435　只要你的手艺讨人喜欢！　　浮士德从头至尾一副挽留的姿态，无可无不可。

梅菲斯特

朋友，在下面的一刻

你眼耳鼻舌享受的

要比整整一年的还多。

温柔的精灵为你唱歌，　　听觉。

1440　带给你优美的图画，　　视觉。

且都不是空洞的戏法。　　浮士德梦中所见。

你的嗅觉将一阵陶醉，　　嗅觉。

你会美美地舐唇咂嘴，　　味觉。

至通体感觉无比畅美。　　以上概括眼耳鼻舌身，梅菲斯特以各种感官享受诱惑和催眠浮士德。

1445　也用不着事先准备，

开始吧，各就各位！　　冲小妖怪们。

小妖怪们

听命主人，以有魔力的歌声催眠浮士德。歌词所唱田园风光或道出浮士德的梦境。[①] 哀歌体，催眠语气。[②]

隐去吧，头顶

黑暗的穹窿！

包括黑夜中书斋的拱顶和层层浮云。

1450 天外的长青天

分外迷人友善，

请把这里俯看！

愿层层乌云

缓缓地消散！

微星点点，

1455 分外柔和的光

直照进书房。

言屋顶、浮云、天盖打开，可从书斋仰望苍穹，日月星辰。

天之骄子兮

此处所指不明，当非天使，或泛指天仙之类。

灵性之美丽，

---

① 本节近60诗行，写书斋的拱顶隐去，天穹洞开，浮士德进入梦乡，随浮云飘向福岛，眼前一片阿卡迪亚式田园风光，理想世界。本节采用配乐诗朗诵形式，有梦境特征，神秘隐晦，有些地方意思不明；但声音舒缓动听，可有效起到催眠作用。本节在内容和母题上，与《浮士德·第二部》海伦剧中的阿卡迪亚场遥相呼应。——事实上，本节大约作于1800年11月至1801年4月，时间刚好在海伦剧初稿1800年9月完成之后。执《浮士德》两部一体说的学者，因此认为歌德在第一部中加入本节即为预示第二部的海伦剧，凸显两部之间的关联。当然两处的田园，皆为激动感官而作，只是本节出自梅菲斯特指使的妖怪之口，目的为解放浮士德的感官，把他引向对感觉经验的无限追求，以此刺激他与魔鬼订契约。

② 哀歌体，Klage，古希腊诗体，也称阿多尼斯体，短行，以二扬音为主，长短短格，个别地方略有变化，多押韵，声音效果优美，18世纪歌剧常用。就诗歌体例而言，本节呼应城门外中士兵的台词。

1460 翩跹摇曳兮

飘然而去。

心之所望兮

循彼而往；　　心中的渴望随天仙飞舞的方向，先到达下面的葡萄园。

霓裳之焕带

凌空飘扬，

1465 笼罩了万邦，

笼罩了花房！

那里有恋人

正情意浓浓，

把终身私定。

1470 花房哟相连！

萌发哦藤蔓！　　春天。以下葡萄生长、收获及酿酒过程，呼应第二部第三幕海伦剧第四场的酒神节。

累累的果实　　秋天，葡萄丰收。

倾倒入池子，

压榨出汁子，　　采摘后倒入池子（脚踏）榨汁。

1475 起泡的新酒

如条条溪流，

滤过纯净的

高贵的石头，　　滤酒石。

把高山小丘　　种葡萄的山丘。

1480 远抛在身后，

去赶赴湖泽

让返青的

葡萄山喝够。

想象新酒像溪水注入湖泊，再去灌溉春天的葡萄园，完成一个自然循环。

百鸟振翼兮

1485 啜饮着欢喜，

向着太阳，

向着光明之

岛屿飞翔，

福岛，世外桃源。

岛随波浪兮

1490 轻摇曼荡；

我们听到

众人在欢呼，

我们看到

河畔在起舞，

散散荡荡

1495 在天地间徜徉。

有身影在

攀越山冈，

有身影在

1500 横渡平湖，

在随风飘舞； 梦境。

人人向着生命，

人人向着远方

向着福惠之

1505 爱的星光。

梅菲斯特

睡着了！不错，轻柔的小鬼！ 冲唱催眠曲的小妖怪们。

你们勤恳地把他哄睡！

这场音乐会多亏了诸位。

老兄你还没本事捉牢魔鬼！ 冲入睡的浮士德。

1510 给他翻出美梦的花样， 冲小妖怪们。

让他沉入错觉的海洋；

可要破这门槛上的魔法

我需要一只老鼠的牙。 去咬开封严的一角。

我无需大张旗鼓念诵，

1515 就窸窸窣窣过来一只听命。

我老鼠耗子的主子， 拟咒语。

我蝇蛙虱蚤的头子， 梅菲斯特是这帮害虫的头子，以主人身份命令老鼠听命。

我命你大胆扑将上前 冲那只老鼠。

扑上前来啃这门槛，

1520 就好比上面涂了油——

用油吸引老鼠，同时亵渎地影射基督教的敷油礼。[①]

哈瞧你已经往前蹿！

来吧快干！这困住我的角，

向内封严的一个角。

就在跟前的门沿。

梅菲斯特在里，老鼠在外。

再来一口，遂功德圆满。

老鼠把向内封严的一角咬开，梅菲斯特得以脱身。

1525 浮士德，你接着做梦，再见。

浮士德，原文用拉丁语名 Faustus 的呼格 Fauste。

浮士德 醒来

莫非我又受了蒙骗？

蜂拥而至的妖怪消散，

莫非是我梦见了魔鬼，

逃走了吗那条贵宾犬？

适才似梦非梦的经历。

① 敷油礼，die Ölung，罗马公教七件圣事中，坚振礼、神秩礼（晋铎神甫）和终傅礼均伴有敷油仪式。其中终傅礼，die letzte Ölung，是在信徒患重病或生命垂危时，由神职人员以膏油敷抹其头和手脚共五处，象征耶稣受难的五个伤口，同时念诵经文祝祷。因此这其中也暗合五角星的象征含义。

本场说明

书斋［二］，分为与魔鬼打赌－契约和梅菲斯特戏弄新生两个分场。

书斋［一］中，梅菲斯特现形，但因浮士德复活节踏青归来，正萌发对神和人的爱，便为欲擒故纵，暂作告辞。为更有效施加诱惑，梅菲斯特在本场，值浮士德重新陷入抑郁之际，再度登门。

人与魔鬼以血立约的母题，早自公元6世纪起，便见于文学作品。其前提是相信彼岸世界的存在。因只有这样，才具备交换的前提，使契约具有法律效力：魔鬼在此世为人服务，人死后灵魂归魔鬼所有，为魔鬼服务。歌德之前的浮士德作品即建立在这样的基本共识上。

然而歌德笔下的浮士德业已不再相信来世，这便架空了契约的前提。歌德一方面继承浮士德素材传统，保留契约母题，满足观众心理期待；一方面对之进行了不同于传统的改造：梅菲斯特坚持立约，浮士德则意欲单方面将其降格为打赌。

故而本场基本上是半立约、半打赌。在立约或打赌前，浮士德先翻转基督教洗礼宗旨，宣誓背弃信望爱，转信魔鬼，然后施展修辞功夫，一再含糊其辞，躲闪搪塞。而梅菲斯特则坚持令其滴血签字。浮士德敷衍了事。受到淡化处理的契约或打赌，在《浮士德》尾声中，并未再作为核心情节出现，彼处（第二部第五幕子夜场）只有梅菲斯特单方面坚持履行（是有抢夺浮士德灵魂的情节）。

而本场打赌的内容围绕“满足”展开：梅菲斯特认为可以满足浮士德任何愿望，浮士德则表示永远不会满足。他一旦感到满足、驻足，便输掉赌局而身亡。这看似与天堂序剧相矛盾：在天堂序剧中，天主为防人怠惰而遣下梅菲斯特刺激之，而在此，梅菲斯特的目标是令浮士德停止追求。事实上，梅菲斯特正是用这一策略，佐之其无所不能的魔法，在刺激浮士德行动。唯一与天主设想不同的是，浮士德本躁动不安，无需额外激励。梅菲斯特只需提供魔法，帮助他去满足欲望：求知欲、情欲、占有欲、权力欲。

本场前半后写，约作于1795—1805年之间；后半早写，作于1772年左右，见于《早期稿》。对梅菲斯特戏弄新生分场，另见分场说明。

书斋［二］

浮士德。梅菲斯特。

浮士德

1530 有人敲门？进来！又是谁来纠缠？

梅菲斯特

是我。

浮士德

进来！

梅菲斯特

你要说三遍。

说三遍请进。民俗中认为这是与魔鬼打交道的方式。

浮士德

那就进来！

梅菲斯特

如此甚合我意。

希望咱们俩相安无事；

为排遣你的胡思乱想

1535 我这回来把贵族扮装，

从游走的大学生到贵族，当时大学生多出身贵族，两者差别不大。

红色镶金边的衣裳，

笔挺的绸缎的小氅，

帽上插着公鸡羽毛，

红衣红氅，帽上插鸡毛，属魔鬼的行头，魔鬼的标志。

腰间挎着长长尖刀，

贵族标志，平民不得佩带。

1540 我劝你，听我一言，

也来副同样的打扮；

如此你便可自由自在，

好好把人生体验一番。

浮士德

美梦醒后，面对现实再度陷入惆怅，刚好便于梅菲斯特乘虚而入。

我无论换上什么装束

1545 都会痛感尘世的局促。

贵族打扮也不能带来自由。

我已老到无法游戏人生，

论无欲无求却又过年轻。

欲行无力，欲罢不能的惆怅。

这世界还能给我什么？

你当舍弃！舍弃你当！

原文交叉修辞。舍弃（entbehren）即断念（entsagen）。浮士德的痛苦即在于不能舍弃。

1550 这便是永恒的歌唱，

在每个人耳边回响，

整整一生，每时每刻

都沙哑地唱着这支歌。

指上文你当舍弃。

无清晨不从梦中惊醒，

1555 无清晨不老泪纵横，

因又要见一整天，一个，

一个愿望都不会实现，

就连冥冥中的一点兴致

它也用求全责备来消减，

它，指上文的一整天，日子。

1560 我激荡的胸中的创造力

它对以万千生活的鬼脸。

人以及人生的局限，令人不可能有完美的创造，实现美好的愿望，但又不愿舍弃，悲剧。

待至夜幕降临，我复

卧于榻上惶惶不安；

即便在此也难得休憩，

1565 噩梦连连令我惊惧。

白天黑夜，醒来的失落与噩梦循环往复。

那寓于我胸中的神明，

令我的内心激动莫名；

那驾驭我力量的神明，

却丝毫无法向外推动；

1570 此在于我就是个负担，

内心激动，却无法付诸行动。以上情绪一说是忧郁气质或狂躁－抑郁症的表现。

生为所恨，死为所愿。

以上化用《约伯记》中约伯的抱怨。[①]

梅菲斯特

然死亡绝非受欢迎的客人。

指涉前番饮鸩自决的企图。

浮士德

胜利光环中死亡把血染的

桂冠戴上头颅的人有福了，

光荣战死疆场的人。句式戏仿耶稣登山宝训中的论真福八端。参《马太福音》5:3-10。

1575 一曲劲舞终了溘然长逝

在姑娘怀中的人有福了。

跳舞致死，指情殇于情场的人。两者道出男人的本性。

哦我为何不在狂喜于

灵的威力之时驾鹤西去！

当指夜场视灵之时。

梅菲斯特

然而某人在那个晚上，

1580 并未饮下棕色的琼浆。

接上，浮士德服毒未遂。梅菲斯特曾于暗中偷窥。

---

① 《约伯记》7:13-16："若说：我的床必安慰我，我的榻必解释我的苦情，你就用梦惊骇我，用异象恐吓我，甚至我宁肯噎死，宁肯死亡，胜似留我这一身的骨头。我厌弃性命，不愿永活。你任凭我罢，因我的日子都是虚空。"约伯的绝望最终促使他振作，重新寻找信仰，浮士德的绝望则促使他转向魔鬼。

浮士德

偷窥，看来是你的嗜好。

梅菲斯特

我非全知；却知之不少。

前半句戏仿神的全知全能。

浮士德

层层递进的三组：两种咒骂，五种“见鬼去”，五种正式的诅咒。三组均有具体针对。[①]为认信魔鬼做准备。

尽管那甜美熟悉的合唱

钟声与合唱场中复活节赞美诗。

将我引出可怕的迷惘，

1585 尽管它假以佳期骗取了

借复活节。

我未了的童年的情肠：

我仍要咒骂一切裹缚着

以下两重是咒骂，针对裹缚心灵的肉体。

心灵的欺骗和诱惑，

指感官和肉体。

咒骂将之打入悲窟的

1590 一切炫目和谄媚的魔！

让那些阻塞精神的

---

① 两种一般的咒骂针对裹缚心灵的肉体；“见鬼去”针对一切世间的功名利禄；正式的仪式性诅咒针对基督教的圣体、信望爱和忍耐的美德。与之相比，浮士德故事书中的诅咒主要针对基督教信条，如魏德曼版故事书中，其大致为：不再信神，与人为敌，与神职为敌，永不去教堂，憎恶婚姻，等等，彼处魔鬼梅菲斯特是彻底的敌基督的化身。歌德笔下浮士德的诅咒实则由基督教信条扩展到所有存在的事物。

高谈阔论见鬼去吧！　　高谈阔论：个人意见，私见。以下连续五个“见鬼去吧”，针对尘世的功名利禄。

让那些侵袭感官的

耀眼的假象见鬼去吧！　　感官感知。

1595 让那些如梦如幻的

美誉和令名见鬼去吧！　　荣誉名声。

还有那些讨喜的东西

妻子田宅仆役和锄犁！　　妻子财产。

让玛门见鬼去吧！　　玛门：新约用词，财利和贪婪的意思。[①]

1600 它以财富鼓动我们蛮干，

为使我们自在悠闲

再给我们铺上软垫！

我诅咒甘醇的葡萄酒！　　葡萄酒，象征耶稣基督的血，代指圣体。以下五重正式诅咒，针对基督教信条。[②]

诅咒至高的慈爱！　　神的爱，爱德。

1605 诅咒希望！诅咒信仰，　　希望，望德；信仰，信德。

我最要诅咒的是忍耐！　　忍耐，建立在信望爱基础上的德性。[③]

---

① 《马太福音》6:24：“你们不能又事奉神，又事奉玛门（玛门：财利的意思）。”

② 此处翻转基督教洗礼程序：洗礼仪式中，在宣誓认信基督之前，要诅咒魔鬼。此处相反，在准备认信魔鬼前，先诅咒基督和基督教美德。浮士德的诅咒是放弃基督教的宣言，预示他将认信魔鬼，与魔鬼为伍，寻求毁灭，走向地狱。

③ 至此，浮士德与约伯刚好构成一对相反的镜像。约伯是信仰坚定的义人的化身，并因为有信望爱而有无限的忍耐。（《雅各书》5:11：“那先前忍耐的人，我们称他们是有福的。你们所见过约伯的忍耐，[……]。”）浮士德一生缺少忍耐，而缺乏耐心、焦躁不安乃至（转下页）

妖怪们合唱 隐形

类比洗礼仪式中插入的赞美诗，[①]进一步诱惑浮士德。

悲哉！悲哉！

你摧毁了

美的世界，

1610 用有力的拳；

拳（头），Faust，即“浮士德”，文字游戏。

它坍塌，倾颓！

半神将它粉碎！

半神：浮士德。

我们把废墟

载到虚无中去，

1615 我们诉说

逝去的美丽。

人子中的

强有力者，

指浮士德。

更辉煌地

反语。

1620 把它建立，

（接上页）怀疑绝望，均是信仰不坚定的表现。关于信望爱三德，参《哥林多前书》13:13：“如今长存的有信，有望，有爱这三样，其中最大的是爱。”关于希望与忍耐，参同上13:7：“［爱］凡事包容，凡事相信，凡事盼望，凡事忍耐。”《帖撒罗尼迦前书》1:3：“在神我们的父面前，不住地记念你们因信心所做的工夫，因爱心所受的劳苦，因盼望我们主耶稣基督所存的忍耐。”此外，整个保罗神学（《使徒行传》《保罗书信》等）特别强调忍耐的功夫。

① 在洗礼仪式中，此处赞美诗当配合宣告：领洗之人告别旧的魔鬼世界，进入新的属灵生命。此处则相反：宣告浮士德已打碎美好的神秩下的旧世界，进入新的与魔鬼同行的生命。

在你的胸中建起！

戏仿基督的复活。[1]

这就开始

新的生命，

满怀憧憬，

1625 新的歌声

随之响应！

预示浮士德将开始新的生命：与魔鬼结盟的生命。

梅菲斯特

这群小的们

都是我的人。

老到地劝说

1630 去及时行乐！

他们要诱你，

到广阔的天地，

走出寂寞孤独

血气不再凝固。

以上模仿小妖怪们催眠的语气。

1635 休再与自己的烦恼游戏，

---

[1] 耶稣复活将带来新天新地，带来属灵的新生命，为此人们唱新的歌。而经过魔鬼“洗礼后”的浮士德将作为强有力的人或半神，建立属于魔鬼的世界。当然这个新世界只能在某些人胸中建起，不可能在现实中建立。

它像秃鹫啄食你的肌体；

典出普罗米修斯。

哪怕与最不堪的人交集，

也令你感觉是和人在一起。

当然这并不意味

1640 要让你与无赖为伍。

我虽算不得大人物；

终于建议浮士德与自己为伍，让浮士德上魔鬼的路。

但你若愿与我结合，

一起走过人生之路，

那我则愿勉为其难，

1645 立地，听你的使唤。

梅菲斯特作为浮士德的仆人，为之服务。

我是你的同伴

或者你若不介意，

是你的奴仆，你的跟班！

同伴（帮工）、奴仆、跟班（侍从）皆表明梅菲斯特与浮士德间的主仆关系。

浮士德

那我要满足你什么心愿？

梅菲斯特

1650 对此你尚有很长的时间。

浮士德

不，不！人道魔鬼自私
断不会看在上帝的面子
白白帮人做有益的事。
请明白说出你的条件；
1655 这样的侍从会招致危险。

意识到危险。

梅菲斯特

我愿在此岸跟从把你侍奉，
召之即来绝不敢怠慢；
来日咱们在那边相见，
你当为我做同样的事情。

此岸和彼岸，活着和死后。

死后认梅菲斯特为主人，为其服务，从故事书。

浮士德

1660 彼岸嘛不会让我介意，
你把此世击打成废墟，
另一个便接着建起。
我的喜悦由大地涌出，
阳光照耀着我的痛苦；
1665 一朝我若别它们而去，
便再与我无半点干系。

不相信彼岸、来世，故而不可能真正签订具有法律效力的契约。

你，此为自指。

痛苦和喜悦都在此世。

我将对一切不闻不问，

人们日后是爱是恨，

抑或在那些星球

1670 是否也有上下界之分。

浮士德表示将义无反顾。

基督教认为，魔鬼在此世做主，是此世的君王，浮士德既然不相信来世，则相当于做好把自己交付魔鬼的准备。

梅菲斯特

既如此你便放胆一试。

与我结合；未来几日，

你当高兴地看到我的手艺，

我给你尚无人见过的东西。

邀请浮士德立约。

魔鬼行诱惑，比照耶稣拒绝魔鬼的诱惑，参《马太福音》4:8-11。[①]

浮士德

1675 你这可怜鬼能给出何物？

人之精神的崇高追求

汝辈又何曾领悟？

无非是吃不饱的饮食，

匆匆逝于掌心的

言梅菲斯特只能给予庸常的、转瞬即逝的东西，而非稀奇的或持久之物。

对比耶稣使五千人吃饱（《马太福音》6:30-44），使四千人吃饱（《马太福音》8:1-10）。

① 《马太福音》4:8-11：“魔鬼又带他上了一座最高的山，将世上的万国与万国的荣华都指给他看，对他说：‘你若俯伏拜我，我就把这一切都赐给你。’耶稣说：‘撒旦（撒旦就是抵挡的意思，乃魔鬼的别名）退去罢！因为经上记着说：当拜主你的神，单要侍奉他。’于是，魔鬼离开了耶稣，有天使来伺候他。”

1680 元珠赤汞一般的金子，

一场永远赢不了的赌局，

一个与我拥抱却与

旁人暗通款曲的淑女，

还有令人飘然欲仙

1685 却逝如流星的荣誉。

给我看一个烂在树上的果实，

还有每天都新绿的树枝！

指不寻常的东西，通常果子在树上不会腐烂，树不会天天新绿。

梅菲斯特

这样的差事吓我不到，

我自能奉上奇珍异宝。

1690 不过，朋友，终有一天

咱们将消停地尽享美餐。

安静、消停地享受，欲望满足。

浮士德

我一旦安然地倒向安乐椅：

就让我立时死去！

但凡你能以谗言相欺，

1695 兀地让我沾沾自喜，

或用享乐把我蒙蔽：

那便是我的死期！

我敢打赌！

浮士德在将梅菲斯特的军，刺激他带自己穷尽享乐。

主动提出打赌。注意此处打赌的情绪、程式及喜剧色彩。

梅菲斯特

一言为定！

浮士德

与故事书不同，浮士德作为主人，主动提出打赌；并未提及出卖灵魂、死后侍奉魔鬼等契约条件。

击掌为盟！

击掌打赌，仪式结束。

我若对某一瞬间说出：

1700 请停留一下！你是那么的美！

对某一时刻说，有魔力的咒语，见于民间童话。

你便可以把我捆绑，

对梅菲斯特说，寓指成为魔鬼的俘虏。

我便甘愿走向死亡！

任死亡的丧钟敲响，

你的服务就此解除，

1705 任时钟停摆，指针下垂，

时钟指针垂落到六的位置，表示人死亡，时间停住。

时间于我就此结束！

梅菲斯特

要慎重，这可是一言为定。

浮士德

你的顾虑不无道理；

我原未肆意高估自己。

1710 我一旦停住便成奴仆，

任凭你或是别人做主。

以上属即兴保证，场景对话，非具法律效力的契约。

梅菲斯特

我今日，即在博士宴上，

德国大学习俗。[1]

作为仆人，履行职责。

此两行推测为早期创作计划残留。[2]

但只一项！——无论如何，

1715 烦请你给我写上几行。

请求浮士德书面签约证明。

浮士德

试图以种种诘问、诡辩、夸张的修辞来搪塞推诿。

你这学究竟要立字为证？

你尚未见君子，君子一言九鼎？

只要活着我的话就作数

难道这样你仍嫌不足？

---

[1] 博士宴，Doktorschmaus，德国习俗，流行至今，即博士候选人通过答辩后，邀请系里所有教师同学宴饮联欢。

[2] 即根据早期创作计划，梅菲斯特以游学大学生身份出场，随后列席博士答辩，参加博士宴。

1720 殊不知任万事尽付东流，

我的誓言也会把我拦住？

心中既已置入这一狂想，

谁还会甘心自寻解放？

胸怀诚信的人有福了，

1725 绝不会有牺牲让他反悔！

拟登山宝训句式。

一份羊皮纸，签字画押，

反倒如幽灵令人生畏。

说出的话死在鹅毛笔下，

反受制于羊皮和封蜡。

1730 你这恶魔究竟要我怎样？

石头铜铁羊皮还是纸张？

是用刻刀凿子还是笔管？

所有手段任凭你选。

梅菲斯特

你何至于慷慨陈词

1735 没的大肆夸张至此？

随便有个纸头就好。

用一小滴血签上名字。

民俗或迷信认为，与魔鬼签约要用人血。类比出埃及记中摩西令以民用牲血与神订约。[①]

浮士德

若这个令你心满意足，

也无妨来它个鬼画符。

用血签字，民俗迷信中认为这当像鬼画符难以辨认。

梅菲斯特

1740 血乃极不寻常的汁液。

与第二部第二幕开场呼应：再回书斋，发现鹅毛笔管中有血的残迹。

浮士德

无需害怕我会毁约！

我定将全力以赴

去信守我的承诺。

我曾一度自我吹嘘，

1745 到头来不过与你平级。

最多不过等同于魔鬼，而非神的同形。

伟岸的灵把我鄙夷，

自然在我面前关闭。

见前地灵一场。

---

① 《出埃及记》24:8："摩西将牲血洒在百姓身上，说：'你看！这是立约的血，是耶和华按这一切话与你们立约的凭据。'"因根据以色列人的理解，生命在血中，血代表人的生命，参《利未记》17:11："因为活物的生命是在血中，我把这血赐给你们，可以在坛上为你们的生命赎罪。因血里有生命，所以能赎罪。"神与人立约用血，以民各种祭祀都有洒血环节。人与魔鬼以血立约是模仿，也代表人把生命交付魔鬼。

思想的游丝已然扯断，

一切知识我久已厌烦。

告别思想和知识。

1750 让我们在感性的深渊中

平息我们燃烧的激情！

转向感性世界、感官享受。

让披着坚固的魔衣

所有的奇迹准备就绪！

让我们纵身时代的车轮，

1755 纵身滚滚的红尘！

任凭痛苦与享乐，

任凭成功与恼火，

如何变换莫测；

只消马不停蹄地去做。

马不停蹄，rastlos，无休无止，一种躁动不安的生存状态。于上下文中全无“自强不息”之义。

梅菲斯特

1760 不给您设立目标和底线。

您尽可随性四处尝鲜，

边撤退边牵羊顺手，

喜欢什么都尽可消受。

尽管动手吧无需遮羞！

浮士德

1765 你听了，我说的不是快乐。

我要的是眩晕，极痛苦的享乐， 逆喻修辞。体验极致。

爱恨交织，怡神的恼火。 极致体验。浮士德从追求知识的极致，一跃到追求感官体验的极致。

我那治愈了的求知的胸襟，

今后当向痛苦敞开大门，

1770 被赋予了全人类的所有， 以下至新生出场前，存在若干前后矛盾的表述。①

我将于内在自我中享受，

用精神去捕捉至高至深者，

将人的苦乐摞上我心头，

将我之自我扩展为人之自我， 把自我伸张为全人类。

1775 哪怕终如人类，我亦头破血流。 言彻底失败。

梅菲斯特

哦请相信，这盘硬饭

---

① 以下1770—1867行，即至新生出场，已见于1790年出版的《浮士德·未完成稿》，大约作于歌德意大利之旅期间（1786—1788年）。因此这近一百诗行成文早于书斋［一］和书斋［二］此前部分，原直接上接夜，下启戏弄新生，显然是首次连接两场的尝试。后于1795年前后重启《浮士德》创作时，歌德曾计划将之删去，以新换旧，但最终予以了保留。这样就造成新旧两个衔接部分，并列出现，使得这一大段在内容和语气上，存在与上下文重复甚或矛盾的地方，比如再度出现浮士德张扬自我、欲与神一比高下的慷慨陈词，或梅菲斯特劝说浮士德放弃精神追求、转借魔法去体验世界的情节。且这一大段的语言也较后成文的部分简单。

我已啃了它千百万年，

从摇篮到棺材，无人能

消化这古老的酸面团！　　无人能克服傲慢这一原罪。典出哥林多前书。[①]

1780 信我一言，若论整体

不过是造给某位神祇！

祂自置身永恒的光辉，　　神。

将我辈投入黑暗混沌，　　鬼。

你们也只有昼夜交替。　　人。

浮士德

独我愿意！

梅菲斯特

1785 颇有道理！

只是有一事让我不安：

技艺悠长，人生短暂。　　劝浮士德不要在不可为的事情上蹉跎。

我觉得，您最好听劝。　　继续吊浮士德的胃口。

您或可神交一位诗人，　　宫廷诗人，为君主歌功颂德，可将对立品质结合到一起。

---

① 《哥林多前书》5:6-7："你们这自夸是不好的。岂不知一点面酵能使全团发起来么？你们既是无酵的面，应当把旧酵除净，好使你们成为新团；[……]"发酵指人的原罪发酵，这里的原罪指人的傲慢。

1790 让那位先生浮想联翩，

把所有高贵的品性

堆到您尊贵的头顶，

狮子的勇猛，

麋鹿的迅捷，

1795 意大利人的热情，

北方人的韧性。

让他为您寻得秘诀，

如何既慷慨又狡黠，

如何不失青春热烈，

又有计划地坠入爱河。

1800 这般高人我也愿得见，

要称之为小宇宙大仙。

诗人开动想象力。

诗人可凭想象力，满足浮士德现实中不可实现的体验极致的愿望。

诗人所描述的人。

小宇宙：人，意思是完整的人，可与大宇宙（神）匹敌。

浮士德

那我是什么，若无法

如我心我意所愿，

1805 去夺得人类的桂冠？

梅菲斯特

你终究是——你所是。

拟耶和华神的自我定义：“我是我所是。”（《出埃及记》3:14）

任你头上有千万发卷，

任你脚下有百尺高台，

你总不过就是你所是。

假发卷，表位高权重。

一说高台，Socken，作古希腊喜剧演员穿的平底靴。如此，便是无论你地位高低。

浮士德

1810 我感到自己白白聚敛起

人之精神所有的财富，

到头来当我坐在这里，

内心仍无新的力量涌出；

我没有提升一分一厘，

1815 无限仍然遥不可及。

人的精神、思想未能带来任何新的力量。

梅菲斯特

我的主子，您之所见，

正如常人所见一般；

咱们得做得聪明一点，

在生活的快乐溜走之前。

1820 想开点！自己的手脚

脑袋和屁［股］当然属于自己；

可难道新得的种种，

就不能当自己的享用？

屁“股”，各印刷版均代之以“风纪破折号”，薛讷版恢复手稿。

引诱浮士德，不必仅靠自己的力量，可借他人之物为己用，比如魔法。

我若付得起牡马六匹，

1825 不就坐拥了它们的力气？[①]

我壮士一般奔跑如飞，

仿佛生出二十四条腿。

打起精神！勿再思忖，

且与我一道径入凡尘！

1830 听着：只顾玄想的家伙，

像匹野兽，被恶灵引着

在干涸的荒原上兜圈，

而身边就是美丽的草原。

劝浮士德不要执迷不悟。

浮士德

那如何开始？

梅菲斯特

先离开这里。

1835 这是怎样一座牢狱？

这过的是什么日子？

① 据说青年马克思曾受这两行比喻的启发，在《经济哲学手稿》(1844)中，称资本主义私有财产为魔鬼的成就，带有魔鬼的特征；提升人的力量、荣誉和精神的不再是作为个体的人，而是金钱的拥有者。

让自己和学生无趣。

就把它交给你的邻居！

何苦在这里缘木求鱼？ 原文：打没有穗粒的干草。

1840 你所知的最好的东西，

又不得告诉那帮小子。 学生可以使由之，不可使知之。

走廊上刚好过来一个！ 下面将出场的新生。

浮士德

我此刻没心思会客。

梅菲斯特

这小可怜儿等了好久，

1845 不能就这样打发人走。

给我你的袍子帽子； 浮士德的教授装束。

这扮相对我相当合适。

换装。

现在来看我的机锋！ 准备扮成浮士德戏弄新生。

只需短短的十来分钟；

1850 这当儿你去准备好启程！

浮士德下。

梅菲斯特　*身着浮士德的长袍*

冲走向后台的浮士德，对以上部分作结。

就鄙视理性和知识吧，

人之至高无上的力量，

让自己借着骗子精的

骗子精：魔鬼。

戏法魔法变强变壮，

1855 我已无条件把你——

见浮士德已退下，改用第三人称。无契约条件。破折号表停顿和转折。

命运赋予他某种精神，

总要脱缰般向前猛进，

他一味匆忙地去进取

世间的欢乐无暇顾及。

1860 我要拖着他浮浪人生，

遍历无足轻重的平庸，

看着他扑棱、粘住、不动，

如蜘蛛网上的昆虫或粘鸟器中的鸟。

对付他的永不足餍

让珍馐浮荡在饥渴的唇边；

典出坦塔罗斯神话。

1865 他将徒劳地求一口清水，

且纵然没把自己交付魔鬼，

他也定将前程自毁！

即便未与魔鬼立约也会走向毁灭。

学生某上。

分场说明

为方便起见，根据内容，笔者把该分场称为梅菲斯特戏弄新生，是学者剧中最早写成的三个片段之一，在《早期稿》中位于夜场（瓦格纳退场）之后、下一场莱比锡的奥尔巴赫地下酒窖之前。

本分场中，梅菲斯特假扮浮士德，对慕名而来的新生进行入学咨询，借咨询之故，点评各门学科，讽刺学院生活，是一场大学讽刺剧。讽刺主要借用中世纪晚期以来的程式，但也不乏基于作者本人大学经历和体验的独创，内容则更多针对歌德学生时代所处的18世纪下半叶，具体聚焦过时的学科建制和僵化的学术规训。

与《早期稿》相比，现稿删去了有关大学生食宿的对话，删节了一批大学生俚语，并将咨询内容在原有逻辑学、形而上学、医学基础上，扩充了法学和神学。

另需说明的是，本分场的新生，在第二部第二幕书斋中再次亮相，并且已晋升为学士，摇身一变，成为不可一世的学术新锐，对彼处再一次扮装浮士德的梅菲斯特，进行了清算和菲薄。

本分场因与夜场同期成文，大体保留了双行押韵体。同时为模拟大学师生对话，夹杂有不少拉丁语洋泾浜。

学生

学生我初来乍到，

遂竭诚前来请教，

1870 想见识见识一位先生，

人人提起都肃然起敬。

梅菲斯特

很高兴见您彬彬有礼！

在下我嘛与旁人无异。

您可已四下瞧了一瞧？

学生

1875 晚生恳请您不吝赐教！

晚生兴冲冲来到这里，

带着钱和方刚的血气；

家母她实不愿与我分离；

可我想在外学点真东西。

梅菲斯特

1880 那此地对您刚好适宜。

学生

说实话我都想一走了之：
高墙之内，大讲堂里，
让我丝毫提不起兴趣。
实在是个狭小的天地，
1885 草木全无，毫无绿意，
坐在教室里，板凳上，
我耳鸣目眩头脑发胀。

梅菲斯特

这不过是个习惯问题。
1890 就像婴儿未必一上来
就情愿接受母亲的奶，
可不久便吃得不亦乐乎。
您也会对智慧的双乳
与日俱增兴味儿十足。

“大学”拉丁语中也称 Alma Mater，意为“哺乳的母亲”，即滋养、养育孩子的母亲。

智慧，拉丁语 Sapientia，阴性名词，常以女性形象喻指。

学生

我惟愿高兴地把她拥抱；
1895 还望相告如何才能够着？

她，指智慧。

梅菲斯特

先请告知，远的不说，

尊驾选择了哪门学科？

神学、法学、医学以及作为各门学科基础的哲学（文理）。参开场独白注。

学生

我希望真正学识渊博，

地上的和天上的

1900 一切我都很想掌握，

即自然和知识的总和。

原文 Wissenschaft，旧指知识的总和，非现代意义上的科学。

梅菲斯特

您算是找对了路子；

只是一定要专心致志。

学生

我一定是心无旁念；

1905 当然我也煞是喜欢

赶上夏天的节假日

来点儿自由和消遣。

梅菲斯特

以下逐一点评各门学科。本节针对作为大学基础训练的逻辑学。程式化讽刺：禁锢思维，阻碍创造力。

利用好时间，它一晃就过，

学制教给您如何赢得。

指按学制循序渐进。

1910 故而我建议，亲爱的小友，

先把逻辑大课选修。

大学训练逻辑思维的基础课程。据《诗与真》记载，歌德本人不喜这类课程。

您的思维将受到规范，

如上了西班牙长靴一般，

西班牙长靴，属宗教裁判所二级刑具，用来夹住胫骨。

它日后便会从从容容

1915 沿思想轨道缓缓前行，

断然不会东游西荡，

如鬼火一样横冲直撞。

不日又有人向您传授，

原本一气呵成的事情，

1920 不假思索的吃饭穿衣，

要按照一二三的程序！

虽说那思想的工场

与织工的杰作一样，

与织工操作织机类比。歌德时代纺织技术发展，线索多，速度快。

踏一下牵动千丝万缕，

1925 梭子飞快穿来穿去，

纺线川流目不暇给，

一下子带起千头万绪：

言其浑然一体，不当割裂地观察分析。

但哲学家此刻要上前，

跟您说明要如此这般：

1930 第一步、第二步如此，

才有了第三、第四步，

若非第一第二步如此，

则第三、第四步绝无。

天下的学子齐声称颂，

1935 却并没有谁成为织工。

若想认识和描述鲜活的东西，

就要先把精神驱逐出去，

然后把些零碎握在手里，

只可惜缺了精神的维系！

1940 化学中称之自然的介入，①

不过是自嘲因不知何故。

反话。

歌德的讽刺针对割裂、肢解整体的自然科学研究方法。

---

① Encheiresis natuae，原文用第四格 encheiresin natuae，希腊语概念，德语 Handgriff der Natur，自然的插手，也译自然的介入，自然的处置，不可人为模仿的自然的操作。针对歌德时代自然科学中的分析方法，分析化学。——歌德在临终前两月，1832 年 1 月 21 日致信 H. W. 瓦肯罗德（1798—1854，化学家，医药学家，时任耶拿大学医药学教授），说："我非常感兴趣，人在多大程度上能够理解和把握生命之有机－化学的运动，[……] 我们是否当径直承认有自然之隐秘的介入，凭借这种介入，自然创造生命，促进生命的发展，并且，即便我们是神秘主义者，也终将要承认，自然中存在无法探明究竟的东西。"

学生

实不甚明白您的观点。

被说晕了。

梅菲斯特

过不久便会大有改观，

待您把还原学会

1945 还有恰如其分的分类。

还原和分类，逻辑学术语，指从具体和复杂的现象中抽象出原理，找出系统的规则。

学生

恕我完全不知所言，

脑袋里好似有个磨盘在转。

犹一团糨糊。

梅菲斯特

随后，若论重中之重，

则形而上学首当其冲！

仍属大学基础科目。此为反话。

1950 于是您将深刻把握一批

与人脑格格不入的东西；

无论它能否进到脑子，

都能找到堂皇的语词。

都能找到一个堂而皇之的概念。

先要在这头半年里

1955 搞清楚最优的秩序。

每天上课五个小时；

钟声一响便端坐教室！

若事先做足了功课，

各个章节认真背过，

1960 届时则更清楚看到，

他不过是在照本宣科；

而您仍努力记着笔记，

仿佛圣灵在传达口谕！

歌德曾在书信中自曝每天上五节逻辑学。

有教科书的时代，教师按教科书讲解。老式教学法，没有教科书，教师念讲稿（速度缓慢，有节奏），学生记笔记。

基督教认为人的语言文字皆因受圣灵启示。此处讽刺。

学生

以下至2000行，系后添加内容：在《早期稿》点评逻辑学之外，加入法学和神学，与**开场独白**所涉学科对接。

这个您只需叮嘱一遍！

1965 我想这一定相当划算；

因为白纸黑字写下的，

可心安理得揣着回家。

梅菲斯特

说说您选了哪个科系！

学生

法学嘛我无法勉强自己。

梅菲斯特

以下点评法学。

1970 不能说这是您的过错，

我知道这门学问如何。

法条和法理就像顽疾

陈陈相因无法治愈；

从一代人拖到另一代，

1975 四处推移悄无声息。

理性变荒诞，善行成烦难；

汝等孙辈，着实可怜！

对我们与生俱来的权利，

可惜呀！从来无人论及。

歌德本人曾从父命修习法学，先后就读莱比锡和斯特拉斯堡大学，终获法学博士学位。

指成文法，与下文的自然法对应。

大约指罗马法在欧洲各地的传播。

法律、对法律的解释也当随时代变迁。歌德在斯特拉斯堡学习时认识到这一问题。

自然法。18 世纪下半叶有关于成文法和自然法的讨论。[①]

学生

1980 一席话令我的反感加剧，

承教于您者幸福无比！

我几乎要把神学修习。

拟登山宝训中真福八端的句式，过渡到神学。

当指歌德所信奉的路德教的神学，新教神学。

梅菲斯特

我诚不愿把您引入歧途。

[①] 歌德原则上对自然法有所保留，尤其因其引发了法国革命。同时也因自然法具革命性，在此由梅菲斯特提出。

但说起这门学问，

1985 实在是很难避开错路，

言极易使人误入歧途。

它里面隐藏着无数毒素，

异端邪说，或反话：真知灼见。

且与良药鱼目混珠。

在此最好也只听从一位，

本当听从一位神，耶稣基督，这里当影射路德。

宣誓效忠彼大师的教诲。

1990 总而言之——要恪守言！

言：Wort(e)，刺路德教仅重言，不重传统。[①]

您便可通过可靠的门

走进确信不疑的圣殿。

学生

可概念存在必要靠言。[②]

概念不可能脱离语言、言辞来表达，没有语言便没有逻辑和思想，两者相辅相成。

梅菲斯特

罢了！无需太把细节纠缠；

1995 因为哪里缺了概念，

① 路德教对圣言（道）的重视，在世俗化语境中转化为仅注重语言和言辞本身，无视习俗、传统以及言辞以外的东西。歌德时代，神学依然是大学最高级和最重要的学科。歌德所就读的莱比锡大学，讲授路德教神学，特别强调语言、言辞。歌德受哈曼、赫尔德等人影响，认为言辞本身，亦即抽象的概念理论、空洞的体系，不能引人达到真理。

② 德语 Wort，词语，语词，对应希腊语 Logos，有道、圣言、语言、言辞、词语等多重意思，故而要根据上下文选择对应中文表达。

某个词便会及时补填。

语词可顶上空缺的概念，互义，均为故弄玄虚，无关所指。

用言辞可绝妙地争吵，

用言辞可把体系构造，

言辞令人深信不疑，

2000 一个词不可把某字母抹去。

不可差一个字母。影射中世纪关于耶稣基督性质的讨论。[①] 至此行，为后加部分。

学生

以下关于医学的讨论见于《早期稿》，属最早创作的部分。

恕我问题多多纠缠不休，

只是晚生还有一事相求。

您是否也可就医学

给几句有力的劝诫？

2005 三年是个短暂时光，

歌德时代大学本科学制一般为三年。

而天呐！该领域实在太广。

若能得到些许指点，

日后摸索也可举一反三。

---

① 此处影射公元 325 年尼西亚公会关于耶稣基督本质（父与子关系）的讨论。讨论围绕两个关键希腊语词展开，两词只差一个希腊字母“i”（Jota）：homoiousios，意为耶稣与神或子与父体性相似（父先于子，子为被造而次于父）；homoousios，意为耶稣与神或子与父同性同体（父子同质，子为道成肉身）。前者是当时希腊教会对三位一体的理解，以至于是后来东正教会对三位一体的理解；后者是拉丁教会对三位一体的理解，以至于是后来整体天主教会对三位一体的理解。

梅菲斯特 自语

这腔调实在枯燥乏味，

以下转为梅菲斯特常用的牧歌体，音步跳跃较大，收放自如。

2010 我要演回地道的魔鬼。

大声

把握医学的精神不难；

医学与人体挂钩，便于开下流玩笑。

您把大小宇宙学贯，[1]

发现到头来不过是

由命听天。

即便掌握有关大小宇宙的知识，也终要服从神的安排。

2015 您徒劳地壮游学术天地，

所学超不过自己的能力；

然谁若把握住眼下，

那才是真正的赢家。

您尚有副不错的身板，

2020 果敢嘛似也并不缺乏，

您只消有足够自信，

他人便自会信您。

特别要学会引导女人；

犹勾引。

她们永远地满腹怨言

[1] 大小宇宙，医学用语，大宇宙指天体和自然界，对医学而言指自然科学；小宇宙指人，人的身体，对医学而言指生物学、人体解剖学等。近代医学，如以帕拉塞尔苏斯为代表，继古希腊之后，再次认为人体与宇宙之间存在相互关联，故而要认识和掌握人体，需要认识和掌握大宇宙。

2025 纵千般万般

治愈就只从那一点，

您若略显得可亲可敬，

便可把她们尽收囊中。

先要有头衔增加好感，

医生、博士头衔，及各种荣誉称号，如18世纪医生尝冠以“皇家、宫廷”等。

2030 显得您的手艺过人超凡；

迎客时便摸索周身的物件，

以下各种情色暗示。

换个人要逡巡好多年，

要懂得轻捏她的脉腕，

边热烈而狡黠地盯着她看，

2035 边一把搂过窈窕的腰身，

舞台表演伴有动作，借学生示范。

检查下它系得有多紧。

凸显腰身的紧身衣。18世纪只有男医生，女性一般和衣检查身体。

学生

这听上去好极！详细而又具体。

梅菲斯特

朋友，理论是灰色的，

唯生命的金树常青。

《浮士德》金句之一。生命树，典出《创世记》，伊甸园中的生命树。[①] 下接“分别善恶的树”。

---

① 《创世记》2:9：“耶和华神使各样的树从地里长出来，可以悦人的眼目，其上的果子好作食物。园子当中又有生命树和分别善恶的树。”

学生

2040 向您保证，我如梦初醒。

敢问可否改日再来叨扰，

刨根问底聆听您的指教？

梅菲斯特

定勉为其难，知无不言。

学生

我不能就这样告辞，

2045 一定要呈上我的签名簿子。 相当于今天的学籍证明。[①]

敬请您为此次签名题字！

梅菲斯特

当然。

写好递回去。

---

① 签名簿子，Stammbuch，相当于今天的学籍证明。因欧洲大学实行游学制，学生游走于各大学之间，从不同名师听课，故而无固定学籍证明。自 16 世纪中叶开始流行一种签名簿，学生随身携带，所到访之处，请名人名师签名，以兹证明与学者的交流和学籍。教师签名时常附上勉励之语，多引自圣经。

学生 读

你们便如神能知道善恶。

语出《创世记》，蛇引诱夏娃违抗神命吃知善恶树上果子时所言。[①]

恭敬地合上簿子告退。

梅菲斯特

就跟随老话还有敝姨母那条蛇，

2050 你终有一日为与神同形而忐忑！

蛇和姨母，如魔鬼，见前注。跟随，拟跟随耶稣之跟随。改用“你”，泛指。

与神同形，参前注。本分场压轴在（智识）人的傲慢和渎神。

浮士德上。

以下至结束系后来添加。

浮士德

去往何处？

梅菲斯特

如你所喜悦。

先小世界，而后大世界。[②]

无比快活，收益多多，

---

① 原文拉丁语，Eritis sicut Deus, scientes bonum et malum，语出拉丁语通俗本圣经（Vulgata）。见《创世记》3:4-5：“蛇对女人说：‘你们不一定死；因为神知道，你们吃的日子眼睛就亮了，你们便如神能知道善恶。’”

② 小世界，die kleine Welt，指个体私人世界、家庭生活和情感世界，即以下格雷琴剧展示的世界；大世界，die große Welt，指公共政治生活领域，即第二部所上演的宫廷政治、科技、军事、历史、海外掠夺等广阔领域。

他人买单你尽享人生大课！

本句常被忽视，然反观浮士德的大小世界之旅，无不建立在他人痛苦之上。

浮士德

2055 但只这长长的胡须

胡须：与其说是年长标志，不如说是书斋学者标志。

令我把轻松的生活远离。

此番尝试恐难以遂愿；

我从未有过随遇而安，

当人面我会自惭形秽；

2060 会始终感到狼狈不堪。

梅菲斯特

朋友啊，一切顺其自然；

一朝自信自会懂得生活。

浮士德

咱们如何出门上路？

哪里有马车和奴仆？

梅菲斯特

2065 咱们只需展开这披风，

它载咱们在空中飞行。

冒险的旅程需要轻装

切勿带上大卷的行囊。

我要置备一点可燃气体，

2070 它很快托我们离开大地。

我们越轻，就越快上升；

祝你开始新的人生旅程。

1782 年法国蒙戈菲尔兄弟试验热气球成功，以下实按热气球描写（类似魔毯的）魔披风。

【插图 4】

《浮士德·第一部》《浮士德·早期稿》中

莱比锡的奥尔巴赫地下酒窖场

临摹莱比锡“奥尔巴赫（地下）酒馆”中 1525 年壁画的版刻。

（原图藏于：法兰克福德意志高等基金会）

上图：浮士德博士偕黑色贵宾犬与学生举杯饮酒

下图：浮士德骑在酒桶上出现在酒窖门口

本场说明

莱比锡的奥尔巴赫地下酒窖是学者剧中最早写就的三部分之一，已见于《早期稿》，最初是散文形式，后改写为韵文，随《未完成稿》出版。在第一部定稿过程中，作者对其中大学生俚语部分进行了删改。

地下酒窖是窖藏葡萄酒的地方，酒家通常借势开设酒馆。莱比锡城内确有一家这样的同名酒馆，至今营业。歌德于1765—1768年也就是16到19岁在莱比锡上大学期间，常光顾此店。传说历史上的浮士德曾与学生在此饮酒，并骑酒桶飞离酒窖。酒窖里至今有两幅壁画，落款1525年：一幅上画浮士德偕贵宾犬，与学生对饮，弹琴唱歌；一幅上画浮士德骑酒桶出现在酒窖门口，学生列队送行。【见插图4】

本场呈现的是大学生的课余生活，与前学者讽刺、学科讽刺共同构成完整的对大学生活的讽刺。它同样杂糅了浮士德传说与歌德的亲身经历。自中世纪至歌德时代，大学里只有男生，且多为贵族或上层市民子弟。这是社会中一个相对自由的群体。学生无家室、无职业，迁徙自由，享受治外法权等特权，在课余聚众饮酒，乃至打架斗殴，勾引良家少女，滋生事端，是常见现象。

本场先有四人在场上，悉被冠以诨号并各有指代：小师弟，代表一年级新生；二师兄，代表二年级学生；大师兄，代表长年不能卒业的老生；老助教，代表教研序列中的最低一级。四人无聊闲坐，倚桌饮酒，相互打趣，唱曲儿助兴。后梅菲斯特与浮士德上，在一阵坐地户与过路者相互揶揄后，二者加入饮酒唱歌的行列。

莱比锡的奥尔巴赫地下酒窖是一场讽刺、说唱和笑闹剧，是《浮士德·第一部》中最富戏剧性的几场之一。台词使用双行押韵体，唱段采用滑稽歌剧中的男声四重唱：两名低年级学生唱高音部，两名年长的唱低音部，梅菲斯特担任男中音。四首歌曲用宣叙调演唱，有政治讽喻歌（讽刺神圣罗马帝国）、夜莺之歌（仿骑士爱情诗的民歌，讽刺浪女）、耗子之歌（彼得拉克风格，讽刺痴男），以及由梅菲斯特领唱的讽刺宫廷佞臣的跳蚤之歌。本场台词虽经删改，但仍留有不少大学生俚语或莱比锡方言痕迹。

本场后半部分上演了梅菲斯特所施的两套魔法：第一套是钻木变酒；第二套是障眼法加定身术。施魔法的母题源自浮士德故事书，只是施魔法的人自《未完成稿》起便由《早期稿》中的浮士德改为梅菲斯特。

本场是浮士德决计开始新生活后，跟随梅菲斯特经历的第一站。初出书斋的浮士德，在粗俗喧闹的酒馆中显得尴尬局促，自始至终是一位被动的旁观者，整场下来只有两处台词：出场时的寒暄，以及表达退场的愿望。

莱比锡的奥尔巴赫地下酒窖

一班人嬉闹豪饮[①]

小师弟

没人喝了？没人乐了？

耷着脸子给谁看呢！

2075 今天个个蔫头耷脑，

原文“打湿的草”，言情绪不高。

平日里火苗蹿得老高。

二师兄

都怪你；没什么笑料，

没个胡来，没个恶搞。

小师弟 拿一杯酒浇到他头上

男生聚会，无聊，硬找乐子、恶作剧。

一箭双雕！

既是胡来又是恶搞。

---

① 以下出场的四个人物，皆用诨号，属大学生俚语，按齿序依次为：Frosch，音译弗罗施，意为青蛙，是青涩的大一新生；Brander，音译布兰德，略相当于二年级学生；Siebel，音译西贝尔，年长很多，大约是长期注册但不能毕业的老生；Altmayer，音译阿尔特迈耶，大约是资质平庸、终年不得晋升的助教类低阶教师。为阅读记忆方便，相应意译为小师弟，二师兄，大师兄和老助教。其中两位低年级学生活跃，台词较多，大师兄经验丰富，老助教相对稳重。

二师兄

你个大大的蠢猪！

小师弟

2080 您既想要，我挺身而出！

大师兄

滚出门去，谁敢吵架！

边喝边吼，高唱龙达！

来呀！嚯啦！嚯！

龙达，Runda，类似酒令，酒杯在席间依次传递，传到谁手上，谁便行令后喝下。

老助教

天呐我的老命！

快拿棉花！耳朵要震聋。

大师兄

2085 有这拱顶的回音，

那低音听起来才叫雄浑。

小师弟

没错，谁有意见就趁早滚蛋！

啊！嗒啦啦啦哒！

清嗓子。

老助教

啊！嗒啦啦啦哒！

小师弟

嗓子清理完毕。

唱

2090 亲爱的神圣罗马帝国，

如何能让它和衷共济？

18 世纪下半叶讽刺神圣罗马帝国的分裂状态。

二师兄

嘘！一首烂歌！政治歌曲！

“政治歌曲”，后为海涅引用。

讨厌至极！最好每早感谢神恩

你们无需为罗马帝国操心！

2095 至少我视之为天大的便宜，

我不是皇帝也不是总理。

不过咱们也不能没有首领；

让咱们来选出个教宗。

学生俚语，酒量最大者当老大。

你们晓得，是何等资格

2100 起决定作用、把那人抬升。[①]

小师弟 唱

展翅飞去吧，夜莺夫人，

千万遍问候带给心上人。

Frau Nachtigall，中古骑士爱情诗程式。

骑士爱情诗后转化为民间情歌，收录于1639年的《维纳斯小花园》。

大师兄

不问候心上人！不听这一款！

亚历山大体，配合民歌所由出的17世纪巴洛克时期诗体，但修辞简陋。

小师弟

给心上人问候和亲吻！你休得阻拦！

唱

2105 开门栓！静悄悄夜晚。

开门栓！情郎守门边。

上门栓！不觉已达旦。

拟中世纪破晓歌，用女生口吻。或为某首民歌，或为歌德拟作。

大师兄

受过女生伤害，各种报复和诅咒，程式。

唱吧，唱吧，把她赞美把她夸！

我就等到时候看笑话。

① 抬升，影射11—16世纪教宗就职仪式中一项程序：新当选教宗在就职前，要被抬上一个高台，坐到一把类似马桶的椅子上。据说该程序的起源是为鉴定教宗性别，避免女性当选。

2110 她哄骗了我，对你也不会两样。

该发她个小矮人做情郎！

让他和她在苦路上调情；

让只老山羊，布山回来的路上，

疾驰而过向她咩个晚安吉祥！

2115 一个有血有肉的好儿郎

这娘们儿如何配得上。

我可不要听什么问候，

只想去砸碎她的窗牖。

土精，如花园里的小矮人。

苦路，共十四站，为纪念耶稣受难，一般设在教堂庭院里。

布山：布罗肯山，女巫聚会的地方，参瓦尔普吉斯之夜场。

女巫骑公山羊到布罗肯山集会，山羊在此是腌臜龌龊淫欲的象征。

与在情人窗下弹唱夜曲的程式相左，这里是砸碎人家的窗子。

二师兄 敲着桌子

注意！注意！来听我说！

2120 诸位得承认，我懂生活；

一群花痴坐在这里，

我要按惯例，在道晚安之际，

拿出点最拿手的东西。

听好！一首最新的歌曲！

2125 使劲跟着唱最后一句！

唱

耗子之歌。[1]

① 歌德在1775年9月写给施多尔伯格伯爵（Graf Stolberg）夫人的信中，谈到这种恋爱时的抓狂状态，称仿佛身体里有了毒。耗子之歌使用了所谓"路德赞美诗体"（四音步（转下页）

地窖里有只大耗子，
只把肥肉黄油吃，
吃出个圆圆大肚子，　　大肚子与动物发情交配、油脂变哈喇是谐音。
好似那个路德博士。　　路德押黄油。
2130 厨娘给它下了药；　　厨娘，指折磨男士的女子，耗子相当于中了爱情之毒的男士。
让它难受得不得了，
就像中了爱的毒。　　爱情如毒药，（彼得拉克）爱情诗程式。

齐唱 高声

就像中了爱的毒。

二师兄

它四处乱窜往外闯，　　以下各种抓狂的表现。
2135 见到水坑就扑上，
又啃又刮整个房子，
它仍旧抓狂不止；
它挣扎着跳了几跳，
眼看把小命丢掉，

（接上页）交叉韵）。路德与历史上的浮士德是同时代人，用这种诗体创作了大量新教赞美诗。而歌词在内容上，则故意蹩脚地模仿了彼得拉克式的爱情诗，即女士高高在上，无情地折磨爱她的（身体里有了爱情之毒的）男士。

2140 就像中了爱的毒。

齐唱

就像中了爱的毒。

二师兄

它怕见大白天的光

各种爱情综合征的表现。

一头扎向那厨房，

撞上灶台蹬腿倒地，

2145 可怜巴巴地捯气。

下药的厨娘她笑嘻嘻：

哈！还剩最后一口气，

就像中了爱的毒。

齐唱

就像中了爱的毒。

大师兄

2150 瞧把无聊的小子们乐的！

感到歌词在讽刺自己。且由下文可见，大师兄即一副秃头大腹的形象。

也不失为一门艺术，

撒药给可怜的老鼠！

女士让男生抓狂也是门艺术，自嘲。

二师兄

你对它们情有独钟？

揶揄大师兄与耗子同病相怜。

老助教

大肚子加上秃头顶！

讽刺大师兄。

2155 不幸让他温和平静；

反话。大师兄上文言辞激烈，且对年轻人多有微词。

他在鼓胀的耗子身上

看到自己本真的形象。

浮士德偕梅菲斯特上。

梅菲斯特

嗯我必须首先把你

带到有趣儿的集体，

2160 让你看看生活多么简单。

这儿的人每天都在过年。

才智不多惬意不少，

人人就着小圈子把舞跳，

像追自己尾巴的小猫。

但凡不抱怨头昏脑涨，

醉酒后的不良反应。

2165 但凡酒家肯继续赊账，

便是无忧无虑无比欢畅。

二师兄

这二位一准儿是过路客，

瞧他们的样子怪怪的；

2170 显然是刚到此地则个。

小师弟

言之有理！我赞美我的莱比锡！

人称小巴黎，把人养得洋气。

莱比锡在18世纪因繁华、富庶、洋气被称为小巴黎。

大师兄

你看来人是何许？

小师弟

待我过去！趁着酒气

2175 像拔颗乳牙，轻而易举

把虫子抠出他们的鼻子。

俗语，俚语，指打探出来历、秘密。

他们看上去像贵族子弟，

梅菲斯特与浮士德的打扮。

一副傲慢且不满的神气。

二师兄

定是走江湖的，我打赌！　　　　比新生有经验。

老助教

或许。

小师弟

2180　看着，我让他们供出！　　　　原文“上刑拷问”。

梅菲斯特　冲浮士德

年轻人从觉察不到魔鬼，

就算魔鬼把他们嬷住。

浮士德

先生们好！

大师兄

回敬一句多谢了。

从侧面打量梅菲斯特，小声

这家伙怎么有一只瘸脚？

民俗中认为魔鬼有一只马脚；一说魔鬼从天而降把腿摔瘸，走路有跛脚相。

梅菲斯特

2185 我们可否来凑个热闹?

虽说不可能有什么好酒,

但也高兴来交个朋友。

开始挑衅,说某地酒不好是对当地人的侮辱。一为变酒做铺垫。

老助教

看起来您的口味很刁。

小师弟

二位从里帕赫动身已很晚?

2190 一定还先和汉斯用了晚膳?[①]

讽刺来者是乡巴佬。

梅菲斯特

今儿只打他那儿路过!

上次倒是和他有话说。

他聊了不少他的老表,

托我们向每一位带好!

冲小师弟躬身致意。

以下梅菲斯特的回敬。

---

① 里帕赫,Rippach,从萨克森的白岩镇(Weißenfels)到莱比锡的最后一个驿站;里帕赫的(屁)汉斯,Hans (Arsch) von Rippach,是18世纪流行的一个俗语,如称某人为愚昧的乡巴佬,莱比锡大学的老生尝以此开新生的玩笑。

老助教 小声

瞧！人家懂！

大师兄

2195 这厮够机灵！

小师弟

哼稍等，看我把他搞定！

梅菲斯特

若没搞错，我们听着

有专业的嗓子在唱歌？

当然，遇到这拱顶

2200 肯定有美妙的回声！

小师弟

您竟还是个音乐家？

梅菲斯特

哦不！能力有限，兴趣有加。

老助教

来首小曲儿！

梅菲斯特

要想听，很多。

大师兄

也要来段儿刚出锅的！ 比照前新款的耗子之歌。

梅菲斯特

2205 我们刚打西班牙回府，

那有酒有歌儿的国度。

唱

从前有一位国王，

养了一只大跳蚤——

小师弟

听哦！一只跳蚤！听明白了？

2210 跳蚤可是一位贵客。 反话。

梅菲斯特 唱

以下即所谓的跳蚤之歌。[①] 属民谣小曲儿，歌词通俗上口。

从前有一位国王，
养了一只大跳蚤，
爱它爱得不得了，
如亲生儿子一样。
2215 国王召来了裁缝，
那裁缝前来听命：
喏，给贵人量衣，
还要给贵人量裤！

二师兄

别忘叮嘱那位裁缝，
2220 量起来要精益求精，
他要是想保住脑壳
裤子上就不得有褶！

---

① 跳蚤之歌，das Frohlied，实际上也是一首“政治歌曲”。它把宫廷佞臣比作跳蚤，来讽刺小邦国中佞臣当道的乱象。跳蚤之歌使用所谓希尔德布兰特诗节（Hildebrandsstrophe），其由中世纪早期英雄史诗《希尔德布兰特之歌》得名，在中世纪晚期英雄史诗中流行，至18世纪晚期主要用于宴饮小曲儿。跳蚤之歌已见于《早期稿》，但当时并未发表。歌德同时代的人在1790年出版的《未完成稿》中读到，时歌德已被召入魏玛宫廷，时人不明就里，也将其理解为歌德的自嘲，因歌德年纪轻轻便已成为大公的宠臣，被委以枢密顾问等要职。因《未完成稿》加入了“小巴黎”等字样，还容易令人联想到大革命前的法国宫廷，薛讷也称：“歌德让远方法国大革命的雷声，回响在莱比锡一个不起眼的地下酒窖。”（注释卷，第277页）

梅菲斯特

丝绒绸缎的衣裳
它于是穿在身上，
2225 衣服上搭着绶带，
还绣着十字图样，
摇身一变称了臣，
硕大星星挂上身。　　勋章。
就连它兄弟姊妹
2230 皆成了宫廷要人。

宫中的先生贵妇，
无人不深受其苦，
任她是王后宫娥
它都叮咬不放过，
2235 他们掐死它不得，
他们搔走它不可。
咱让它小命报销
哪个敢上来叮咬。

齐唱　*高声*

咱让它小命报销

2240 哪个敢上来叮咬。

小师弟

好！好！这个极妙！

大师兄

一只跳蚤都休想跑！

二师兄

张开巴掌拍它个正着！

老助教

自由万岁！万岁美酒！

梅菲斯特

2245 我愿干上一杯庆祝自由，

但凡贵地有好点儿的酒。

挑衅，再为变酒做铺垫。

大师兄

休得再如此胡言！

梅菲斯特

我是唯恐让酒家难堪；

否则定要取自家窖藏

2250 给在座的贵客们呈上。

客人自己带酒会让酒家难为情。三为变酒铺垫。

大师兄

只管拿来！包在我身上。

以下一步步入套。

小师弟

搞得来好酒，就值得夸奖。

只别就拿几滴来让人浅尝；

因为要让我来品酒，

2255 怎么也要足足喝上一口。

老助教 小声

我感觉他们是莱茵人。

莱茵河中上游是葡萄酒产区。

梅菲斯特

找个钻子！

《早期稿》从各类浮士德故事书，作法的原是浮士德，自1790年的《未完成稿》，改为梅菲斯特。

二师兄

要钻子做甚？

您的酒桶莫不就在门口？

老助教

酒家的工具箱在那后头。

梅菲斯特 拿过钻子。冲小师弟

2260 说吧，您尝点儿什么酒？

小师弟

什么意思？您样样都有？

梅菲斯特

每位都可随心所愿。

老助教 冲小师弟

啊哈，你已经开始把嘴唇舔。

小师弟

好！让我选，就要莱茵酒。

莱茵河常被称为父亲河（Pater Rhenus）。

2265 祖国馈赠的礼物独秀。

德语中祖国直译是父国（Vaterland），此处包含文字游戏：祖国=莱茵兰（地区）。

梅菲斯特 在小师弟跟前的桌棱上钻洞

拿些蜡过来，把洞塞住！

以下变酒，戏仿耶稣在迦拿婚筵上让水变酒的神迹。[①] 本场第一套魔法：钻木变酒。

老助教

年长，一直比较警觉。

哦这是变戏法的魔术。

梅菲斯特 冲二师兄

您呢？

二师兄

我要香槟酒，

法国香槟地区产，天然气泡丰富。

要气泡特别富有！

梅菲斯特

钻洞，一边有人用蜡做好塞子塞上。

---

① 参《约翰福音》2:1-12，耶稣在“迦拿的婚筵”上让水变酒，是耶稣出道后公开所行第一个神迹。剧中梅菲斯特钻木变酒，是梅菲斯特与浮士德进入小世界后公开所施第一个魔法，显然是对耶稣行神迹的戏仿。彼处是为给生命带来滋味，此处是为饮酒作乐助兴。

二师兄

2270 不能总是外国货不沾，

好东西常常离我们很远。

真正的德国人受不了法国佬，

可他们的酒却喝着甚好。

大师兄 梅菲斯特走近其座位

坦白地说，我不喜酸口，

2275 给我来杯真正的甜酒！

梅菲斯特 钻洞

马上就有托卡伊哗哗流。

著名匈牙利甜酒。

老助教

嘿，二位先生，看着我！

看得出，是在拿我们取乐。

梅菲斯特

欸！欸！当着如此贵客

2280 岂敢有半点非为胡作。

别耽搁！就请直说！

看我给您来点儿什么？

老助教

均可！不必啰嗦。

所有洞都钻好堵上

梅菲斯特 摆出奇怪的姿势

念咒，链锁韵，常用于儿童布道诗。

葡萄藤上结葡萄！

2285 山羊头上长羊角；

羊角可作酒杯。

酒是果汁木是藤，

木头桌子流出酒。

木桌子相当于葡萄藤。

仔细盯着自然看！

拟变戏法说词和语气。

信则灵，奇迹现！

意思是说这是自然的奇迹，比照耶稣的神迹，渎神。

2290 请拔出塞子慢慢用！

四人一齐 拔出塞子，每人要的酒都流入酒杯

好一口井，酒如泉涌！

影射流出活水的雅各井，参《约翰福音》4:1-26。

梅菲斯特

留神了，别溅出酒星！

下文酒星溅出引起大火。

众人一杯复一杯。

四人一齐 唱

爽得好比食人族，

又像五百老母猪！

典出《马太福音》8:28-34。[1]

梅菲斯特

2295 人民自由了，瞧他们过得多好！

影射法国大革命的口号，具体指眼前喝高的一众。

浮士德

我实在是有心走掉。

本场浮士德第二句也是最后一句台词。

梅菲斯特

只管好好留意，接着

便会有兽性暴露无遗。

暴露，原文 offenbaren，亦作启示，启示针对神性，此处换作兽性，刺法国大革命。

大师兄

胡乱喝着，酒洒到地上，变成火苗。

---

[1]《马太福音》8:28-34，讲耶稣在一个叫加大拉的地方，看到两个被鬼附体的人从坟茔里出来，极其凶猛。离他们很远，有一大群猪在吃食。鬼央求耶稣，把它们赶出去，打发它们进入猪群，耶稣说："去罢！鬼就出来，进入猪群。"（8:32）全群忽然闯下山崖，投在海里淹死了。

救命！有火！地狱在燃烧！

梅菲斯特 冲着火苗念诵

2300 友好的火啊，请安静！

冲伙伴

这次不过是炼狱之火一星。

指浮士德。
尚不足为地狱之火，预示以后更有甚者。梅菲斯特前文称保留了属于自己的火元素。

大师兄

好啊！等着！看我们怎么清算！

二位敢是有眼不识泰山。

小师弟

让他再给我来一次看看！

老助教

2305 我看还是让他溜着边儿滚蛋。

大师兄

怎么先生？阁下竟胆敢

在这儿把戏法儿变？

梅菲斯特

住口，老酒桶！

酗酒的胖子。

大师兄

你个扫帚！

谑称梅菲斯特精瘦如扫帚杆儿。

还要和我们爆粗口？

二师兄

2310 等着！我看你是找揍！

老助教

从桌边拔出一个塞子，火向他扑来。

有火！有火！

大师兄

是魔法！

捅死他！杀这厮不犯法！

德国法律史上，施魔法者不受法律保护，人可随意处死之而不受法律制裁。

四人拔刀，朝梅菲斯特过去。

大学生佩短刀。

梅菲斯特 煞有介事的样子

念咒。第二套魔法：定身术，佐障眼法。

假的形象和假言

改变意义和地点！

2315 既在近来又在远！

为押韵，交叉修辞，假象改变地点，假言改变意义。

身在此，却产生身在远处异境的幻象。

四人蓦地站定，面面相觑。

老助教

这是哪儿？好美的地方？

小师弟

葡萄园！是真的？

大师兄

葡萄就在手旁！

二师兄

往这片绿叶底下瞧，

粗壮的枝蔓！累累的葡萄！

抓住大师兄的鼻子。
余者也相互抓住鼻子，举起刀。

梅菲斯特 同上

念咒，煞有介事的样子。

2320 迷误，请解开障眼的布！

迷误，拟人，对迷误下命令。

魔鬼的玩笑请各位记住。　　冲被定住的四人。

偕浮士德溜走，四人相互松手。

大师兄

怎么？

老助教

什么？

小师弟

才是你的鼻子？

二师兄　冲大师兄

你的抓在我手里！

老助教

适才有一击，传遍四体！

2325 快拿椅子来，我要倒地！

小师弟

哎劳驾，到底怎么回事？

大师兄

那家伙呢？再让我碰到，

决不能让他活着跑掉！

老助教

我亲眼见他骑个酒桶——

2330 出了酒窖大门————

我两脚像灌了铅一样发沉。

转头看桌子

天呐！怎么酒还在喷？

破折号表说话吃力，断断续续。

传说中是浮士德骑酒桶离开（【见插图 4】），此处改为梅菲斯特。

大师兄

全是假象，骗人加忽悠。

小师弟

可我真的感觉是在喝酒。

二师兄

2335 可那葡萄又作何解释？

老助教

谁还再说，不该相信奇迹！

本场说明

女巫的丹房，构成学者剧向格雷琴剧的过渡：浮士德在进入小世界、体验人生、享受情爱欢娱之前，需要某种类似春药的汤剂，借以返老还童，催发情欲。于是梅菲斯特带浮士德来到巫婆的丹房。

在浑浊污秽的丹房中，一边是长尾猴的喧闹、梅菲斯特与女巫的下流对话，另一边，浮士德静观并陶醉于魔镜中的美女形象。由之接到下文的格雷琴出场。

本场不见于《早期稿》，约作于歌德意大利之旅期间，1788 年在罗马写成，随 1790 年的《未完成稿》出版。出版前作者对个别地方进行了扩写。

女巫的丹房是极富戏剧性的一场。它杂糅了中世纪以来有关女巫的种种传说和迷信，以怪诞和荒诞手法，以滑稽和笑闹剧形式，呈现了一个乌烟瘴气、腌臜龌龊、粗鄙淫荡的巫魔世界。

本场亦包含丰富的讽刺，或针对文人风气、贵族时尚，或针对医生职业、宗教仪式，尤为引人注目的仍然是政治讽刺。因创作时间在法国大革命前夜，政治讽刺主要针对行将崩塌的绝对君主制。

本场中，梅菲斯特仍主要使用牧歌体，长尾猴使用扬抑抑格短行，女巫诗体多变，拟无序状。在梅菲斯特的台词中，对圣经经文的影射、戏仿、化用比比皆是。女巫与浮士德授受迷情汤的“仪式”，通盘渎神地戏仿了基督教弥撒圣餐礼。

女巫的丹房

一只低矮的炉灶，一口大锅坐在火上。透过锅中冒出的浊气，依稀可见几只活物。一**母长尾猴**坐在锅边撇沫子，看着不让汤水漕出来。**公长尾猴**和猴崽子们蹲坐在一旁取暖。四壁和房顶满是各色奇异的女巫的家什。[①]

浮士德。梅菲斯特。

浮士德 似乎不情愿到丹房，服用魔汤。

我厌恶无稽的巫术，
在这份乌烟瘴气里，
你保证我恢复元气？
2340 我要求助于一老妪？
难道这污秽的汤水
能让我年轻三十岁？
唉，你竟无更好的主张！
看来我已没什么指望。
2345 难道自然或者某某大仙
就没有找到什么灵丹？

① 针对该舞台提示，歌德曾亲自设计舞台布置图。【见附图 5】实际演出中，可能会用魔灯来制造相应舞台效果。

梅菲斯特

我说朋友，你又大言不惭！

要变年轻也有自然的手段；

只不过是记在另一书上，

2350 且那是一个奇异的篇章。

《圣经》。[①]

《创世记》3:17-19。[②] 这里指下地干农活会使人年轻。

浮士德

愿闻其详。

梅菲斯特

好！有个手段，

不用医生魔法和金钱：

你这就出门走到田里，

开始挥动锄头刨地，

2355 让你自己和你的心思

安于特别狭隘的圈子，

就吃些粗茶淡饭，

言除魔法外只有去躬耕才能使人年轻。

---

① 一说影射歌德时代医生胡夫兰（Ch. W. Hufeland）有关健康和延年益寿的理论。胡夫兰曾建议人们要生活简朴，多到户外活动，躬身劳作等。

② 指《创世记》3:17-19，神对亚当说："你必终身劳苦才能从地里得吃的。地也必给你长出荆棘和蒺藜来；你也要吃田间的菜蔬。你必汗流满面才得糊口，直到你归了土，因为你是从土而出的。"

甘作牛马中的一员，且不介意，　　不认为低级。

自己施肥给自家的田地；

2360 这是最好的手段，保证

你活到八十青春不减！

浮士德

我不习惯，不可委曲求全，

怎可让我手握铁锹。

狭隘的生活全不适合我。

梅菲斯特

2365 那就不得不请出巫婆。

浮士德

为何偏要那老女人！

你不能自己酿制汤饮？

梅菲斯特

那可真是难得的消遣！　　反话。

我宁可把千座大桥搭建。

2370 光有知识和手艺还不够，

做这事还需要有耐烦。

言酿造魔汤需要工夫和耐心，自己做不来。

某大师要静心忙碌多年；

丹房实混乱喧嚣无比。

唯时间令发酵细腻法力无边。

且围绕它的一切

2375 皆是些奇异的东西！

魔鬼虽则传授给她们；

巫婆。

做不来的却是魔鬼本尊。

无耐心和工夫。

瞧向众长尾猴

瞧，多么娇美的一族！

这是侍女！这是男仆！

公母长尾猴。

冲长尾猴

2380 看样子，女主不在家？

指老巫婆。

众猴

与人类最为相似的猴子，据说它们可与人共饮，还喜欢要钱。

赴宴去啦，

是从烟囱

钻出去哒！

据民俗，女巫常从烟囱出入。

梅菲斯特

她通常要闲逛多久？

众猴

2385 和我们烤手一样久。

梅菲斯特 冲浮士德

你看温婉的猴子如何?

浮士德

这样恶心的从未见过!

梅菲斯特

哪里，这样的对话，

正是我求之不得!

冲长尾猴

2390 告诉我，该死的娃娃!

你们乱搅那糨糊干嘛?

众猴

我们在做大宗的施粥。

影射大众消遣文学。

梅菲斯特

那你们可有不少受众。

公猴

凑过来讨好梅菲斯特

哦快开个彩，

要钱。

2395 好让我发财，

快让我赢钱！

这糟糕的处境，

要是有了钱，

我会变清醒。

梅菲斯特

2400 猴子定以为自己否极泰来，

倘若它也能玩上六合彩！

六合彩在18世纪从意大利传入德国。

其间猴崽子们在玩儿一只大球，
这时正把它滚上前来。

类似马戏表演，中世纪晚期、近代早期民间戏剧中常见。

公猴

这就是地球；

它沉浮不定

它滚个不停；

如尘世之球，又似命运之轮（Glücksrad），沉浮不定，影射帝王统治。

2405 响声似玻璃；

展眼即离析？

尘世易碎，不稳固。

内里是空的。

这里在闪光，

这里更明亮，

2410 我充满活力！

我的爱子哟，

快把它远离！

你必死无疑！

其质为陶泥，

2415 顷刻成瓦砾。

拟球说。

即便自称光鲜、充满活力，尘世也不牢靠，故劝小猴远离。

梅菲斯特

作甚这漏勺？[①]

公猴 取下来

你若是贼盗，

我马上能知道。

跑到母猴那儿，让它透过漏勺看

透过漏勺瞧！

2420 看出是贼盗，

漏勺（Sieb）押盗贼（Dieb）。梅菲斯特是偷盗浮士德灵魂的盗贼。

① 漏勺，属于巫婆道具，一般挂在灶台上方的墙上。据民俗讲，透过漏勺可认出罪犯，说出罪犯名字时，漏勺会转动。此处是透过漏勺可认出小偷或窥探秘密。

不得把姓名道？

梅菲斯特 走近灶火

还有这口锅？

公猴和母猴

十足的蠢货！

他不认得这锅，

他不认得这镬！ 2425

梅菲斯特

畜生无礼！

公猴

请手持拂尘， 类似阳具，充当权杖。

坐上扶手椅！

请梅菲斯特入座

【以下戏分两端，对比强烈：一方是纯美的镜像，浮士德面对镜像如痴如醉的独白；一方是粗鄙的喧闹，梅菲斯特与长尾猴和巫婆的对话。】

浮士德 此间一直站在一面镜子前，忽而向前，
忽而退后

眼前是？好一个天仙的形象 与丹房乌烟瘴气的环境形成反差。

2430 显现在这魔镜里！ 镜像。魔镜中显示出图像，属常见魔法，此处舞台上当以魔灯打出。

爱，请借给我你疾速的翅膀，

把我带到她的境地！

唉我若不待在原地，

我若放胆走上前去，

2435 看她就只如同在雾里！ 走近前则镜像模糊。

最美的女人的形象！ 美的形象的化身、精粹，未必具体指海伦或格雷琴。

女人怎会如此之美？

我定是在横陈的玉体上

看到了诸重天的精粹？

2440 世上竟有这样的东西？

梅菲斯特

当然，某位神辛苦了六日， 戏说神在创世的第六日造了人。

到最后都为自己叫好， 唯在造人后，神说“甚好”。参《创世记》1:31。

那东西造得一定美妙。

你此番只管一饱眼福；

2445 我会为你物色个这般尤物， 后面的格雷琴。

有运气作新郎把她 反话，预示浮士德并无婚姻之意。

娶回家的人有福了！ 拟登山宝训中论福部分的句式。

浮士德继续盯着镜子看。梅菲斯特在扶手椅上摊开身子，玩弄着拂尘，继续说道

坐在这儿如王者坐上金銮，

权杖在手，只差一顶王冠。 一说影射法国大革命中篡夺王位者。

众猴 其间各种变着花样的折腾，大喊大叫着给梅菲斯特拿来一顶王冠

2450 哦很是不错，

用血又用汗

粘出顶王冠！

笨手笨脚，把王冠摔成两半，拿着戏耍。[1]

这下出了状况！

我们且谈且看，

2455 我们且听且唱； 唱：作诗。此两行或指同时代诗人对革命的态度。

浮士德 对着镜子 自语。

天啊！我简直要发狂。

---

[1] 或为具体政治隐喻，指在刚刚爆发的法国大革命中，人民用血汗铸造的王冠被打碎；或并非指涉某场具体革命，而是指西欧君主制普遍被摧毁。

梅菲斯特 指着众猴

连我脑袋也快跟着摇晃。

众猴

另起一话题。

我们若有运气，

又若它合时宜，

2460 那便就是思想！

刺同时代诗人，有运气的话，作品就会被认为有思想。

浮士德 同上

我胸口已欲火难耐！

咱们还是赶快离开！

梅菲斯特 姿势同上

诶，至少需得承认，

彼等是坦诚的诗人。

毕竟人家说了自己“唱”的只是“思想”，并没有宣称有诗意。

其间母猴忘了看锅，沫子开始往外冒；
燃起一股大火苗，蹿上烟囱。
巫婆怪叫着穿过火苗落到地上。

巫婆

2465 嗷！嗷！嗷！嗷！

可恶的畜生！该死的蠢猪！

不好好看锅，烧焦了女主！

该死的畜生！

瞥见浮士德和梅菲斯特

怎么回事？

2470 何人在此？

来此做甚？

何人溜进？

就让大火

烧死你们！

如念咒语。

把撇沫子的勺子伸进锅里，
向浮士德、梅菲斯特及众猴身上掸火苗。
众猴呜咽。

梅菲斯特 把手中拂尘掉过来，敲打杯盘锅碗

拟巫婆的咒语。耍魔头的威风。巫婆隶属梅菲斯特。

2475 裂开！裂开！

糨糊洒出来！

玻璃碎一地！

就是打打趣，

老娼妇，这节奏

2480 合你的旋律。

应女巫的咒语。

巫婆恼怒而惊诧地后退

认得我否？老骨头！怪物！

可认出你的主子和师父？

谁也别拦着，看我出手，

打烂你和你的长尾怪兽！

2485 见了红马甲还不放尊重？

魔鬼的装束。

这公鸡毛你也看不懂？

是我藏起了我的面孔？

还是要我自报家名？

梅菲斯特恼怒，因巫婆未及时认出主子。

巫婆

哦主子，请恕这般粗暴！

2490 我确实没看见马脚。

马脚，魔鬼的标志之一。

您那两只乌鸦哪里去了？

一般不属于魔鬼的标志。但乌鸦在第二部第四幕山麓观战场出现。

梅菲斯特

这次姑且把你饶过；

确实已有一段时间，

咱们两个未曾谋面。

2495 加之熏陶满世界的文化，

已波及到魔鬼自家；

启蒙清除妖魔鬼怪，它们之间也要隐蔽，彼此之间不能相见、相认。

北方的幽灵这会儿再见不到，

哪儿还有角、大尾巴和利爪？

说到我不能没有的脚，

魔鬼的马脚。

2500 会给我人前带来烦恼；

故而我，就像某些青年，

好多年用假腿肚子遮掩。

18 世纪男子流行齐膝裤，配以凸显阳刚的假腿肚（在长袜里填入布料或刨花）。时尚讽刺。

巫婆 手舞足蹈

我简直是喜不自胜，

容克撒旦到此巡幸！

梅菲斯特

2505 我的名号，老妪，不许乱说！

巫婆

为何？它对您有何不妥？

梅菲斯特

它写进寓言集时日已多；

寓言集，约指启蒙时期的警世寓言。言名声不好。

不过人也未见半点起色，

祛除了一恶魔，留下众恶。

祛除了单数的魔鬼，留下复数的恶、恶人。

2510 你称我子爵先生即可；

讽刺贵族、贵族政治。

我是风流骑士中的一个。

我高贵的血统不必怀疑；

看这儿，这是我的徽记！

做了一个下流动作。

舞台上把手放到裤裆上。

巫婆 放肆大笑

哈！哈！是您的方式！

2515 好个泼皮，和从前别无二致！

梅菲斯特 冲浮士德

朋友，好好学习领会！

巫婆要如此这般应对。

巫婆

说吧，先生们，有何指教。

梅菲斯特

来一杯那有名的汤药！

2520 请拿出您最陈的老窖；

年头会翻倍它的力道。

巫婆

乐意效劳！这儿有一瓶，

我时不常自己呷上两口，

不再有一丁点儿腥臭；

年头已久。

2525 我愿给二位来一小盅。

小声

可这位若冷不丁喝将下肚，

指浮士德。

您知道，恐登时一命呜呼。

凡人无魔法护体，若贸然喝下，可因不胜药力而毙命。

梅菲斯特

这是位好友，当老当益壮；

我愿赠他你丹房的佳酿。

2530 划上你的圈，念你的咒，

给他满满一杯醴酒！

巫婆

动作怪异，划上一个圈，将各式奇异的物品置入圈内；玻璃器皿、大锅开始嘤嘤嗡嗡作响，如奏乐一般。

最后拿来一本大书，令长尾猴入圈，充当桌案，举火把。
招手示意浮士德走到她身边。[1]

浮士德 冲梅菲斯特

诶告诉我，搞甚名堂？
乌七八糟，举止癫狂，
一个骗局无聊透顶，
2535 毫不陌生，十足可憎。

影射弥撒乃至各种秘密结社的仪式（如歌德时代的共济会、光照会秘仪）。

梅菲斯特

哎，是胡闹！只为搞笑；
你千万别把真较！
她这巫医必要故弄玄虚，
如此汤药好对你生效。

请浮士德步入圈子。

巫婆 郑重其事地捧书诵读

拟神职诵经。

2540 听明白了！

---

[1] 本舞台提示，戏仿基督教仪式，犹公教弥撒感恩祭（Eucharistiefeier）前的准备祭台。巫婆对神父，划圈对圣坛，器皿和锅等对酒杯和盛圣体的钵，奏乐对赞美诗，大书对圣经，长尾猴对助祭，桌案对祭台，火把对蜡烛，圈子里的浮士德如同要领受圣体的信徒，在此更如同将要接受洗礼的慕道者——只不过他参加的是巫魔的仪式，将要接受的是巫魔的洗礼。

把一当十，

二还是二，

再加上三， 九宫格第一行的三个数：1（0），2，3，相加为15。

你发了财。

2545 要丢掉四！

把五和六，

按巫婆说法，

换成七和八，

这就成了： 九宫格第二行的三个数：0（丢掉四，4的位置为0），7，8，相加为15。

2550 九就是一，

十即无有。 这两句无解，属故弄玄虚。[①]

此乃女巫的小九九。 九宫格最后一行当是5，6，4，这样九宫格横竖三行分别相加均为15。

浮士德

我以为这老妪是头脑发烧。

梅菲斯特

这样下去还会没完没了，

---

① 学者们试图借中世纪晚期、文艺复兴时期的卡巴拉等各种数字秘法进行破解，但实际上这里是无意义的，是对故弄玄虚的数字神秘主义的讽刺。

2555 我知道，整本书都这个调调；

我在上面费了不少工夫，

因为完全的矛盾百出

对智者和蠢人都神秘无比。

朋友，历久弥新这门手艺。

2560 古往今来都这个样子，

通过一而三、三而一

影射三位一体说。

传播谬误而不是真理。

人们就这样信口相传；

谁又会与愚人们争辩？

2565 人通常是听到言辞就以为，

其中定有什么值得玩味。

巫婆 继续

知识它的

高绝之力，

对整个世界隐匿！

2570 谁若无所思，

谁便得赠与，

得之不费力。

浮士德

她对咱们念什么胡话？
我的脑袋几乎要爆炸。
2575 我仿佛听到一大群
十万愚人在叽里呱啦。

梅菲斯特

够了够了，哦好样的西比勒！
快拿来你的玉液，斟满
这碗，要溜边溜沿；
2580 我的朋友这琼浆伤他不到：
他的段位已经很高，
好喝的他尝过不少。

西比勒，Sibylle，女预言者，18 世纪也代指巫婆。

学识等级，酒量等级。

巫婆

伴着繁琐的仪式，把汤剂倒入一碗中；
送到浮士德嘴边时，燃起一个小火苗。

火：魔鬼的元素。

梅菲斯特

快趁劲喝下去！一口气！
它很快令你满心欢喜。

2585 便与魔鬼成了兄弟，

难不成火苗能吓到你?

巫婆 解去圈子。
浮士德 走出来。

梅菲斯特

现趁劲出去！不得停息。

巫婆

但愿这一小口让您惬意！

梅菲斯特 冲巫婆

你若有什么要我效劳：

2590 尽管在瓦尔普吉斯之夜相告。

表示要报答。

女巫的狂欢节。见下瓦尔普吉斯之夜场，巫婆再现，与梅共舞。

巫婆

这儿有个曲儿！偶尔唱唱，

您会感到别样的酸爽。

令春药增效的淫曲或口诀之类，写在纸条上。

梅菲斯特 冲浮士德

快过来让我把你带走；

你务必要把汗发透，

2595 如此药力方可内外通畅。

高贵的悠闲我随后教你欣赏，

悠闲、懒惰会助长情欲。

很快你便会由衷感到，

丘比特如何跃动、欢蹦乱跳。

浮士德

让我赶紧再向镜中一望！

2600 实在太美那女人的形象！

梅菲斯特

不！不！你当马上亲眼

得见活的美人的样板。

下一场的格雷琴。

小声

很快，有这副汤药在身，

你看个个女人都是海伦。

以下随即在街上看到格雷琴。

学者剧小结

至本场结束，学者剧告一段落。归纳起来，围绕浮士德和瓦格纳展开的，是针对学者的讽刺；围绕大学新生展开的，是针对大学学制的讽刺；围绕酒窖群像展开的，是针对大学生和大学生活的讽刺。

由成文史观之，这三项便是1772/73年《浮士德·早期稿》的全部内容：夜的大部、梅菲斯特戏弄新生、奥尔巴赫地下酒窖。也由此可见，歌德创作《浮士德》学者剧的原初意图，不过是全方位呈现和讽刺学者学院生活。

在随后至1808年《浮士德·第一部》出版的三十多年时间里，歌德先后续写了夜场，加入了钟声与合唱、城门外、书斋［一］、书斋［二］（两者本是一场，其划分系后来编者所为）和女巫的丹房场。其中，钟声与合唱场以复活节剧和赞美诗形式，为黑暗笼罩的学者剧播撒了一缕神圣的气息；城门外在单调的书斋场景中，加入了外景和群像；书斋两场安排了梅菲斯特出场，由此将之前割裂的片段连缀起来；女巫的丹房充当向格雷琴剧的过渡。

经由不断扩写到呈现出今天所见的样貌，学者剧突破了单纯的学者讽刺，加大了戏剧呈现的广度，深化了对人生的思考，戏剧内容和诗歌形式逐步丰富完善。

格雷琴剧说明

《浮士德·第一部》第二个单元通常称格雷琴剧，最初与学者剧同时创作，主体见于《早期稿》，经过《未完成稿》，至1808年随第一部正式出版。与学者剧相仿，格雷琴剧也经历了一个三十余年的修改补充过程，现文本呈现的顺序与成文史顺序有所不同，这一点将在各场前作相应说明。

格雷琴剧上演了浮士德在小世界的情感经历，具体说，是此时作为贵族青年的浮士德与平民少女格雷琴的“爱情”悲剧。之所以给“爱情”打上引号，是因为严格说，格雷琴一方可谓爱情，浮士德一方则几乎是赤裸裸的诱惑，是情欲的满足。因此这个单元与其说是爱情剧，不如说是“诱惑剧”。

也因此，本剧采用了典型的诱惑剧程式，剧情展开和演进皆遵循此程式。浮士德一方使用语言修辞等各种策略、套路和手段[①]，一步步诱惑格雷琴，致使其未婚先孕，最终在绝望中溺死婴儿，获罪被关押在牢房等候处决。在此之前，为与浮士德偷情，格雷琴给母亲服用了过量的安眠药，导致母亲死亡；格雷琴的兄长为捍卫家庭荣誉与浮士德格斗，被梅菲斯特施魔法刺死。

也就是说，在格雷琴剧中，浮士德的诱惑导致无辜少女格雷琴犯罪，遭受“灭门”之灾。剧情结束于浮士德前去搭救格雷琴出狱，而格雷琴则出于内外交困、前途渺茫而拒绝逃逸，甘愿等待人间和天上的审判。

格雷琴剧情节零星见于几种浮士德故事书，但作者更多是结合当时“弑婴女”的社会问题进行了创作。未婚先育的年轻女子迫于道德舆论和经济压力，亲手杀死婴儿，被判决并伏诛，是该剧创作时一个屡见不鲜的

---

① 若将其荟萃，可得如“撩妹手册”一部，堪比奥维德之《爱的艺术》，在德语文学中做平了这个山头。

社会现象。歌德本人曾亲临过审判过程，并参与过对量刑的讨论。格雷琴的故事综合了当时几个类似的案例（详见终场后的补充说明），部分台词取自或化用了庭审卷宗的记录，部分场景直接或间接源自作者的亲身经历。

与浮士德－格雷琴一线诱惑剧并进的，是梅菲斯特－玛尔特一线的婚姻讽刺剧。其综合了婚姻讽刺的程式，且构成与前者的对比。两组情节、两种程式相互交织，对比呈现，各自的特质在对比中得到凸显。

格雷琴剧由十八个场次组成，场景变换频繁。就戏剧形式而言，它并非一部悲剧，也并非一部市民悲剧。因与狂飙突进前后兴起的市民悲剧不同，它穿插了多场滑稽剧、讽刺剧乃至如瓦尔普吉斯之夜、瓦尔普吉斯之夜的梦之类的魔幻剧、笑闹剧，并配有歌曲、音乐、舞蹈等丰富的舞台表现形式。

在此特别值得一提的，是格雷琴剧的语言修辞。浮士德一方多使用贵族或上层社会的社交辞令，也就是浮泛的程式化说辞。格雷琴一方更多是言为心声，以自然的方式表达个体和私人情感。浮士德用词迂回繁缛，格雷琴用词简单直白；浮士德能够用言辞表达复杂的感受，格雷琴则只能代之以歌声和身体语言；浮士德擅长利用修辞躲闪问题实质，格雷琴则常把修辞误解为真诚表白。

修辞差异背后隐藏的是教育和修养的差异。浮士德显然有意利用了格雷琴教育和修养上的缺失，以达到诱惑的目的。这点在《浮士德》研究中经常被忽视。然而只需细读两者的台词，便可轻而易举发现，修辞的确构成了理解格雷琴剧的关键。可以毫不夸张地说，浮士德的修辞从一开始就暴露出，这将是一场为满足情欲而施展的诱惑，与格雷琴所希冀的爱情和婚姻无涉。两人第一回合的对话就注定了悲剧的结局。

本场说明

大街上［一］直接女巫的丹房，浮士德刚刚陶醉于镜中美人形象，服下春药，正“看个个女人都是海伦”的时候，在大街上第一个就撞见了格雷琴（一说也因梅菲斯特施了法）。

《早期稿》中两场之间本有一个简短的过场，后被作者删去。这样一来，戏剧效果更加强烈，寓意也更加明显——格雷琴注定要成为浮士德情欲的对象和牺牲品。

事实上，在学者剧和格雷琴剧两个单元之间，并无大标题或分隔标记，只是后人为方便起见，在此将两者分割开来。为与后面另一场大街上相区别，笔者添加了序号。

本场中，浮士德已摇身变为贵族青年，梅菲斯特自此成为他的伙伴和帮手，形影不离。格雷琴（Gretchen），名玛格丽特（Margarette），其姓氏未作交代。格雷琴是玛格丽特的缩小形式、昵称，如“小格雷”。格雷琴出身市民家庭，父亲早亡，母亲管教甚严，兄长瓦伦丁是一名士兵。

开场时，格雷琴刚刚在教堂做完忏悔，走到街上。浮士德即走上前，与之搭讪，随后便迫切请求梅菲斯特协助将其搞到手，责成梅菲斯特先行为伊置备礼物。浮士德与格雷琴相见的第一轮对话，即暴露出明显修辞差异，预示出悲剧结局。

本场大部分段落从《早期稿》，台词多为双行押韵体。

大街上［一］

浮士德　玛格丽特 走过。

浮士德

2605　美丽的小姐，可否冒昧，[1]

呈上我的胳臂把您奉陪？[2]

抬高至贵族身份，夸赞貌美，皆为奉承女子的修辞，程式。

殷勤奉承，意在诱惑。且一上来就身体接触，过分亲昵。[3]

玛格丽特[4]

我不是小姐，也不美丽，

没有奉陪也可走回家去。

走开，下。

貌似拒绝，实则以重复的方式接了浮士德的话，反造成一种撩拨的效果。

同上。无意中暴露出缺乏经验，易受诱惑。浮士德立刻意识到对方已入道，有机可乘。

---

① 小姐，Fräulein，对未婚贵族女子的尊称。因当时有按等级着装的规定，故而浮士德从格雷琴的装束便可明确辨认出她平民的身份，称其“小姐”，是故意抬高身价。而“美丽”则不言而喻是最常用的赞美女子容貌的字眼。两项并为平民女子最喜听到的奉承和恭维。下文证明该修辞须臾间打动了格雷琴并使其当即就范。

② 奉陪，Geleit，直译护送，是封建采邑制下的概念，一般指骑士为保护妇女或弱者旅途安全而应尽的义务；用胳臂挽女子行走是护送的一种方式，属贵族骑士礼仪，对于平民女子这不仅是逾制，而且鉴于初次见面也显得过于亲昵。

③ 西方通常把男女调情、恋爱过程归纳为五个步骤，即相视（看，目光交流）、交谈（说，搭讪）、身体接触（拉手，拥抱等）、亲吻、爱的合一。步骤紊乱或缺失均不属于正常情况。浮士德一次性就要进展到第三步。

④ 玛格丽特，Margarette，格雷琴的呼名，源自希腊语，珍珠的意思，歌德时代流行的女孩名字。格雷琴，Gretchen，是其缩小形式、昵称，犹称小玛格丽特、小格雷。

浮士德

天呐，这孩子真是美丽！

2610 我从未见过这样的东西。

如此规矩，恪守妇道，

又不失那么一点轻佻。

其唇之红，其面之光，

我今生今世也难相忘！

2615 她垂下眼帘的模样，

着实令我心痒难当；

而她那般拒人千里，

简直让人心醉神迷！

浮士德私下称格雷琴皆用中性词，如孩子、东西。

原文此两行与玛格丽特上两行构成交叉韵，拟交相应和，音韵游戏。

看出格雷琴拒绝与迎合参半的态度。

侧写格雷琴，其表演性的羞涩，反造成撩拨的效果。

果然在格雷琴的接话中感觉到半推半就式的挑逗。

梅菲斯特上。

浮士德

听着，务必给我搞来那妞！

原文 Dirne，旧指未婚年轻女子，今称风尘女子。语气轻佻。

梅菲斯特

嗯哪一个？

浮士德

2620 刚过去的那个。

梅菲斯特

那个？她刚做完忏悔，

神父免了她所有的罪；

我好容易溜过忏悔室，

那原是个无辜的小东西，

2625 即无罪也要去做忏悔；

对于她我无能为力！

到教堂找神父做忏悔，表明格雷琴是天主教徒，平日虔诚有加，恪守规矩。

忏悔圣事与魔鬼相克，故沉重。

至此对格雷琴的各种称呼均十分轻佻，表明未把她当作有独立人格的女子。

无罪做忏悔，极言格雷琴无辜。

魔鬼对无罪的人无能为力。

浮士德

可她肯定过了十四岁。

暗示已性成熟，到了可接受诱惑的年龄。

梅菲斯特

你讲话活像位采花高手，

朵朵鲜花都要占为己有，

2630 且以为，若不肯折下，

是却之不恭怠慢人家；

可阁下总不能见人就上。

浮士德

人人称颂的道学先生，　　回敬梅菲斯特，对应采花高手。

阁下休向我提起律法！　　故意引诱平民女子属犯法行为。

2635 我干脆地告诉阁下，

若那甜美的小女娃

今晚躺不到我怀里：

咱们半夜就各奔东西。　　浮士德无比急切。

梅菲斯特

您要考虑到重重困难！

2640 在下需要至少十四天，　　魔鬼欲擒故纵，以继续撩拨浮士德的欲火。

方能找到合适的机缘。

浮士德

我若能安静七个时辰，

便无需魔鬼相助，

来勾引这样一个尤物。　　浮士德自称是勾引，诱惑。

梅菲斯特

2645 您讲话直像个法国佬；　　指轻浮、不检点。

请您休得这般懊恼：

径直享受又有何益？

延宕可倍增乐趣。

其乐趣远远不及

您先来来去去，

2650 用尽各种手笔，

把个玩偶揉来搓去，

如某些罗曼传奇教的把戏。

指法国、意大利、西班牙等罗曼语国家的爱情文学。

浮士德

我胃口大好无需那套。

梅菲斯特

不骂人了也不开玩笑。

针对罗曼人。

2655 实话相告，就这孩子

无论如何不可急躁。

疾风暴雨啥也得不到；

咱们不得不使些花招。

浮士德

搞来些销魂的宝贝！

指以下格雷琴的私密物件，皆为满足情欲。并非针对格雷琴人格的爱情。

2660 把我带到她的床帏！

弄来她胸前的手帕，

连同平复我爱欲的丝袜！

一串命令式。搞到（胸前的）手帕、（连裤的）丝袜，指涉对身体的占有。

梅菲斯特

为让您看到，我愿减轻

您的痛苦，愿为您服务：

进一步刺激浮士德的欲望。

2665 咱们片刻不要耽误，

愿今晚就引您进她的小屋。

连续用表意愿的情态动词。上文所谓 14 天云云，无非是为吊浮士德的胃口。

浮士德

能见到？得到她？

更为迫切，强烈，势在必得。

梅菲斯特

不！

舞台表演当极具喜剧性。梅菲斯特显得理智从容，反衬浮士德急躁。

她一定在女街坊处。

这当儿您可独自一个

就着她的气味儿

2670 满怀希望饱餐来日的喜乐。

浮士德

这就前去？

梅菲斯特

为时尚早。

浮士德

给我搞件送她的礼物！

送情人礼物，程式。

下。

梅菲斯特

这就礼物？好不殷勤！成功在望！

本行亚历山大体。成功，原文法语，应上文。

2675 我知道些不错的地方

旧日里曾埋下些宝藏，

盗墓取宝。

待我前去查看下情况。

查看，原文法语，应上文，讽刺浮士德的轻浮。

下。

本场说明

傍晚，经梅菲斯特提示，浮士德趁格雷琴到邻妇家中串门之际，进入她的小屋，为小屋的洁净、静谧、井然有序所感动，想象着知足而平静的市民生活，以独白表达出自己的羞愧之感。梅菲斯特则将从墓地盗来的珠宝首饰放入格雷琴的衣柜。

格雷琴一方因邂逅浮士德而情窦初开，无意识中以身体语言和歌声（叙事谣曲：图尔王）表达内心的爱慕之情。

本场由大街上［一］的外景转入内景，首次对比呈现了浮士德和格雷琴的内心世界。

傍晚

一间洁净的小屋 反映出屋子主人心灵的洁净。

玛格丽特 编辫子，向上盘起

格雷琴发式：将两条辫子向上盘，交于额前。整理头发：潜意识中约束感情和欲望。

我若知道，今天那位

先生是谁，该有多好！

业已动心。

2680 他看上去确有些唐突，

他敢是出身贵族；

从装束可辨认。关心门第，因不同等级不可通婚。

从他的额头可以看出——

贵族额头宽阔方正。

否则何以这般潇洒自如。

格雷琴的语言简单直白，口语化，多俗语。

下。

梅菲斯特。浮士德。

梅菲斯特

进来，轻点儿，进来！

走进格雷琴的小屋。

浮士德 沉默片刻

2685 我独自留下，请你走开！

梅菲斯特 四下打量

少有这样整洁的闺房。

下。

浮士德 环顾小屋

为格雷琴小屋的井然有序所感动。狂飙突进时代的善感风格。

欢迎你，甜美的夕阳！

你辉映在这圣地之上。

夕阳照进小屋，浮士德大受触动，冒出神圣的宗教词汇。

牵动我心吧，甜美的愁肠！

2690 希望的露水把饥渴的你滋养。

你：愁肠。

置身此地，感受到怎样

静谧、有序、知足的气息！

与浮士德的生存状态形成对比。

清贫中透露着富足！

牢笼中满满的祝福！

坐到床边的皮扶手椅中。

2695 哦收下我吧！你尝敞开

冲扶手椅讲话。以下浮士德对格雷琴童年的想象。

双臂把有苦有乐的前人接纳！

啊！不知有多少群稚子

在这父祖的宝座前绕膝！

也许，怀着对圣子的感激，

指圣诞节，接受圣诞礼物时。

2700 我的情人也在此，小脸圆圆，

乖巧地亲吻长辈干枯的手臂。　　天伦之乐，欢乐祥和。

我感到，哦姑娘，你丰盈而

有序的精神在我耳畔细语，　　对比自己杂芜枯燥的书斋。

它如母亲一般日日教导你，

2705 令你把台布细细铺上桌子，

再令你在脚下撒上沙子。　　在没有漆过的地板上撒沙子，便于清扫。

可爱的手哦！与神的手相仿！

茅屋因你而变成天堂。

还有这里！

撩起一页床帏。

一阵喜极而栗！

2710 我愿久久地耽在此地。

自然啊！你在轻柔的梦里

造就出这唯一的天使！

那孩子在此熟睡！温柔的胸中

充盈着温暖的生命，

2715 这里以圣洁的织功

将神样的形象织成！　　自然织造出来，浑然天成。

而你！是何把你引至屋中？　　对自己感到陌生。

但觉一阵由衷的感动！
你欲作何？你心底如此沉重？
2720 可怜的浮士德！我不认得你了。

浮士德的反思，后添加。

有迷香萦绕在我四周？
它驱使我径直去享受，
我感觉自己在爱梦中消融！
竟被气息玩弄于股掌之中？

格雷琴身体的气息。

2725 她若此刻走进房来，
你如何为你的放肆担待！
伟大的汉斯，如此渺小！
定伏于她脚下神魂颠倒。

汉斯，德国男人常用名，16 世纪以后也用于表大人物。

梅菲斯特 ［上］

快走！我见她正往家走。

舞台提示系编者所加。因按上文，梅菲斯特适才已退下（去寻宝）。

浮士德

2730 走！走！再也不要回头！

下决心不再诱惑格雷琴。

梅菲斯特

这小匣子颇有些分量，　　其间去寻礼物，盗宝。

我从别处弄来的宝藏。　　盗来首饰，作为赠送格雷琴的礼物。

只管把它放入衣橱，　　暗示盗墓而来。浮士德默许。

我保证她会大喜过望；

2735 我放了些小物件进去，　　珠宝首饰。

为的是让您得个大的。　　格雷琴本人。《早期稿》作女王、公主（Fürstin）。

且两者不可同日而语。

浮士德

我不知该不该？　　还在斗争。

梅菲斯特

何出此言？

莫非您想独吞这头面？　　故意误解。激浮士德就范。

2740 那我把贪心的您规劝，

省了美好的时间

也省了给我再添麻烦。

我希望您不要吝啬！

瞧我又是挠头又把手搓——　　想办法的样子。

将小匣置入衣橱，重新扣上锁。

2745 快走！快！——

为了让那位小甜甜

接2744行话头，挠头搓手想办法的目的。

回心转意遂了您的心愿；

您却在朝里张望，

已走出门口。

仿佛是要走进课堂，

浮士德因已决心不再回头而显出一副留恋、迟疑、若有所思的样子。

仿佛形下形上之学诸般

2750 灰蒙蒙活脱脱就在眼前！

快走！——

下。

玛格丽特 手持灯盏

如此憋闷，如此污浊，

不祥之感，因梅菲斯特来过。

打开窗户。

可外面明明不是很热。

2755 我怎么觉得，不知怎的——

拙于用语言表达感受。

好想母亲这时候回家。

孩子一样遇险时本能地想到母亲。

我毛骨悚然浑身上下——

就是个女人又蠢又怕！

自视为女人——青春期孩子希望自己被视为成人。

边褪衣边唱起歌。

用歌声表达语言无法表达的复杂感

受。裉衣：潜意识的身体语言。

从前图尔有个王[1]

2760 衷情直到被埋葬，

对爱忠贞。至死忠心的说法参《启示录》2:10。[2]

王的情人临死时

是情人而非正妻，影射格雷琴自己的身份。

留给他金杯一只。

杯代指赋予生命以甘醇和激情的美酒，同时也是女体的象征。

它成了王的至珍，

无宴不引杯痛饮；

2765 王的眼噙满泪水，

每每他手把金杯。

用杯饮酒以怀死去的情人。爱是生命的灵魂。

待王临终的那日，

他盘点国的城池，

尽数赏给了继位，

2770 独留下那只金杯。

要美人不要江山，爱情诗中常见的母题。

他端坐王的筵席，

---

① 本唱段通常称“图尔王”，是一首朴素的叙事谣曲，大约为歌德 1774 年游莱茵河时所作，1782 年单独发表，与《早期稿》所录略有不同。图尔是地名，传说是北欧的某个岛，是人们所能想象的最北的地方，相当于说在遥远的北方。歌德的朋友 K. F. 采尔特将之谱成曲，自 19 世纪初开始传唱。谣曲歌颂对爱情的忠贞，在此道出格雷琴的期望。然忠贞恰为格雷琴的图尔王——浮士德所不具备，故而谣曲反成不祥之兆。

② 《启示录》2:10：“你务要至死忠心，我就赐给你那生命的冠冕。”

身边围坐着骑士，

在高高的祖堂中，

在那海边的王宫。

2775 老酒翁站起了身，

饮下生命的余烬，

随后把神圣的杯

抛入如潮的海水。

眼见它坠落，逐流

2780 又深深沉向海底，

王渐渐垂下双眸，

从此再不饮一滴。

大海象征爱的深邃与永恒。

与爱共生死，爱的存在意义。

打开衣橱放衣服，瞥见首饰匣子。

由简单的双行押韵体，改换为浮士德和梅菲斯特使用的牧歌体，无意中靠拢。

怎的跑进来只漂亮匣子？

我肯定是锁牢了柜子。

2785 好不神奇！里面是什么东西？

许是某人交来的抵押，

母亲凭这个借钱给他。

绳上拴着小钥匙一把，

我想我还是打开它罢！

2790 老天！看呐，这是什么？

这样的东西我从未见过！

一套首饰！就是贵妇戴上

也敢在盛大的节日亮相。

这项链我戴上可好？

2795 这竟是谁人的珠宝？

戴上项链，走到镜前。

我也想这样一副耳环！

镜中的我如改头换面。

小女子，漂亮又有何益？

就算你是无可挑剔，

2800 料也不会有人在意；

人夸你们多出于怜惜。

但只一切向钱，

但只一切在钱。

唉我们好不可怜！

基督徒禁止放高利贷，经营典当，母亲大概是为生活所迫，私下做不光彩的事情。

着装和佩戴首饰，须按等级规定，不得逾制。平民女子不可佩戴华贵的珠宝。

珠宝是财富和社会地位的标志。表明格雷琴亦有女子的虚荣，易受诱惑。

本场说明

小路上,《早期稿》称林荫道，是梅菲斯特与浮士德边走边进行的一段对话。

据场前舞台提示，浮士德在小路上若有所思，踱来踱去，似乎在等待梅菲斯特带来新的消息。显然在上一场两者离开格雷琴小屋后，暂时分手，梅菲斯特前去刺探格雷琴一方的动静。上一场中，浮士德为格雷琴的小屋所触动，良心有所发现，准备放弃对格雷琴的诱惑。本场中，梅菲斯特启用另一套程式——描摹少女思念情郎时的种种，再度勾起浮士德的情欲。

本场借格雷琴之母将来历不明的首饰上交神父，加入一段教会讽刺。

小路上

浮士德 若有所思，踱来踱去。

梅菲斯特 上前。

梅菲斯特 因格雷琴母将首饰上交神父而愤怒。

2805 就算可鄙的爱情！地狱的鬼刹！

也不会更让我生气更惹我咒骂！

浮士德

怎么？竟是什么把你招惹？

这辈子不曾见过这般脸色！

梅菲斯特

我恨不得马上去投奔恶魔，

2810 倘若我自己不是魔鬼一个！

浮士德

莫不是你脑子里转了筋？

撒泼的样子倒与你相称！

梅菲斯特

想想罢，首饰给格雷琴搞来，

第一次出现格雷琴的字样。

却被某个神父横刀夺爱！——

2815 母亲瞧见了那个物件，

立刻就暗暗感到不安：

那妇人果然嗅觉犀利，

贯在祈祷书里嗅来嗅去，

再嗅一嗅家具每一处，

2820 看它是圣品还是俗物；

首饰让她明明觉察到，

那上面有不祥之兆。

孩子，她喊道，不义之财

语出《旧约·箴言》10:2："不义之财毫无益处；惟有公义能救人脱离死亡。"

会困住心灵，把血吸干。

2825 孰若献给圣母玛利亚，

欣喜地得到天赐的吗哪！

《启示录》2:17："得胜的，我必将那隐藏的吗哪赐给他"。吗哪，天赐的食粮。

小玛格丽特噘起嘴巴，

暗想，不过是人送的马，

"送的马，不看牙"，俗语，意思是不要对别人赠送的礼物挑三拣四。

真的！那有心送它来的，

2830 一定不是个不敬神的。

年幼无经验。

母亲请了位神父过去；

那位还没等明白这游戏，

便眼见那东西很是中意。

说道：这样想是正理！

《早期稿》作：这样想才是“基督徒式的”。

2835 战胜自己才叫胜利。

教会有一个好肚腹，

吞下过整个的国度，

且从来都不曾餍足。

启蒙理性主义者对教会的批判。呼应第二部第四幕第三场中的教会讽刺。

亲爱的女士们，唯教会，

2840 能把不义之财消受。

以上两行当接2835，都是神父的话。2836—2838是梅菲斯特的点评。

浮士德

这个习俗比比皆是，

借神圣之名，行盘剥掠夺之实。

犹太人和国王莫不如此。

梅菲斯特

继续讲述。

说着收了簪子、项链和戒指，

仿佛是地里长的一文不值，

原文：鸡腿菇。

2845 说声谢谢风轻云淡，

仿佛是树上结的坚果一篮，

向母女许下上天的酬劳——

她们感到十分受教。

浮士德

格雷琴呢？

第一次出自浮士德之口。

梅菲斯特

坐立不安，

2850 不知所措，意乱心烦，

日日夜夜把珠宝思念，

更思念那送宝的好汉。

以下描写格雷琴思春，撩拨浮士德动情。程式、套路。

浮士德

心上人的苦恼令我遗憾。

赶紧给她搞套新的头面！

2855 前一套区区不成敬意。

梅菲斯特

哦，您以为不费吹灰之力！

浮士德

且照我的意思去办理！

你去勾上她的女邻居。

要像个魔鬼，休得黏稠，

浮士德受到撩拨，用词粗简，急不择路。

2860 去弄套新的首饰到手!

梅菲斯特

是，遵命，仁慈的主人。

浮士德下。

梅菲斯特

这般恋爱中的呆人

为给心上人解闷

敢去摘下日月星辰。

下。

本场说明

邻妇家中，又转入内景，出场人物有三：邻妇玛尔特、玛格丽特（格雷琴）、梅菲斯特。格雷琴再次收到来历不明的首饰，来到玛尔特家中显摆和佩戴，边向其诉说自己的惊讶和激动。梅菲斯特遵浮士德之命，为接近格雷琴而前来勾引邻妇玛尔特。

本场对情节的推动作用在于，梅菲斯特谎称玛尔特的丈夫客死他乡，为确认死讯（以便玛尔特登出讣告，合法再嫁），需要两位证人，这样就引出下面浮士德作为第二位证人出场，顺理成章与格雷琴相见。

玛尔特是一位已婚但居家留守的中年妇女，丈夫是手工业者，一朝离家出走，长年云游在外。该人物相当于传统戏剧中保媒拉纤的丫鬟婆子，负责聆听小姐的倾诉，并在旁出主意，传递消息，提供幽会的场所。

因插入一段程式化的婚姻讽刺剧，本场是格雷琴剧中最富喜剧性的一场。

邻妇家中

玛尔特 独自

2865 上帝啊原谅我的拙夫，

他着实是对我不住！

呼地一下出门去闯荡，

撇下我一人独守空房。

原文：把我一人丢在稻草上，俗语，意在家守活寡。

我真的没让他伤过心，

2870 天晓得我爱他有多真心。

哭。

他没准死了！——哦好苦！——

我多想有份死亡证书！[①]

以便再嫁。言不由衷，造成滑稽效果。

玛格丽特 上

玛格丽特

玛尔特太太！

---

① 死亡证书，Totenschein，由死者所在堂区教会管理机构开具的死亡证明，或当地世俗机关开具的法律证明。死者的配偶持有证书便可再行婚嫁。——此处借用了汉斯·萨克斯的狂欢节喜剧《游学到伊甸园的学子》(1550)中相关情节。

玛尔特

小格雷琴，何事？

玛格丽特

我几乎要双膝发软！

2875 又有个匣子被发现，

乌木的，在衣橱里，

无比华丽的东西，

远比上一个还阔气。

玛尔特

小姐不必与母亲细说；

2880 她又会抱去忏悔则个。

玛格丽特

啊您看呐！啊您瞧啊！

玛尔特 给她戴上。

哦你个有福气的女娃！

玛格丽特

可惜，我不能在街上、

在教堂里让众人观赏。

因不符合等级着装条例，不能在公开场合佩戴，故而只能在私下观赏。

玛尔特

2885 那你便时常来我这里，

在这儿偷偷戴上首饰；

在镜子前溜达上一阵子，

让咱们看着欢喜；

待有时机，遇上节日，

2890 便一点一点示于人前。

先是小链，再珍珠耳环；

母亲约看不见，你不妨稍事遮掩。

玛格丽特

到底是谁送的两个匣子？

实在让人匪夷所思！

有人敲门。

玛格丽特

2895 啊天呐！会是我的母亲？

玛尔特 透过门镜的帘子窥视

是位陌生的先生——请进！

梅菲斯特 上。

梅菲斯特

恕在下冒昧不请自来，

望二位女士多多包涵。

恭敬地在玛格丽特面前后退一步。

故意以为是贵族小姐。

想打听一位玛尔特·施维特兰太太！

施维特兰，“小剑”的意思。

玛尔特

2900 我就是，先生有何贵干？

梅菲斯特 小声冲伊

此番登门见到您便好；

既有贵客就恕不打扰。

故意恭维戴着华贵首饰的格雷琴为贵客。

我贸然闯入还望见谅，

愿过了晌午再来拜访。

玛尔特 大声

2905 天呐，孩子，真想不到！

这先生把你当成小姐了。

玛格丽特

我就是个贫家女子；

哎！先生真是一片好意：

首饰和珠宝不是我的。

诚实，无经验。

梅菲斯特

2910 哦，并非只为珠光宝气；

您举止不凡目光犀利！

纯粹的信口恭维。

很高兴我且不必回避。

既非贵客，便可留下。

玛尔特

大驾此来何意？我想要——

梅菲斯特

我很想有好消息相告！

2915 还望夫人您休要怪罪：

您丈夫死了且托我带好。

修辞格：时间前后错位，逻辑错误，造成喜剧效果。

玛尔特

死了？多好的人啊！天呐！

夫君死了！啊我也不活了！

由下文看，这是中年妇女程式化的表述。

玛格丽特

哦！好太太，不要绝望！

唯格雷琴诚心。

梅菲斯特

2920 且听我把伤心的故事讲！

玛格丽特

我宁愿今生今世不爱，

若失去令我痛苦难耐。

玛格丽特单纯。联想到自己。

梅菲斯特

乐中有苦，苦中有乐。

玛尔特

请您把临终之事细说。

实则关心遗产。

梅菲斯特

2925 他在帕多瓦安葬，

圣安东教堂一旁，

在一个被祝福之地

永远阴凉之处安息。

时属威尼斯共和国。

教堂墓地。

玛尔特

此外您捎给我别无他物？

关心遗产遗物。

梅菲斯特

2930 有，一个请求，大而沉重；

三百台弥撒请您为他念诵！

顺告我的行囊空无一物。

安魂弥撒。三百，虚数，意思是罪过太多，不好超度。且要产生很大一笔开销。

玛尔特

什么！没有珍玩？没有细软？

那些手艺人省下压箱底的物件，

2935 为留个念想精心保管，

自己宁可忍饥，宁可要饭！

梅菲斯特

太太，我真心感到遗憾；

只是他的确没有胡乱花钱。

他也悔恨自己的错误，

2940 当然，更为自己的不幸叫苦。

玛格丽特

唉！可叹人是如此的不幸！

我定为他把安魂经念诵。　　安魂经见大教堂场。

梅菲斯特

小姐恐是到了嫁人的年纪：　　话题一转，转向玛格丽特。

您是个讨人喜欢的孩子。

玛格丽特

2945 哦不，现在还谈不大上。

梅菲斯特

若非夫君，就先找个情郎。

拥那样一件爱物在怀，

堪属上天最大的恩赏。　　诱惑玛格丽特。

玛格丽特

这不是本地的习俗。

梅菲斯特

2950 任习俗与否！反正处处都有。

玛尔特

请接着说！

梅菲斯特

我站在他床边，

那床比粪堆好点儿有限，

实发霉的草垫；作为教徒他受了终傅，

可发现还有一个长长的账单。

2955 唉，他喊道，我真是恨透了自己，

就这样撇下我的手艺和贤妻！

唉！痛煞我也回忆。

但愿她还在此生把我宽恕！——

接受了终傅礼，由神父主持临终涂油，听忏悔，并赦免一生罪过。

指欠债，即罪过，意思是忏悔完又发现还有如下罪过。

言不要等到来世。

玛尔特 哭着

好人啊！我早就把他宽恕。

梅菲斯特

2960 只是，天啊！她的罪要比我多。　　转述。

玛尔特

胡说！嘿！死到临头还在胡说！

梅菲斯特

肯定是他临了儿在瞎编，

就算半个行家我也看穿。

我四处跑，他说，非为消遣，　　为四处游走、不着家做辩护。手工业者“漫游”原为多识多看，广学手艺。

2965 先有孩子，又要给他们挣饭，

说挣饭是以偏概全，　　犹言负责一切生计。

却从不能消停地吃自己的饭。　　以上男人程式化的抱怨。

玛尔特

所有忠贞、恩爱他全忘掉，

还有没日没夜的辛苦操劳！　　女人程式化的抱怨。

梅菲斯特

2970 并没有，他真心念您的好。

他说：我离开马耳他之时，

曾热切为老婆孩子祈祷；

老天爷着实待我们不薄，

我们的船把土耳其的逮到，

2975 那船正运送大苏丹的财宝。

实则加入海盗团伙，干海上打劫的勾当。

于是勇敢就有了回报，

我理所应当地得到了

我该得的那份丰厚礼包。

玛尔特

欸什么？在哪儿？许是埋在某地？

梅菲斯特

2980 谁知道大风把它刮到哪里。

有位美丽的小姐上来搭讪，

当伊在他乡那不勒斯闲转；

她给他爱意和忠贞不少，

以致他到升天都能感到。

婉语：活跃在港口城市如那不勒斯的妓女。

他乡、闲转，原文包含一个文字游戏，有“出轨”“另寻新欢”之意。

反语、暗语：花柳病，梅毒；法国人称之那不勒斯病，德国人称之法国病。

实则死于花柳病。

玛尔特

2985 这个骗子！孩子们的大盗！

所有困苦，一切挫折

都未能阻挡他可耻的生活！

梅菲斯特

您瞧！为此他不是死了嘛。

此刻我若是您的话，

2990 就先规矩地守丧一年，

按当时规定，新寡一般 9 个月内不得再婚，否则要被剥夺继承的财产。

一边也不误另觅新欢。

撩拨玛尔特。

玛尔特

哦天呐！如我前夫那般，

世上再想找第二个也难！

再没比他更实心的蠢汉。

2995 他就是太爱出门云游，

又爱野女人和外头的酒，

还爱把该死的色子投。

德语中女人、酒、色子都以字母 W 开头。三 W 概括男人的恶习。

梅菲斯特

嗯，嗯，话说倒也无妨，

倘若他对您从他那方

3000 也大致这般宽宏大量。

谈好条件，我向您发誓，

有法律效力的约定。

我本人愿与您交换戒指！　　进一步勾引。

玛尔特

哦先生真会随口说笑！

梅菲斯特　自语

我看我还是及早脱身！　　怕纠缠上身，弄假成真。

3005　伊大概会让魔鬼守信。

冲格雷琴

贵小姐是否有感于心？　　暗示格雷琴婚姻不稳定。

玛格丽特

先生何意？

梅菲斯特　自语

好个善良无辜的孩子！

大声

女士们再见！　　欲擒故纵。

玛格丽特

再见！

玛尔特

　　　　　　哦还请告之！

我很想要一份证书，

死亡证书。

3010 拙夫何时如何死亡葬于何处。

我一向喜欢遵守法条，

要在周报上登出他的讣告。

公之于众后便可再嫁。在当地报纸登出讣告，歌德时代开始流行。

梅菲斯特

好，太太，凭两个证人之口

便可以作证毫无纰漏；

按圣经或法律程序，作证需要两个证人。[①]

3015 恰好还有个体面的同伴，

自然引出浮士德。

我愿为您带他去见法官。

我这就把他带来。

玛尔特

　　　　哦要带来！

梅菲斯特

这位姑娘届时是否也在？——

---

① 如《马太福音》18:16："他若不听，你就另外带一两个人同去，要凭两三个人的口作见证，句句都可定准。"

正派的少年！四方游历，

暗示有见识，未婚娶。

3020 对小姐们极是彬彬有礼。

再次以称小姐奉承格雷琴，同时暗示首饰的来历。

玛格丽特

当着那位先生我要把脸羞红。

因并非小姐，身份低微，又无修养和见识。实则答应且期盼。

梅菲斯特

当着普天下的王您都不用。

玛尔特

在房子后面我的花园

恭候二位先生就在今晚。

如期上了梅菲斯特的道。

本场说明

大街上［二］是一个简短的过场，为下一场花园浮士德与格雷琴相见做最后铺垫。

本场中，梅菲斯特告知浮士德，已约定当晚到邻妇玛尔特家中与格雷琴相见，见面的契机是，请浮士德出面充当第二个证人。浮士德起先认为作假证不妥，后被梅菲斯特说服。梅菲斯特的逻辑是，你既然可以用你不实的学问行骗，且行将用假言欺骗格雷琴，为何羞于作假证呢？

本场的主体是梅菲斯特与浮士德之间的辩论、斗机锋。双方均启用诡辩术。当谈及对格雷琴的情感时，浮士德偷换概念，借用表达延展的语词表达强度，即他所谓的“无限、永远”实用来表达欲望的强度，而非恋爱关系的长久。这点被梅菲斯特看穿、点破。

大街上［二］

浮士德。梅菲斯特。

浮士德

3025 如何？有进展？快成了？ 急不可待。

梅菲斯特

好么！您已火烧火燎？

格雷琴说话就是您的。

今晚您会在邻妇玛尔特处见到：

那可是个百里挑一的

3030 拉皮条的吉卜赛老鸨！

浮士德

很好！

梅菲斯特

咱们也要有所回报。

浮士德

本应礼尚往来相互效劳。

梅菲斯特

咱们只需给出有效证言，

证明她夫君四脚朝天

3035 躺在帕多亚某圣地安眠。

浮士德

很是聪明！还得先来次旅行！

以为是真的，未脱学者的迂讷。

梅菲斯特

神圣的单纯！无需为此成行；[①]

无需多知，只管作证。

浮士德

您若别无良策，那计划就告吹。

梅菲斯特

3040 哦圣人啊！您可真是一位！

这难道是您一生之中

---

① 神圣的单纯，原文拉丁语大写，SANCTA SIMPLICITAS，意为善意的愚蠢，典出胡斯事件：约翰·胡斯（1372/73—1415），波西米亚宗教改革家，被判异端，送上火刑堆，在火刑堆上见一位农民向柴堆上添加木柴，是出此言。

第一次作假见证？

因作证有法律效力，故作假证是犹太教、基督教中一项大罪。[①]

您难道不曾花大力气

启动修辞、诡辩术，蛊惑浮士德。

为神、为世事、为世上万物，为人、

3045 为人心中脑中的种种妄下定义？

类比。称浮士德的学问不实，相当于作假证骗人。

用您放肆的头、莽撞的心？

倘若真的平心而论，

您会坦率承认，对上述诸事，

您所知莫如施维特兰先生的死！

您既然可对上述妄下定义，为何不能为某先生的死作证！

浮士德

3050 死不改悔的骗子、诡辩师。

梅菲斯特

是，若非我深知你的心思。

我若不知你心思，下面说得不对，你可以这样说我。以下揭穿浮士德的虚伪和欺骗。

难道你明天不会堂而皇之，

去迷惑可怜的格雷琴，

向她保证你的爱是真心？

第二个类比。你既行将用假言欺骗格雷琴，为何羞于作假证呢？

---

① 十诫之第八诫：“不可作假见证陷害人。”见《出埃及记》20:16。

浮士德

确是由心而生。

梅菲斯特

3055 多么动听！

还由忠贞不渝的爱情，

由纯的超全能的冲动——

难道这都是由心而生？

爱情押冲动。全能本用来修饰神，歌德自造了一个“超全能”，突出冲动之强烈。

浮士德

住口！一定是！——我若感到，

3060 为那种情感、那份迷乱

寻找概念，又寻它不见，

我会伸出所有触角寻走大千，

去捕捉所有崇高的字眼，

于是把燃烧着我的火焰，

3065 称为无限、永远、永远，

这是魔鬼骗人的戏言？[①]

本节在狡辩，语序紊乱。把感情冲动说成真情。

---

① 无限、永远等语词：浮士德在此故意用表达延展的概念，表达情感的强度，属于偷换概念使用范畴。换言之，浮士德所谓的无限云云，只表达即时感受的强度，而非恋爱关系的持久。他以下便借用这种诡辩修辞迷惑了格雷琴。

梅菲斯特

我果然说对了！

浮士德果然开始偷换概念，并将以此行骗。

浮士德

诶！你记着——

请你，别再浪费我的口舌——

谁若胡搅蛮缠，强词夺理，

3070 就随他去。

戛然冒出一短行，拟为欲望所困，语不择词，迫不及待。

好了，我受够了喋喋不休，

算你说对了，主要是因为我必须。

浮士德至此已彻底丧失自由意志。

本场说明

本场花园，四人在玛尔特的花园相见。浮士德与格雷琴发展到交谈阶段。

由场前提示“格雷琴挽着浮士德”来看，在本场与上一场之间，当省去了初次见面的情节，跳过作证话题，直接进入正题。

本场交错上演浮士德与格雷琴、梅菲斯特与玛尔特两对“恋人”“谈情说爱”的场景。两对人在花园中交错走动，前景后景不断切换，观众交替听到五个谈话片段。

于浮士德与格雷琴一线，是浮士德追求格雷琴，属于爱情戏；于梅菲斯特与玛尔特一线，是玛尔特追逐梅菲斯特，依旧属于婚姻讽刺。

就谈话技巧而言，浮士德、梅菲斯特和玛尔特三人擅于运用社交谈话（Konversation）套路，即遵循某些心照不宣的程式，以令人愉悦的修辞，友好而礼貌地使谈话得以继续。也就是只谈（形式）而不说（内容）。社交谈话并非由心而发、表露真情实感，且不具任何约束力。其中梅菲斯特与玛尔特尤其显得圆滑老辣。

相比之下，既未受过系统教育（与浮士德和梅菲斯特相比）又缺乏生活经验（与玛尔特相比）的格雷琴，显得单纯而无助。她不仅言为心声，如实讲述家庭私密事务，倾诉个人情感，而且把客套、套话中放之四海皆准的辞令作字面意义上的理解。修辞差异再一次暗示出格雷琴悲剧的结局。

花园

玛格丽特挽着浮士德，

玛尔特与梅菲斯特

踱来踱去。

玛格丽特

我深感，先生不过在迁就，

在放下身段，为免我难堪。

3075 行走四方的人习惯于

善待别人委屈自己；

我深知自己乏味的交谈

难让见多识广的人喜欢。

用“我”，真实感受。先生，表尊重和保持距离。

自知在等级和见识方面存在差异。谦卑。

玛格丽特自知无社交谈话的修养。

浮士德

你一个眼神，一个语词，

3080 远胜过世间一切大智。

吻她的手。

用你，直接，拉近距离，且居高临下。

夸张，恭维，社交辞令，不走心地脱口而出，放之四海皆准，不对具体人和事。

吻手礼，贵族社交礼仪，用于贵族“小姐”，不用于市民女子。献媚恭维。

玛格丽特

您怎可屈尊！怎可把它亲吻？

吻手礼原要求与手背保持一定距离。格雷琴话风有变。[①]

它如此丑陋，如此粗笨！

殊不知我要做多少家务！

马上转入家务，进入真实的私人空间。

母亲她见不得半点马虎。

提及母亲，暴露未成年的心态，幼稚。且流露母亲管教甚严。

走过去。

以上浮士德、格雷琴各用各韵，互不应和，拟尚各说各话。

玛尔特

3085 您呢先生，总这样四处漂泊？

暗示梅菲斯特当定居、成家，相当于诱其迎娶自己。

梅菲斯特

唉，都是为生计和职责所迫！

显然心知肚明。启用男人程式化的借口。

每每痛苦不堪离开某地，

暗示留恋此地（玛尔特）。

却从来不能停留在哪里！

既接话，又闪烁其词，挑逗与拒绝、若即若离的分寸拿捏准确，谈话得以为继。

玛尔特

灵便的年纪许还可以，

---

① 似乎为符合吻手礼所要求的贵族风范，又为接近浮士德的话风，格雷琴努力使自己的谈吐变得高雅，她使用法语派生词“屈尊”（inkommodieren），改用第二人称复数作尊称，改熟悉的双行押韵体为牧歌体（本行为亚历山大体）。当然她只能在个别地方勉力效仿，却完全不能一以贯之。

3090 这般自由自在满世界游历；

可到凶险来临的时候，

做个老光棍蹒跚走向坟头，

没有谁会觉得好受。

光棍（Hagestolz），法律术语，年满五十未婚的男子，按规定其财产当移交官署。

梅菲斯特

远远望过去我不寒而栗。

玛尔特

故而，先生，当从长计议。

3095 走过去。

以上梅菲斯特、玛尔特用交叉韵，拟双方心领神会的交谈。

【以上对话移动在社交谈话层面，表面上只讲一般道理、一般人情世故，而不用“我”“你”等直接触及具体事件和私人意图的表述。这要求双方均有社交谈话经验，心照不宣，相互领会弦外之音，却不说破。这样的谈话因此对双方也都不具任何约束力。】

玛格丽特

是呀，人一走茶就凉！

彬彬有礼在您习以为常；

贵族交往礼仪。

只是先生的朋友良多，

人家都更明事理比我。

谦卑。

浮士德

3100 噢好人儿！要相信，明事理者，

常常不过是虚假和浅薄。　　皆大路话，常理。

玛格丽特

怎么？

浮士德

唉，单纯、无辜，从认识

不到自己和自己神圣的价值！　　变相恭维格雷琴。

3105 谦卑、卑微，乃乐善好施之　　谦卑、卑微等，实亦与等级相关。

自然赐与的至臻的礼物——

玛格丽特

但凡您肯想我那么一瞬，

我便会时时刻刻去想您。　　格雷琴的谦卑与投入。

浮士德

您大概多一个人独处？

玛格丽特

是呀，我们小门小户，

3110 可家务也需有人照顾。

没有使女；我要上灶、洒扫、纺线、

缝补，从早直忙到晚；

而我的母亲对每一件

都那么严！

短行，表强调，再次点出母亲要求严格，为下文给母亲喝下过量安眠药做铺垫。

3115 倒不是她非要如此节俭；

强调母亲的禁欲、严苛。

我们原比其他人家活泛：

宽裕，经济上不太紧。

我父亲留下不少的财产，

郊外有一处小屋和小园。

我现在的日子相当平静；

孤独、平静，需要陪伴、激动。

3120 我的哥哥是名士兵，

我的小妹妹死了。

以上多以“我”“我的”开头，向陌生人坦陈私事，将财产状况和家庭关系和盘托出。

我带那孩子真是苦中有乐；

再从头受一遍苦我也情愿，

我多么爱那孩子。

浮士德

定是个天使，如你一般。

玛格丽特

3125 我带她长大，她真心爱我。

她在我父亲死后生下，

母亲我们全无指望，

奄奄一息倒在床上，

她慢慢才好起来，一点一点。

3130 她那时完全无法想象

自己把可怜的毛虫喂养，

于是我一个人把她拉扯，

用奶用水；就像是我的。

她在我怀里，在我膝下，

3135 乖巧，扑腾，转眼长大。

讲述如何像母亲一样抚养刚出生的小妹，反衬后来亲手溺死自己孩子时的绝望和疯狂。

毛虫：婴儿。

浮士德

你一定感到了莫大的幸福。

不知带孩子的辛苦。

玛格丽特

当然很多时候也着实辛苦。

夜晚那小家伙的摇篮

放我床边；她稍稍一动，

3140 我立刻清醒；

集中描写平民女子的日常世界，与浮士德所追求的大世界大相径庭，浮士德不可能久留。

一时要喂奶，要揽在怀里，

喂奶和溺死是一个词，与后面格雷琴讲述溺子呼应。

若继续啼哭不止，我便要下地，

在房间里边拍边踱来踱去，

天一亮又要在水池边洗衣。

3145 接着是买菜，操持饭食，

永无休止，日复一日。

先生您看，不总是高高兴兴；

不过这样才吃得好，睡得香。

走过去。

【以上用交叉韵，拟彼此相互接近。浮士德避而不谈自己身世，格雷琴出于低对高、幼对长的礼貌亦不加打探。】

玛尔特

可怜的妇人们难上加难：

3150 一个光棍实在很难规劝。

其间肯定又有一番规劝。

梅菲斯特

全凭您这样的热心，

把我等教育成好人。

玛尔特

直说吧先生，您还在寻觅？

以下两节双行押韵，拟各说各话。

尚无一处让您心有所系？

梅菲斯特

3155 俗话说得好：自家的炉灶，

本分的婆娘，胜黄金珠宝。[①]

梅菲斯特的策略：以种种放之四海皆准的至理名言敷衍。

以下一问一答（拟古希腊戏剧中的隔行争辩）至中间打断（半行争辩），拟玛尔特急切，梅菲斯特故意误解、打岔。

玛尔特

我是说，您从没有兴趣？

梅菲斯特

我处处受到人们的礼遇。

玛尔特

我想说：您心里从未正经想过？

梅菲斯特

3160 万不可斗胆与女人们逗乐。

---

① 化用了两句俗语：自家的灶台胜黄金，才德之妇胜珍珠。后半句典出《旧约·箴言》31:10（“论贤妇”一段首节）：“才德的妇人谁能得着呢？她的价值远胜过珍珠。”

玛尔特

唉，您不明白我意思！

梅菲斯特

真心不好意思！

不过我明白——您是一片好意。

走过去。

浮士德

以下对话多用交叉韵。

哦小天使，你认出了我，

注意浮士德对格雷琴层出不穷、变换多端的轻佻称呼。既泛泛，又合格雷琴的心境。

就在我走进花园的那刻？

当在回溯初会的场景。

玛格丽特

3165 您没看到？我垂下了眼帘。

为表自己的妇德。但演示性的羞涩实暴露出潜意识中的想看。

浮士德

莫非你原谅了我的唐突？

也就是我的胆大包天，

当前不久你从教堂走出？

回忆初次见面。恋人在进一步相互接近时，常以谈论初次见面为由相互试探。程式。

玛格丽特

我很是惊讶，从不曾遇到；

3170 还没有人说我有什么不好。

表明并非因自己不正派而给人以可乘之机。

啊，我想，许是你的举手投足

让他看出了放荡和轻浮？

首先省察自己，归咎于自己举止有失。

显然惹得人家一时起念，

径直上前与这小妞周旋。

当街遇贵族青年上前轻浮，故自责。

3175 实话实说！不知是何情

令我当街对您怦然心动；

可见浮士德开场时的判断准确。

但肯定，我好生气自己，

以致不可能更生您的气。

浮士德

好个小甜甜！

玛格丽特

稍等！

采下一朵雏菊，一片一片揪下花瓣。

浮士德

作甚？扎花？

玛格丽特

不，是个游戏。　　　　　　　　　　花占。[1]

浮士德

怎么玩？

玛格丽特

3180　走开罢！您要笑话。

边揪边小声嘀咕。

浮士德

你嘀咕什么？

玛格丽特　放大声音

他爱我——不爱我。

浮士德

你这迷人的天堂的花朵！

---

[1] 花占，Blumenorakel，用花做占卜，比如揪下一片花瓣说“爱”，再揪一片说“不爱”，最后剩下那片对应的就是占卜结果。一种欧洲民间古老习俗，也是儿童游戏。格雷琴希望借此判断浮士德的情感。

玛格丽特 继续

爱我——不爱——爱——不爱——

揪下最后一瓣，满心欢喜

他爱我！

实际上是格雷琴自己爱的表白。

浮士德

是了孩子！就让这花语

3185 成为众神的表白。他爱你！

意思你可明白？他爱你！

握住她双手。

魏玛版改动手稿，将本行与上行合二为一。薛讷恢复，但诗行编号未改（此处多出一行）。

浮士德含糊其词，故意用“他爱你”，而非“我爱你”。

玛格丽特

我一阵战栗！

格雷琴无意识中为情所动，拟神圣的战栗，并化用《雅歌》诗句。[①]

浮士德

哦不战栗！就让这目光，

就让这牵手来告诉你

3190 那无以言表的话语：

献出身心，感受极喜，

本节格律、韵脚混乱，拟因激动语无伦次，但仍旧闪烁其词：一向善于表达自我的浮士德，在此反而不用“我”。

---

① 《雅歌》5:4：“我的良人从门孔伸进手来，我便因他动了心。”1775 年前后歌德自译了《雅歌》，诗行中用的是与路德版不同的自译文。

那必定是永恒的极喜！

永恒！——就算绝望在其尽头。

不，没有尽头！没有尽头！

非“将是”，而是“必定”。且无主语，含糊。

极喜结束于格雷琴的绝望。浮士德言中。

再次把强度置换为广度。

玛格丽特

紧握一下他双手，挣脱开，跑掉。
他迟疑片刻，随后跟上。

玛尔特 走来

入夜了。

梅菲斯特

3195 嗯，我们这就走。

玛尔特

我很想请您再留片刻，

只是这地方过于邪恶。

仿佛人人都无所事事

都无聊至极，

3200 只一味盯着邻居的起居，

动辄便惹得流言四起。

邻里的监视，社会舆论的监督，预示格雷琴后面要面对的社会舆论谴责。

那一对儿呢？

梅菲斯特

刚打那小径飞过去。

浪蝶一样随性！

暗喻浮士德轻浮、不稳定。

玛尔特

她对他颇为中意。

梅菲斯特

他对她也如此。世事如斯。

本场说明

花园小屋，直接上场，在四人告别前，场景移至花园中的小屋。小屋一般为木屋，位于花园一角，用于存放打理花园的用具。

本场单列，简短，是为突出一个小高潮，类似乐曲中一次休止，之后将开始另一个乐段。

经过此前若干场铺垫，本场进入格雷琴与浮士德的情感高潮，格雷琴向浮士德表白爱情，两人进入亲吻阶段。按照恋爱的五步程式，——相见（大街上），交谈（寒暄、叙旧、试探，花园），身体接触（握手，花园），亲吻（花园小屋），爱的结合，——本场进行到第四步。因五个步骤通常不可逆转，故而以下因风纪原因省去的第五步，观众便可自行脑补。

花园小屋

玛格丽特　一跃而入，躲到门后，把指尖按在唇上，透过门缝向外看。[①]

玛格丽特

他来了！

浮士德　进来。

3205　　小鬼头，你挑逗我！

捉住了！

吻她。

玛格丽特　搂住他回吻

好人啊！我真心爱你！

从您改为你。德语中你我押韵。

梅菲斯特　敲门。

① 转身跑开，躲藏，尤其把指尖按在唇上，格雷琴一系列下意识的身体语言，在他人看来极富挑逗性——故而浮士德称“你挑逗我”。预示第四步亲吻。

浮士德　顿足　　　　好事被打断，情急。

谁？

梅菲斯特

好友！

浮士德

畜生！

梅菲斯特

到了分手的时候。　　　　四句一行，对话急促，滑稽。

玛尔特　走过来。

嗯，天色已晚，先生。

浮士德

我送您回家可否？　　　　改称您，因有旁人在场，不愿公开。

玛格丽特

母亲会——再见！　　　　借口母亲，自己其实愿意。

浮士德

我必须离去?

再见!

玛尔塔

再会!

玛格丽特

3210 后会有期!

依依不舍。

浮士德偕梅菲斯特下。

玛格丽特

恢复到简单的双行押韵体。

哦我的天!一个人

怎可想这么多这么全!

早有预谋,按计划好的步骤。

我只羞愧地站在跟前,

对着一切点头称赞。

一步步落入浮士德的圈套。

3215 就是个可怜无知的孩子,

搞不懂他相中我哪里。

下。

本场说明

森林与洞窟，开场再度出现浮士德的大段独白，继之以浮士德与梅菲斯特的对话。

由浮士德与格雷琴关系发展的态势来看，再往前便是格雷琴的失身。在浮士德迈出这最后一步之前，大段独白暴露出他内心中的搏斗：一方是被格雷琴唤起的纯洁情感以及人天性中的向善，一方是欲望的魔鬼。浮士德遁入自然，希望借助自然的力量平复内心的不安。

随后梅菲斯特——此时也象征浮士德人格中魔鬼的一面——登场，再度刺激浮士德，使之终下决心，不再克制和掩饰情欲。

本场浮士德最后一段台词及前后梅菲斯特几行台词（3342—3369行），其原型已见于《早期稿》。其余主体（从开头3217行至3341行）创作于歌德的意大利之旅（1786—1788）期间或之后，随1790年的《未完成稿》出版。两稿中的位置都在格雷琴失身怀孕之后，用来表现浮士德的自责或在大自然中的忏悔。——本场台词中个别极细微的跳脱，可参成文史解释。[①]

作者之所以将本场前移至此，原因大约有二：其一，从结构上讲，本场对剧情发展起到一个延宕作用，使之不致径直进入高潮或转折，由此为情节发展增强节奏感；其二，也是更重要的，对于戏剧性质而言，若无本场的反思，那么格雷琴剧则几乎完全就范于诱惑剧程式，成为一部通俗意义上的诱惑剧。

当然，浮士德的反思和挣扎是软弱无力的，梅菲斯特道破了它们的言

---

① 关于本场分别在《早期稿》《未完成稿》及《浮士德·第一部》中的位置，以及三稿场次位置的变动、场次之间的关系，参薛讷导言。

不由衷和故作姿态。尽管如此，插入的这个片段，仍不失对浮士德此前种种轻浮的一个配重。

本场浮士德的独白使用了古典悲剧常用的五音步无韵体（Blankvers），这也是《浮士德·第一部》中唯一一处使用此类高雅格律的片段。它一方面说明独白的创作时间晚于其他部分，一方面似乎也在有意戏仿一种崇高的状物抒怀风格。因浮士德在此并未得到净化和提升，自然反成为他逃避真正反省的避难所，蜕化为空洞的修辞，甚而充当了他用以宣泄情欲和强暴的对象。

森林与洞窟

浮士德 独自

五音步抑扬格、扬抑抑格，无韵。慷慨激昂。

崇高的灵，你给了我，给了我

当指夜场中的（地）灵，在此作为自然之主把自然启示给浮士德。

一应所求。你没有徒劳地

向我转过你火焰中的面容。

参夜场相应片段。

3220 你给了我壮美的自然王国，

给我力量把它感觉享受。你

隔行断句。

不只允许我惊讶地把它拜会，

还恩准我一观它胸中的深邃，

如同观望一位朋友的心胸。

3225 你引领着一队一队的生灵

行过，教导我认识自己的弟兄

指各类动物，人的兄弟。

在寂静的丛林、在水里在空中。

当狂飙在林中呼啸嘎然作响，

当巨杉倾颓，扫向比邻的枝丫、

大树倾倒，压向小树、枝丫，一同毁灭，寓指浮士德与格雷琴？

3230 树干，将它们咔嚓嚓地压下，

当山陵空空然如闷雷轰鸣，

你把我带到安全的洞窟，把我

森林与洞窟的对比。

呈现给我自己，隐秘而深处的

伤口便向我自己的心胸开启。

3235 皎洁的月伴着我的目光

冉冉升起，柔和而平静：

从峭壁中，从湿润的灌丛

有前世的银色的形象飘升，

舒缓了我冷峻的审视之兴。

前世的形象（古希腊神？人？）也曾有过如此的紧张：面对自然情感与社会规范。

3240 哦于人而言并无圆满可言，

此刻我深感。你给予了我

令我无限接近众神的福乐，

却搭上一位伙伴，我已无法

梅菲斯特。

摆脱，纵使他冷酷、放肆地

3245 令我自我降低，且只消一句

便把你所有的恩赐化为乌有。

他煽起烈火在我的心头

欲火。

去把那美的形象苦苦追求。

女巫的丹房中的镜像，此处具体指格雷琴。

跌跌撞撞从欲望走向贪享，

3250 复又在贪享中渴求着欲望。

交错修辞格。

梅菲斯特 上。

以下对话恢复到牧歌体。

梅菲斯特

生活您这就体验足够？

如何能令您快乐长久？

固然很好，来一次品尝；

但还需频频翻出花样！

意识到浮士德有所醒悟，起念甩掉自己。

浮士德

3255 我倒希望，你有别事可做，

而非在青天白日把我折磨。

梅菲斯特

哎哎！我并非存心烦扰，

你无需郑重其事相告。

你这样无聊无趣无状的伙计，

3260 失去也实在没什么可惜。

整日为你忙得不可开交！

哪项喜欢，哪项不该做，

却从看不出主人的脸色。

反话以激动浮士德。

要完成浮士德的各项吩咐。

琢磨不透主人的心思。故意说浮士德摇摆不定，令自己不知所措，以刺激他再下决心。

浮士德

这岂是你该有的口气！

3265 让我烦气，还要我感激。

梅菲斯特

可怜的俗子，没有我

你该如何体验生活？

是我一时把你唤醒

摆脱了杂乱无章的梦境；

3270 若不是我，怕你早已

从这个地球上逝去。

你在洞窟、在岩石缝里

像只夜鸟闲坐有何意趣？

还是想像只蟾蜍，从发霉的苔藓、

3275 从湿淋淋的石头啜饮美餐？

好不美妙而甜蜜的消遣！

你身上博士的阴魂不散。

不一定指浮士德意欲自杀（因《早期稿》尚无此情节），当指一般因绝望而避世的生存状态。

闲坐而怠于尝试生活。通过讽刺刺激浮士德。

浮士德

你可明白，在荒野中的转环

竟如何让我洗心革面？

适才在大自然中的醒悟。

3280 是啊，你若能够预知，

你这魔鬼，定不会让我享此洪福。

梅菲斯特若事先知道，定会阻拦浮士德进入大自然。

梅菲斯特

讽刺浮士德乃至18世纪末学者对自然的狂热，实则是在强暴自然。

好一项超凡的娱乐！

趁夜黑露重仰卧山坡，

欣然把大地天空紧握，

3285 鼓胀起来神仙般快活，

满怀憧憬把那俗根深耕，

胸中有感六日的神功，

神的造物。

运豪迈之力谁知在作何享受，

一时间畅美流溢万有，

3290 俗子遂完全不知归处，

崇高的直觉就此——

对自然的直觉。

做了个手势

猥亵的手势。梅把浮士德在自然中的自我陶醉隐晦地描述为自慰之举，即实则为借自然进行自我宣泄。

我不得说出如何——结束。

浮士德

呸！

梅菲斯特

　　　我的话不中您意；
您有体面地呸一声的权利。
3295　原不可当着纯洁的耳提起，
纯洁的心不能断念的东西。　　比如情欲。
简断截说，大人尽可随意，
时不常来一点儿自欺；　　揭穿浮士德的自欺——用崇高的修辞掩盖内心的欲望。
只是恐尊驾难以为继。　　以下开始新一轮撩拨，先以浮士德本人难抑的情欲，后以格雷琴的思春。
3300　很快你重又身心俱疲，　　抵挡不住情欲诱惑。
日子再久，则伴着疯癫、
心悸和恐惧，油枯灯尽！
还有！你的小情人正在城中，　　以下是格雷琴的思春。
一切都让她难过和伤情。　　恋爱综合征。
3305　你在她思绪中挥之不去，
她爱你爱得无药可医。
先是你的爱势如狂澜，
如一道小溪春潮泛滥；
你把它注入她的心间，
3310　而你的溪却日渐日浅。　　揶揄浮士德先热后凉，先撩起别人爱意，自己却后续乏力。蛊惑。
窃以为，与其在林中危坐，
就不如大人你前去，

犒劳那可怜的少女，

犒劳她为你付出的爱意。

3315 时间对她是那么漫长；

以下引用传统的少女思春程式，煽动浮士德的欲火。

她站在窗边，眼看流云

窗边少女，孤独而不自由。程式。

飘过古老的城墙。

我若是只小鸟！她这样唱，

“我若是只小鸟，会长出翅膀，飞到你身旁。”常见的情歌开头。并呼应牢房场中民歌。

白天里唱，再加半个晚上。

3320 她一时欢畅，多半忧伤，

恋爱综合征的种种典型表现。

一时哭个痛快，

一时又似安静下来，

却无时无刻不在爱。

浮士德

毒蛇啊！毒蛇！

伊甸园中的蛇，诱人犯罪，这里指梅菲斯特。称魔鬼为毒蛇，另见《启示录》。[1]

梅菲斯特 自语

3325 正是！捉你个正着！

[1] 《启示录》12:9：“大龙就是那古蛇，名叫魔鬼，又叫撒旦，是迷惑普天下的。”《启示录》20:2：“他［天使］捉住那龙，就是古蛇，又叫魔鬼，也叫撒旦，［……］。”

浮士德

卑鄙之徒！还不退去，

休要把那美妇提起！

休让我几近发狂的六根

再贪恋起她甜美的身体！

情境拟耶稣喝退撒旦的诱惑。见马太福音 4:10："耶稣说：'撒旦退去吧！'"

丧失理智。

梅菲斯特

3330 怎能如此？她以为你在逃跑，

事实上你已然在半跑半逃。

浮士德

就算在远方，我也在她近旁，

永远不会忘记，不会失去；

哎，我几乎羡慕主的圣体，

3335 一想起她的双唇把它触及。

指格雷琴在教堂弥撒中领圣体的情景。浮士德浮篇的联想。

梅菲斯特

是呀，朋友！我时常把您羡慕

因着玫瑰花中吃草的一对小鹿。

指双乳，典出《雅歌》4:5。[①]

---

① 《雅歌》4:5："你的两乳好像百合花中吃草的一对小鹿，就是母鹿双生的。"

浮士德

滚开，皮条客！

梅菲斯特

好啊！您骂人，好笑得很。

那造了少男并少女的神，

3340 便已知这最高贵的职业，

自己也去创造机会不迭。

走吧，真是痛苦至极！

您当进入情人的内室，

而不是痛苦至死。

指拉皮条。

神为男人造了女人。隐含“二人成为一体”的暗示。[①]

指对于浮士德和格雷琴双方。由本行至3369行已见于《早期稿》。参本场说明。

一步步诱惑，由酥胸到抛出内室。

浮士德

3345 是何等天堂之乐在她怀间？

就让我依在她胸前取暖！

我何尝不感到她的困苦？

何尝不是逃兵？不是浪迹之徒？

勾勒出两人及生活世界的不同：一个永不满足，直至走向深渊；一个生活在家庭的小世界，安宁满足。

应了梅菲斯特抛出的酥胸。

---

① 《创世记》2:18，22-24：“耶和华神说：‘那人［亚当］独居不好，我要为他造一个配偶帮助他。’［……］耶和华神就用那人身上所取的肋骨造成一个女人，领她到那人跟前。那人说：‘这是我骨中的骨，肉中的肉，可以称她为女人，因为她是从男人身上取出来的。’因此，人要离开父母与妻子结合，二人成为一体。”

一个盲目的、躁动的不仁之人，

3350 如瀑布从巉岩坠落巉岩，

势不可挡地奔向深渊。 以上浮士德自评。

而一旁的她，天真而不明， 以下格雷琴。不具反思能力。

栖于阿尔卑斯小屋之中， 田园世界。

自始囿于小世界 两度用"小"字，言市民生活格局狭窄。

3355 操持她的家务一应。 想象中格雷琴的小世界，温馨、静谧、自然，但狭隘。

而我，为神所憎恶，

不曾知足，

就算抓起岩石

将它们击成砂砾！

3360 她，她的和平我不得不葬送！

你，地狱，不得不接纳这一牺牲！ 指拿格雷琴献祭，为欲望殉葬。过去式，已完成！

魔鬼啊，助我把恐惧缩短！ 等待格雷琴毁灭的时间。[1]

定要发生的，就让它发生！ 格雷琴的毁灭。连用五个叹号。

就算她运命倾塌将我覆灭

3365 就算她要与我一同毁灭。

[1] 以下四行，在《早期稿》和《未完成稿》中，因放在格雷琴失身之后，故指向格雷琴所面对的极刑和毁灭；在第一部中，因移至浮士德与格雷琴合欢之前，故而可解为，浮士德虽预感到将导致格雷琴毁灭，但梅菲斯特的诱惑最终驱走了他脆弱的反思，促使他下决心，不顾一切代价，去占有和毁灭格雷琴。

梅菲斯特

重又开锅，重又冒火！

进去安慰她吧，蠢货！

脑瓜子一寻不到出路，

就立刻想到末日穷途。

3370 勇往直前者万岁！

其实你差不多也成了魔鬼。

我以为这世上没有什么

比绝望的魔鬼更加乏味。

《早期稿》至此结束。

本场说明

格雷琴的小屋，简短，只有格雷琴独坐小屋，在织机旁纺线吟唱，台词即是歌词。

本场相当于格雷琴的独白，与前场浮士德的独白形成呼应和对比。同样受欲望驱使，同样思念情人，同样预感事态的发展和结局，两人的表达方式截然不同：浮士德慷慨激昂，滔滔不绝，富于雄辩；格雷琴则仍然只能用歌声表达心声。轻柔而不安的吟唱反衬出浮士德的喧沸，谦卑而朴实的态度，更凸显了浮士德的恣肆轻狂。

本场唱词由多位作曲家谱成艺术歌曲，其中以舒伯特、采尔特、柏辽兹、瓦格纳、威尔第等人所谱最为著名。

格雷琴的小屋

格雷琴　独自在织机旁[①]

我心曲已乱，

3375 我心儿不安；

再不能平静

再也不能。　　短句，反复，心情沉重无以言表。

没有他的地方，

坟墓一样，

3380 茫茫天地

了然无趣。

我可怜的头

已然疯癫，

我可怜的心

---

① 独自在织机旁，表现出一种既孤独又不安的状态。纺线的象征意义在于，希望从杂乱无章的思绪中捋出线索，使内心归于平静。而纺线在歌德时代多是城乡妇女一种聚集型劳作方式。尤其在冬日夜晚，妇女们聚集在织坊中，边纺线边唱歌讲故事，形同欢快的聚会。而此时的格雷琴显然为一种不寻常的、无望的爱情所困，不愿参加这类聚会，与他人诉说心事。另，民俗中有“清晨纺线是苦恼（职业），晚间纺线是欢乐（聚会），晌午纺线有福在第三天（织嫁衣）”的说法。按此习俗，格雷琴原该在为自己织嫁衣。

3385 已成碎片。

我心曲已乱，

我心儿不安，

再不能平静

再也不能。 民歌的反复。

3390 只为众里寻他

我倚窗而望， 程式。呼应梅菲斯特描述的思春场景。

只为众里寻他

我走上街巷。 女子上街找寻情人的母题可参《雅歌》5:6：“我寻找他，竟寻不见。”

他矫健的步伐， 如《雅歌》，紧接在找寻之后是对情人身材容貌的描写，参《雅歌》5:9-16。

3395 他高贵的形象，

他嘴角的微笑，

他炯炯的目光， 如《雅歌》，以例数的方式描写。通过回忆再现交往过程。此节言相见，第一步。

他的谈吐哦 交谈，第二步。

多么迷人，

3400 他的牵手， 牵手，第三步。

哦还有他的吻！ 亲吻，第四步。

我心曲已乱，
我心儿不安，
再不能平静
3405 再也不能。

我的胸脯哦
要拥向他。
想要抓住哦
再抱紧他！

《早期稿》中为“我的怀（指下体）”。

盼望能被允许或有机会。

3410 再尽情地
把他亲吻，
在他的吻中
销魂！

第五步，爱的合一。[①] 爱之死。格雷琴的独白把爱情推向高潮。

① 以上除复唱外的四节，诗句看似自然简朴，其实不然，四节层层递进，暗合着恋爱的五步规则。具体而言，前两节先用回忆，概现了浮士德与格雷琴至此的交往过程（相见、交谈、牵手、亲吻），后两节则预示第五步“爱的合一”的完成。可见虽为小曲，看似浑然天成，但依然遵循着程式，是艺术的创作。

本场说明

玛尔特的花园，场景再次回到前番的花园，主体是格雷琴与浮士德的对话，格雷琴提出所谓“宗教问题”，也就是著名的“格雷琴之问”。

花园是爱的场所（locus amoenus），格雷琴剧与爱情相关的各场均发生在“花园”，如花园，花园小屋，玛尔特的花园。在花园中，格雷琴与浮士德相互表白爱意；在花园小屋中，二人关系发展到亲吻；在本场，由格雷琴发起，谈论婚姻问题。

此前两场，分别以浮士德和格雷琴的独白，将两人关系推向高潮。在本场，也就是合欢的前夜，格雷琴实际上是以委婉的方式，询问浮士德，是否准备与自己履行婚姻圣事，亦即为自己的委身寻求合法保证。

在现代市民社会确立之前，婚姻不直接与个人情感或爱情挂钩，婚姻对于女子，首先意味着经济来源和生活保障。因此成婚与否不单单是一个伦理问题。

浮士德再次以雄辩的修辞加以搪塞，同时有效实施了进一步诱惑。本场结尾，浮士德把早已备好的安眠药交与格雷琴，嘱咐她给母亲喝下——以方便他们偷欢。

对于格雷琴剧而言，本场既是高潮，又是转折。高潮在于两人的爱情至此达成圆满，转折在于戏剧由此开始走向悲剧结局：偷欢导致母亲、兄长丧生，格雷琴溺死婴儿。

本场在格雷琴与浮士德的对话中，插入了一段对梅菲斯特的评论，特别表达了格雷琴直觉中对梅菲斯特——浮士德人格中魔鬼的一面——莫名的反感。她殷切希望浮士德能够摆脱“同伴”的魔道。这可以说是格雷琴以纯情和真爱，对浮士德进行救赎的一次尝试。

玛尔特的花园

玛格丽特。浮士德。

玛格丽特

向我保证，海因里希！

第一次直呼浮士德名，[①]表明关系进一步亲近。大约是要求保证说实话。

浮士德

当然当然！

玛格丽特

3415 说一说，宗教你怎么看？

你为人真诚良善，

只是我以为，你颇不以为然。

潜台词：你会履行婚姻圣事，会娶我吗？

浮士德

别问了孩子！感受我的好意；

用感觉取代理智。

---

① 海因里希，据说历史上的浮士德，呼名“格奥尔格”；故事书和木偶剧中的浮士德，呼名“约翰”；歌德将之改为“海因里希”。改动的原因，一说是为避免与自己重名，因歌德呼名约翰·沃尔夫冈；一说是借用了奈特斯海姆的阿格里帕（Agrippa von Nettesheim, 1486—1535）的一个呼名，此人与历史上的浮士德生活在同一时代，与其身份和经历相仿，如也曾学贯所有学问，参与治疗瘟疫，投身魔法等。

为爱人我愿流血舍弃身体，

3420 不会干涉何人的情感和教会。

影射耶稣在最后的晚餐所言。[①] 但浮士德用的是虚拟式。爱人，复数。

教会：（格雷琴的天主）教会信仰。浮士德开始启用修辞雄辩，闪烁其词。

玛格丽特

不是这样，一定要信仰才对！

浮士德

一定吗？

玛格丽特

唉！我多想把你打动！

教会的圣事你恐也不尊重。

天主教七件圣事：洗礼、坚振、圣餐、婚姻、告解、晋铎、终傅。此处暗指婚姻。

浮士德

我当然尊重。

仅尊重而已。

玛格丽特

但并不热切。

---

① 《路加福音》22:19-20：“又拿起饼来，祝谢了，就擘开，递给他们，说：‘这是我的身体，为你们舍的，你们也应当如此行，为的是纪念我。’饭后也照样拿起杯来，说：‘这杯是用我血所立的新约，是为你们流出来的。’”

3425 你很久没有望弥撒、做告解。

告解，即忏悔，圣事。

你可信神？

浮士德

亲爱的，谁敢说，

不直接回答，用修辞遮掩躲闪。

我信神？

你去问问神父或贤人，

他们的回答听之只像是

对提问者的讽刺。

玛格丽特

3430 那就是不信？

浮士德

杂烩多种神学思想，用诡辩把格雷琴侃晕。诗行长短不一，格律韵脚紊乱，整部剧中仅此一处，拟支吾搪塞。

别误解，亲爱的小美人！

谁人敢称其名？

两个含义：称神的名，用语言描述神（古老的神学问题）；谁有权说认信神。

谁人又敢直说：

我信神。

3435 谁敢有感

且又放胆

说：我不信神？

那掌管一切者，[①]

那保有一切者，[②]

3440 难道不掌管和保有

你，我和祂自己？

头上的天空莫不似穹庐？

脚下的大地莫不稳固？

3445 永恒的星辰莫不升空

友好地眨着眼睛？

我莫不与你四目相望，

莫不是一切

都向你的头你的心奔涌，

3450 在永恒的秘密中隐匿

而又可见地在你身旁涌动？

以此去充实你宽广的心胸，

你若感觉到天福满满，

便可如己所愿，

称之福！心！爱！神！

3455 对之我没有

诡辩逻辑。利用格雷琴缺乏知识和修辞修养，用一系列似是而非的诘问，闪烁其词。
拟《约伯记》中神对约伯的诘问。见《约伯记》38:4节及以下。

不称神的名，不信仰人格神，只承认有超验的存在。泛神论倾向。

---

① 掌管一切者，Allumfasser，借用赫尔德对《启示录》中pantokrator的德文翻译；路德译Allmächtiger，全能者，正统译法。

② 保有一切者，Allerhalter，也是对全知全能神的称谓，非正统。

名！感觉是一切；

名只是空响和遮蔽

天火的烟霾。

把感觉抬升到神的位置。讽刺对感觉的过分强调，因之个体、私密且不受道德约束。

玛格丽特

听上去似都颇有道理；

3460 与神父讲的大同小异，

不同的只是遣词造句。

相比之下，玛格丽特的回答韵律平稳，与浮士德的韵脚交叉。

浮士德

普天之下各个角落

所有的心都作此言说，

每颗心用自己的语言；

3465 我为何不能就用我的？

玛格丽特

这听起来似乎说得过去，

可却总觉得像是歪理；

因为你这不合基督教义。

不信三位一体的人格神，不合正统基督教信仰。

浮士德

可爱的孩子！

玛格丽特

　　　　一直都令我心焦，

3470 看到你和你的同伴一道。

与梅菲斯特为伴。格雷琴的直觉和不祥预感。

浮士德

为何？

玛格丽特

　　　　你身边那位人物，

我厌恶他自灵魂深处；

活这么大还没有什么

更让我有锥心之痛，

3475 比起那人可憎的面孔。

浮士德

可爱的娃娃，不要怕他！

玛格丽特

他的在场令我心神不安。

我本一向与人为善；

然，我一要盼着见你，

3480 便对此人暗生恐惧，

我以为他就是个泼皮！

请原谅，若是我有无礼！

浮士德

世上总难免有些怪物。　　轻描淡写。

玛格丽特

我可不愿与他们为伍！

3485 他每每一踏过门槛，

便刻薄地向内观看，

一副不屑的模样；

显然任何事都不放在心上；

他额头上仿佛写明，[①]

---

① 影射 1770 年代盛行的相面术，其集大成者如拉法特编写的《相面术断片——为增进对人的认识和爱而作》。该书 1775 年出版，歌德曾在 1774 年参与编写。“对人的认识和爱”，在此改为对魔鬼的直觉和憎恶。

3490 他不会爱上任何心灵。

心灵，尤指人。

在你怀间我如此安然，

如此自在，忘情而温暖，

他的在场让我心房紧闭。

浮士德

好个未卜先知的天使！

玛格丽特

3495 压得我完全透不过气，

只要他走近我们这里，

我甚至感觉我不再爱你。

浮士德人格中的魔鬼。

有他在，我几乎无法祈祷，

这啮噬着我的心底；

3500 想必你也一样，海因里希。

浮士德

你不过是有些反感！

Antipathie，用了一个格雷琴大约听不懂的外来词，敷衍，轻描淡写。

玛格丽特

我得走了。

浮士德

　　　唉我竟永远不能

就几分钟静静依在你胸前，

就那样心贴着心，灵挨着灵？

男人的修辞，男人的借口：由几分钟开始。

玛格丽特

3505 唉，但凡我能独眠！

我愿今夜为你不上门栓；

可我的母亲睡得很浅，

倘若我们被她撞到，

我会立地在劫难逃！

言外之意：自己愿意，唯条件不允许。格雷琴主动释放信号。

浮士德

3510 小天使，这不是难事。

这儿有个小瓶！只需三滴

滴入她喝的饮料

保管帮她沉沉睡上一觉。

安眠药之类。浮士德早有准备。

原文：用沉睡把自然裹好、裹牢。

玛格丽特

我什么不肯做为了你？

3515 但愿不会伤她的身体！

由后面剧情可知，格雷琴很可能出于害怕，用过了量，导致母亲死亡。

浮士德

否则小亲亲，我怎会出此主意？——

玛格丽特

我一见你，好人，就不知

是何驱使我顺从你的意志；

格雷琴同样为情所困，丧失自由意志。

我已为你做了那么多，

3520 几乎再没有什么不能做。

最后一次暗示，第五步合欢。

下。

梅菲斯特上。

梅菲斯特

好个小雏儿！走了？

浮士德

又在偷听？

梅菲斯特

我才听得可谓一字不落，

博士先生在上教理问答；

希望您听了能够消化。

3525 姑娘们是特别感兴趣，

某人是否乖乖遵守老规矩。

心想他若是肯便会遂我意。

担心浮士德受宗教对话感召打退堂鼓，继续蛊惑。

入教的入门课。在此指浮士德与格雷琴关于宗教的对话。

浮士德

你这怪兽全不明白，

那颗心灵忠实而可爱，

3530 它信仰满怀，

唯有信让它蒙福，

你可知它如何圣洁地自苦，

眼见自己的最爱误入歧途。

心灵：格雷琴。

梅菲斯特

你这色空、好色的高手，

3535 让个小姑娘牵着鼻子走。

浮士德

你这龌龊的可鄙之徒！

梅菲斯特

我看她颇懂得相面之术： 适才偷听到面相话题。

我在场她便莫名地不安，

暴露隐情的是我这张脸；

3540 她感觉我定是个鬼魂，

或者索性就是魔鬼本尊。

那么今晚——？

浮士德

与你何干？

梅菲斯特

我嘛乐见其成当然！ 言梅菲斯特得逞。

本场说明

水井边，出场的只有两位少女，格雷琴和丽丝欣。两位少女到井边打水，谈论另一位名叫贝贝欣的姑娘。通过她们的谈话，观众从侧面得知，格雷琴此时已怀有身孕。

近代欧洲城市规模很小，城中尚无自来水系统，水井边是为某街区居民常去的地方，街坊邻里在这里碰头，寒暄，交换新闻，议论绯闻。

两位少女谈话聚焦贝贝欣的未婚先孕。丽丝欣以幸灾乐祸、轻蔑鄙夷的口气侃侃而谈，格雷琴则因羞愧而显得胆怯、迟疑、凝滞，同时流露出同情和自怜。丽丝欣的态度和论调，代表了格雷琴将要面对的社会舆论压力。

水井是《圣经・旧约》中屡次出现的场景。尤其在《创世记》和《出埃及记》中，以色列先祖如以撒（的求亲使者）、雅各、摩西，皆在村头的水井边邂逅活泼善良的姑娘而迎娶为妻。故而此处的水井也是一个反向的呼应。

本场多为双行押韵体，韵脚不是特别规范，修辞简单，拟少女日常对话。

水井边

格雷琴和丽丝欣

提水罐上。

丽丝欣

贝贝欣的事你没听说?

“欣”是缩小词缀(chen)的音译,相当于女孩之间称小红、小芳。

格雷琴

3545 没。我近来见人不多。

羞于出门了。

丽丝欣

那是,西比尔今日相告!

那位终是鬼迷了心窍。

出风头的结果!

西比尔,Sibylle,另一女子,也是古希腊一女预言者的名字。另参女巫的丹房场注。

格雷琴

为何?

丽丝欣

不好意思说！

她现在一人吃喝两人不饿。

怀孕。

格雷琴

3550 唉！

一声叹息，一个诗行，孤韵。同情并自怜。

丽丝欣

幸灾乐祸。

这下她真是自作自受。

想她和那厮纠缠了多久！

先是村头走走，

后在舞场上领头，

3555 处处都要拔尖，

每每殷勤地倒酒端菜；

这句指男友，模仿骑士，为女士献殷勤。

有点姿色就以为了不起，

不知羞臊，毫不检点地

接受人家的大礼。

3560 又是打情又是骂俏；

到最后连红也不见了！

隐语，月经不来，失贞，怀孕。

格雷琴

可怜的东西！ 同命相怜。

丽丝欣

你还替她惋惜！

每当你我守着织机，

晚上被母亲关在家里：

3565 她在与情郎甜甜蜜蜜，

在门前的长凳或在暗巷

良辰美景总不觉长。

现在轮到她低首垂眉，

身披麻衣在教堂悔罪！[①]

格雷琴

3570 他一定会娶她为妻。 格雷琴的心声。孤韵，表孤独无助。

---

① 麻衣，Sünderhemd，按教会传统，罪人赎罪时要身披麻衣，要待在本堂区教堂公开忏悔赎罪后方可重新参加弥撒和圣餐礼。通常罪人赎罪期间要单独站在教堂最后一排。这对于当事人是一种羞辱和严厉的惩罚。因此罪人常试图通过非正当方式逃避惩罚，如通过堕胎、弃婴、弑婴、改宗、出逃等。

丽丝欣

他又不傻！机灵的小鬼
到别处也有的是机会
他已经跑掉。

预示格雷琴将面对的境遇。

格雷琴

这可不好！

丽丝欣

就算嫁他，也同样糟糕。
3575 男孩子会扯下她的花环，
我们把碎干草撒在门前！

下。

婚礼上新娘的花环，象征贞洁，失贞女子不得佩戴。

民俗，以碎干草代替鲜花，表轻贱某人。

格雷琴 边朝家走

我尝多么无畏地指责，
遇某可怜的姑娘走错！
以往面对别人的罪过
3580 都不知自己多么能说！
是黑的，还要往黑里抹，
总觉得黑得还不够多，

划着十字，自以为是，　　手画十字，庆幸自己没有犯错。

这下有罪的轮到自己！

3585 可——那驱使我的一切，

天啊！是那么美好！甜蜜！

本场说明

壁龛，场景转换到一座供奉“痛苦圣母”（mater dolorosa）的壁龛前，失身怀孕的格雷琴在孤独无助中，本能地向圣母祈求安慰与救助。出场的只格雷琴一人，台词即是她的祈祷。

本场德文标题 Zwinger，具体指城堡月城，即围绕在城堡入口外、对城堡起防护作用的半圆形或半方形小城，性质类似瓮城，但规模小。如中国瓮城中常设有观音、城隍、关帝庙龛等，欧洲城堡及附属建筑也设有壁龛，恭奉圣母或其他圣像。

圣母造像有固定分类，常见的如欢喜圣母、怀抱圣婴圣母、荣光圣母等，“痛苦圣母”是其中一类，又分多种，根据台词推测，[①]本场应当是“十字架下的痛苦圣母”，通常造型为：圣母站在十字架下，仰望十字架上受难的耶稣，也同时仰望天父，有剑插在她的胸口。[②]

格雷琴的这一举动，类似于拜观音，不一定要去庙里，而是到某个壁龛，面对符合自己所求的造型。格雷琴鉴于自己的处境选择向痛苦圣母祈祷。

本场诗节、格律、节奏、韵脚富于变化，摹状格雷琴内心的不安，又

---

① 歌德创作本场时，正值德国新教地区的启蒙运动开展得如火如荼之际，而歌德本人是受洗的路德教徒，因此他大约为避免不必要的笔墨官司，没有直接给出“痛苦圣母”作标题，而是只隐晦地标题“壁龛”。但另一方面也可以看出，歌德并无门户之见，而是本着无所不包的原则，继承和再现了欧洲传统、天主教习俗。尤其考虑到，该情节并不见于浮士德题材，而是歌德的原创。德语文学中，歌德这般宗教宽容和文化包容，除个别的如冯塔纳外，从歌德时代至今都不多见。

② 这一造型结合了两处圣经经文，其一，《约翰福音》19:25：“站在耶稣十字架旁边的，有他的母亲[……]”；其二，《路加福音》2:35：“你［圣母］自己的心也要被刀［剑］刺透”。

一唱三叹，直抒胸中郁结的无处诉说的苦闷。

本场的痛苦圣母与终场的“荣光圣母”（mater gloriosa）遥相呼应。格雷琴向圣母的呼求在终场得到回应；此时的惩罚与痛苦变为彼时的宽恕与喜悦。

壁龛

壁龛中一尊痛苦圣母像，

前面摆满花瓶。

格雷琴 将鲜花插入花瓶。　　不言而喻，随后跪下祈祷。

哦痛苦圣母，

求你慈悲地

垂颜俯看我的困苦！[①]　　本节化用了中世纪教会赞美诗。

3590 利剑插在心头，

你痛苦万般

仰望圣子的受难。　　圣母仰望被钉在十字架上的儿子。

你向天父举目，

送上你的哀叹

3595 为着祂和你的困苦。　　耶稣是天父与圣母共同的儿子。

---

① 《浮士德》终场（山涧场）中与之呼应的诗句："你举世无双，/ 你荣光圣母，/ 求你慈悲地 / 垂颜俯看我的幸福。"（12069—12072）

谁人能体会，
痛苦是怎样
绞动着我的骨髓？
是何令我可怜的心焦，
3600 令它颤抖，它之所求，
唯有你，唯有你知道！

无论我走到何处，
胸口里都是
苦啊，苦啊，苦！
3605 一伺唉我一人独处，
我哭呀，哭呀，哭，
直要把我的心哭碎。

我的泪如朝露啊
打湿了窗前的盆花！
3610 就在我拂晓之时
为你把鲜花折下。

未等破晓的朝阳

把我的小屋照亮，

我已满怀忧伤

3615 直直坐起在床上。

救我！救我于死和耻辱！

哦痛苦圣母，

求你慈悲地

垂颜俯看我的困苦！ 呼应首段。

本场说明

本场发生在夜晚，地点在格雷琴门前的街道上。上演的核心事件为：格雷琴的哥哥瓦伦丁为维护妹妹的荣誉，拔刀与前来幽会的浮士德进行格斗。浮士德在梅菲斯特魔法的助力下杀死瓦伦丁。为逃避刑事责任，二者撇下格雷琴远走高飞。

瓦伦丁是一名士兵。在父权社会里，父亲死后，一般由长兄代行监护人的职责，遇有家人做出违法或触犯道德的事，他需公开表明态度并予以谴责。本场即发生在这样的语境下。

瓦伦丁在临死前，当众对格雷琴进行了谴责、羞辱和诅咒。这致使格雷琴完全失去家庭的保护，独自身陷社会的非难。可以说，某种程度上，瓦伦丁充当了市民悲剧中父亲的角色，为维护家庭的道德荣誉而不惜牺牲格雷琴。

本场已见于《早期稿》，但当时仅有几个片段，且位置在大教堂之后。歌德在三十多年后，于1806年对本场进行了扩写，同时将其提前至此。这样一来，戏剧情节变得更加紧凑，悲剧冲突也更为激烈。因至本场结束，格雷琴的母亲和兄长皆已因她而死，浮士德逃逸，——她将在接下来的大教堂一场中，完全独自面对家人的葬礼，面对社会舆论的压力。这种极端的困境，将最终导致她陷入疯狂，在彻底的绝望中犯下弑婴的大罪。

夜晚

格雷琴门前的街道上。

在从酒馆回家的路上。语序、语法、时态有误，酒话。对比格雷琴的过去和现在。

瓦伦丁 士兵，格雷琴的兄长

3620 从前我端坐在席上，
逢到有人自我夸奖，
或有同伴向我高声
把如花的姑娘称颂，
再为赞美干下一杯，
3625 我会桌上支着胳臂
不慌不忙坐在一边，
听着他们夸夸其谈，
且笑眯眯捋着胡须，
满满把一大杯举起
3630 说：都没什么稀奇！
全天底下可有一位，
能与我的格雷琴媲美，
配给我的小妹端茶递水？

以上言格雷琴曾是母家无上的骄傲。

对！对！叮！当！一呼百应；

干杯同意。

3635 一班人高呼：说得对，

她是众女子中的翘楚！
那些夸口的鸦雀无声。
而此刻！——直要把头发薅光
然后再一头撞到墙上！——

此刻的痛苦，沮丧。

3640 冷言冷语，嗤之以鼻，
任个无赖都把我鄙夷！
我像个欠债的坐在那里，
随便一句都会让我心虚！
就算我把他们全都揍扁：
3645 也不能说人家说的是谎言。

什么人过来？偷偷摸摸？
若没看错，正是那两个。
若真是，就薅住那家伙，
不能让他活着跑了！

浮士德，梅菲斯特 上。

欲到格雷琴窗下弹琴唱歌，继续偷情。

浮士德

3650 那边教堂法器室的窗上
有长明灯蹿动着幽光

法器室，Sakristei，设在天主教教堂祭坛一侧存放法器与法衣的小屋，点长明灯。

向外越来越、越来越暗，

接着是黑暗从四下袭来！

我的心头也如此漆黑一片。

浮士德显然已知格雷琴的处境。

梅菲斯特

3655 我感觉像只发情的小猫，

由猫引出淫欲。实则在描写两人鬼鬼祟祟的行迹。

溜过防火梯一道一道，

建在房子外面防火用的明梯。

贴着房前屋后悄无声息；

完完全全守着规矩，

就一点儿摸狗，一点儿偷鸡。

3660 美妙的瓦普之夜的鬼气

首次提到瓦尔普吉斯之夜。

幽幽地流遍我的四体。

后天就又到了日子，

4 月 30 日到 5 月 1 日的夜晚。

为何没的觉睡届时便知。

浮士德

才几天财宝竟冒出地面，

此前为送格雷琴礼物，梅菲斯特曾到教堂墓地盗宝。

3665 我见那后面有东西在闪？

浮士德前来偷情，又准备送格雷琴礼物。

梅菲斯特

你不妨这就喜喜欢欢

把那只小罐刨出地面。

我前不久刚瞥了一眼，

里面全是闪亮的银元。

原文狮子塔尔，印有狮子徽记的塔尔，一种银币。

浮士德

3670 没有头面？没有指环？

来把我可爱的情妇装点。

称格雷琴为情妇。

梅菲斯特

我仿佛看到一样东西，

样子像是条珍珠链子。

多关。玛格丽特，希腊语“珍珠”；珍珠犹泪珠；暗示格雷琴的锁链或砍头。

浮士德

如此甚好！我于心不安，

3675 若是不带礼物去把她见。

礼物，犹（如嫖客）支付酬金。

梅菲斯特

您大可不必平添烦恼

就算白白地享乐一遭。

暗含狎妓的意思。

此刻天上群星闪烁，

您当听首真正的好歌：

3680 我给她唱首道德歌曲，

呼应奥尔巴赫地下酒窖的“政治歌曲”。此为反话。

管让她更加心醉神迷。

窗下情歌，程式。

唱，齐特琴伴奏

本节参《哈姆雷特》奥菲利娅的歌词。[①] 都是女子等在情郎门前。此处以旁观者口气。

你在这儿做甚

倚着情郎的门

卡特琳欣

代指姑娘。

3685 在这破晓清晨？

别呀，别上当！

他让你进门，

进去是个姑娘，

出来成了婆娘。

3690 你们呀要留神！

本节梅菲斯特自创，警告年轻姑娘。

一旦好事做完，

便只余下晚安，

言再见。

你们可怜啊可怜！

---

① 《哈姆雷特》第四幕第五场中奥菲利娅的第四、第五首小调。第四首唱道：“情人佳节就在明天，/ 我要一早起身，/ 梳洗齐整到你窗前，/ 来做你的恋人。/ 他下了床披上衣裳，/ 他开开了房门；/ 她进去时是个女郎，/ 出来变了妇人。”（朱生豪译）歌词中出现的“情人节”，Valentinstag，与格雷琴哥哥的名字“瓦伦丁”（Valentin）呼应。第五首唱词影射奥菲利娅的命运，即被情郎追求，又被抛弃。莎剧中奥菲利娅的父兄皆死于情人哈姆雷特之手，格雷琴的命运与之形成类比。

若是爱惜自己，

3695 就别一片好意

让贼人偷走东西，

除非戴上了指环。

瓦伦丁 走上前。

天呐！这是在勾引谁！

尔等天杀的偷人的贼！

原文，捕鼠人，传说中吹笛引走小孩的捕鼠人。

3700 滚开吧带着你的破琴！

连那唱歌的一起快滚！

梅菲斯特

齐特琴破了，难收覆水！

暗语格雷琴失贞。

瓦伦丁

看我不把你脑壳劈碎！

拔刀上前。

梅菲斯特 冲浮士德

博士先生迎击！别退！

3705 紧贴着我，听我指挥。

暗示由梅菲斯特操纵。

拔出您的鸡毛掸子！

只管出击！我来防卫。

俚语，指佩带的短刀，因平时只起装饰作用而得名。

实则梅菲斯特在持刀与瓦伦丁搏斗。

瓦伦丁

看招！

梅菲斯特

来得正好！

瓦伦丁

再看！

梅菲斯特

当然！

瓦伦丁

感觉是魔鬼在战！

3710 怎么回事？我的手不听使唤。

梅菲斯特施法。

梅菲斯特 冲浮士德

出刀！

瓦伦丁 倒地

中招倒地。

哎哟！

梅菲斯特

这无赖终于服软！

快跑！我们须马上离开：

已经有人在喊出了血案。

犯了治安我尚可周旋，

3715 却对付不了这死刑案件。

可应对一般违反治安条令的事件。

对将要判处死刑的案件（因法律和判决来自神）梅菲斯特无能为力，只得逃逸。

玛尔特 在窗口

来人！来人！

格雷琴 在窗口

快拿来些光亮！

玛尔特 同上

有人大吵大闹，动刀动枪。

众人

那儿倒下死了一个！

玛尔特 走出来

凶手呢，已经跑了？

格雷琴 走出来

倒下的是谁？

众人

3720 你的哥哥。

格雷琴

哦天呐！好惨！

瓦伦丁

当众指责和羞辱妹妹。

我要死了！不等说完

我便要撒手人寰。

你们众妇人，在哭号？

3725 大家过来听我说道。

拟耶稣基督在去往各各他的路上对妇女们说的话。[①]

众人围过去。

[①] 《路加福音》23:27-28："有许多百姓跟随耶稣，内中有好些妇女；妇女们为他号啕痛哭。耶稣转身对她们说：耶路撒冷的女子，不要为我哭，[……]"

我的格雷琴呀！你还年轻，

你竟还是不够聪明，

搞糟了自己的事情。

指失身。

我只掏心地和你说：

3730 你着实已成了个婊子；

平民女子若丧失名誉，会为生活所迫沦为娼妓，是当时的现实。

这也算是罪有应得。

格雷琴

哥哥！主啊！这是何苦？

瓦伦丁

不要张口闭口的我主。

可惜已到了这个地步，

3735 该来的都会如期而至。

你偷偷和一个人开始，

就会有更多的蜂拥而至，

待到一打子把你拿下，

那全城便都不在话下。

与一个人行不轨就会与所有人，男人的逻辑和想象。

3740 一旦生下可耻的孽障，

未婚先育的孩子。以下预示格雷琴和孩子将要面对的社会舆论和压力。淋漓尽致。

就只能偷偷带到世上，

短不了用夜的遮羞布

给它劈头盖脸蒙上；

见不得天日。

是呀，恨不得把它杀了。

提到弑婴。

3745 但凡它活着，长大，

早晚要走到光天之下，

其面目只能更加可怕。

它的脸越是丑陋不堪，

它就越是想把光见。

3750 我已把那光景看得真真，

满城里所有规矩的人，

都像躲避染病的死尸，

绕着你走，你这婊子！

若有人直视你的双眼，

3755 你躯壳里的心就会打战！

根据法兰克福 16 世纪的治安条例，普通平民女子或娼妓不得佩戴黄金或镀金项链。

不得再戴金链在项上！

再站在教堂的圣坛旁！

穿上美丽的尖领衣服

尖领：罪人的着装标志。

你再不得欢快地起舞！

3760 躲在某个阴暗角落里

与乞丐和拐子们混迹，

就算上帝原谅了你， 在末日审判中。

你在人间也永遭唾弃！ 对格雷琴的诅咒。

玛尔特

快命您的灵魂求神慈悲！

3765 您难道还要背上渎神的罪？ 临死前还要恶语伤人。

瓦伦丁

真想抽你这干瘪的恶婆，

你这个无耻的皮条客！

如此我所有的罪过

才有望大大得到宽赦。

格雷琴

3770 哥哥啊！你让我心碎！

瓦伦丁

我说，收起你的眼泪！

你既自甘自毁荣誉，

便给了我心头致命一击。

行将归入主怀中长眠，

3775 作为士兵我死而无憾。

（死。）

以为当街无情羞辱家妹，是军人勇敢和荣誉感的体现。[①]

格雷琴至此失去所有家人和家庭的保护。

---

① 瓦伦丁当众指责家庭成员的道德犯罪，在当时属监护人应尽的义务，就这一点，不一定要脱离文化史语境，从今天的视角出发，作超越时空的解读。但该形象的反讽意味在于，其做法过于刻薄无情，以致间接逼死自己的亲妹妹，走向了道德和人性的反面。歌德之所以选取士兵身份，显然是为借军人超强的荣誉感，凸显冲突，从而展示过度的道德严苛如何终于导致反人性。歌德之后德语文学作品中，涉及类似问题的有冯塔纳的小说如《艾菲・布里斯特》。

本场说明

本场大教堂，场景是超度亡灵的安魂弥撒，台词由唱诗和格雷琴与恶灵的对话组成。格雷琴迫于内疚，自感于末日审判的恐惧而昏厥。

所谓大教堂，是某个主教区的主教座堂，也是该教区居民参加圣事和集会的地方。格雷琴第一次出场，即是刚刚在此做完忏悔。当时的格雷琴还是一位无辜的少女，而此时的她已成为背负两条人命的罪人。

伴随本场始末的，是用拉丁语唱诵的安魂曲，通常称“末日经”，也根据第一句唱词称“震怒之日”。意思是，末日审判时，所有灵魂都要接受神的审判，善人将升入天堂，罪孽深重者将被罚入地狱。

事实上，末日经的主旨是为彰显神的慈悲。其20节唱词中有13节在祈求神的怜悯和宽恕。本场则单取了表达神的震怒的第1、6、7节——因自感罪不可赦的格雷琴只选择性听到这三节。与此同时，格雷琴的心魔化作恶灵，随之在她耳边恫吓，致使她痛苦不堪直至晕厥。

本场已见于《早期稿》，但位置在夜晚之前，这样安魂弥撒就只针对亡母。而移动后，虽未标明，但显然已同时针对亡兄瓦伦丁。并且，后置后，本场标志了格雷琴剧第二个高潮的结束：遭受了一系列凶险变故的格雷琴，接下来将独自面对内心的谴责和社会的压力。——随后再经瓦尔普吉斯之夜系列的延宕，格雷琴剧最后走到悲剧结局。

客观上，本场与前复活节（钟声与合唱）场形成呼应，一方是阴森的末日审判，一方是复活的喜悦；一方是管风琴与唱诗，一方是钟声与合唱，两者均化用了古老的中世纪赞美诗，记录了教会礼仪和传统。

本场的末日经片段，属教会仪式唱诗，古老、平稳、韵律齐整；格雷琴与恶灵的诗行长短不一、格律紊乱、无韵。两下对比，反衬出格雷琴极度的不安和恐惧。

大教堂

安魂弥撒，管风琴和唱诗

格雷琴在众人中。

恶灵在她身后。

恶灵 | 犹格雷琴心魔的化身。

今非昔比啊，格雷琴，

你曾那样无辜地

走向这里的圣坛，

手捧翻旧的小书， | 《圣咏集》。

3780 轻声祷告，

半像孩子在游戏，

半有神在心里！ | 自然的虔诚状态，从孩童时代始养成的习惯。

格雷琴啊！

你的脑子呢？ | 犹丧失理智。

3785 你的心中，

竟全是恶行？

你在为母亲的灵魂祈祷？

她因你睡去，去忍受无尽的永罚。 | 大约因意外死亡，未得受终傅礼（罪没有被赦免），故而要受永罚。

你门槛上是谁的血迹？ | 兄长。

3790 ——你心房底下

是什么已蠢蠢欲动？

胎儿。

它不祥的存在

莫不令你和它自己惶恐？

未出生的胎儿已感觉到恐惧。

格雷琴

天啊！天啊！

3795 好想摆脱这些念头，

它们与我作对，

围着我打转来来回回！

唱诗班

末日经第1节。原文拉丁语，押韵，译文参天主教译法。下同。

震怒之日，那日，

Dies irae, dies illa, 指终末审判的日子。语出《新约·启示录》。[①]

举世将化为灰烬。

Solvet saeclum in favilla.

管风琴间奏。

---

① 事实上，本场台词或安魂曲中涉及末日审判的部分皆以《圣经·新约·启示录》为依据。《启示录》第5章开始讲羔羊（耶稣基督）逐一揭开封了七印的书卷，揭开第六印的时候，显示末日场景。现摘录《启示录》6:12-17中与本场用词相关的部分："揭开第六印的时候，我又看见地大震动，[……]地上的君王、臣宰、将军、富户、壮士和一切为奴的、自主的，都藏在山洞和岩石穴里，向山上的岩石说：'倒在我们身上吧！把我们藏起来，躲避坐宝座者的面目和羔羊的忿怒，因为他们［犹祂们，即坐宝座者（神）和羔羊（耶稣）］忿怒的大日到了，谁能站得住呢？'"

恶灵

3800 怒火抓住你！

号角吹响！

末日审判的号角。

坟墓震荡！

你的心迸起！

它被从死灰中

3805 再一次震醒

去忍受烈焰之痛。

心灵被再次震醒，去经受末日审判，忍受地狱之火的永罚。

格雷琴

好想离开这里！

管风琴响起

3810 直令我窒息，

唱诗把我的心

化成了灰烬。

唱诗班

末日经第6节。

审判者将登上宝座，

Judex ergo cum sedebit,

一切隐秘都将显明，

Quidquid latet adparebit,

3815 没有罪过能够逃脱。

Nil inultum remanebit.

格雷琴

我好憋闷！

墙壁–柱子

紧裹着我！

拱顶

3820 直压向我！——喘不过气！

恶灵

躲起来吧！然罪和耻

却藏不住。

要气？要光？

痴心妄想！

唱诗班

3825 罪人你有何陈诉？

你向谁请求庇护？

义人恐也保不住。

末日经第7节。

Quid sum miser tunc dicturus? 罪人，直译：我这可怜人。

Quem patronum rogaturus?

Cum vix Justus sit securus. 因即便义人也得不到保证。①

① 天主教参经文（见上注）译为："就连义人也仅仅站立得住。"

恶灵

他们扭过

荣光焕发的脸。

向你伸援手，

3830 令圣洁者悚然。

唉！

他们，接上节歌词，指升天的圣人、福人等义人。言其皆扭过脸去不理格雷琴。

荣光焕发（verklärt）的脸，升天之人换了形像，如耶稣显荣。[①]

唱诗班

罪人你有何陈诉？

重复上节首行。

格雷琴

邻座姐妹！您的嗅瓶！——

昏厥过去。

内装提神香料的小瓶，妇女随身携带。18 世纪流行。

① 见《马太福音》17:1-2："[……] 暗暗地上了高山，就在他们面前变了形像，脸面明亮如日头，衣裳洁白如光。" 另见《路加福音》9:29："正祷告的时候，他的面貌就改变了，衣服洁白放光。" 9:32："[……] 就看见耶稣的荣光，[……] "。这是耶稣首次向他心腹门徒显示自己的神性，称"耶稣显荣"（Verklärung Jesu）。德语 Verklärung 一词即典出于此，指改变了容颜，带有了神的荣光，或（世俗化语境中）高贵的气质。

【插图 5】

《浮士德·第一部》瓦尔普吉斯之夜场
M. Herr：渎神与邪恶的巫魔狂欢的设计和插图
17 世纪中叶铜版画
图的左半部分

【插图 6】

《浮士德·第一部》瓦尔普吉斯之夜场
M. Herr：渎神与邪恶的巫魔狂欢的设计和插图
17 世纪中叶铜版画
图的右半部分

本场说明

本场瓦尔普吉斯之夜，接夜晚场，浮士德逃离瓦伦丁血案现场，跟随梅菲斯特来到哈尔茨山，参加女巫聚会。

据民间传说，每年4月30日至5月1日夜晚，在德国中部哈尔茨山的布罗肯峰，都会举行一次女巫聚会，俗称女巫安息日（Hexen-Sabbat），也就是女巫狂欢节。女巫是通称，实则也包括男巫，因此称巫觋聚会更为准确。5月1日原是古日耳曼的巫师（Druide）节，后因与基督教圣女瓦尔普吉（Walpurgi）瞻礼日重合，故前夜称为瓦尔普吉（斯）之夜。瓦尔普吉斯之夜既是中世纪基督教的产物（魔鬼），又保留了异教残余。

据说在这一夜，各地巫觋会骑着扫帚、树杈或山羊、母猪等，赶赴布罗肯峰。聚会的核心活动是所谓黑弥撒。黑弥撒拟弥撒程式，但崇拜的对象是魔鬼撒旦。其始于对魔鬼宣誓效忠，终于亲吻魔鬼的屁股。黑弥撒过后是狂欢，也就是群魔乱舞，集体淫乱。民俗中，瓦尔普吉斯之夜是腌臜龌龊、混乱无序、猥亵淫乱的代名词，是人的兽性的一幅镜像。身处布罗肯峰，便如同被催眠，所有理智让位于低俗粗鄙的感官享乐。

瓦尔普吉斯之夜篇幅长，场景宏大，角色驳杂，因融入大量民俗、俗语、影射而成为难解的一场。据考，歌德在创作期间，从魏玛图书馆借出多种16、17世纪的魔法巫术书，又大量参考了17世纪有关民间迷信、传说、志异的记载。本场很多细节描写参照了读本或读本中的插图。[①]

---

① 读本包括著名多产作家普雷特留斯（Johannes Praeterius）和舒尔茨（Hans Schultze）等人出版于1630—1680年间的作品；1668年出版于法兰克福的插图版《布罗肯峰上的瓦尔普吉斯之夜》，歌德所参照的插图即出自此书；弗朗彻斯齐（Erasmus Francisci）1690年出版的《该下地狱的普罗忒乌斯：善变的骗子》；等等。

瓦尔普吉斯之夜集中塑造了一个与神的秩序相对的黑暗而混乱无序的世界。[①]它原不见于《早期稿》，据估计当创作于1797至1805年之间。而这个时间段正是所谓的魏玛古典时期。歌德显然对瓦尔普吉斯之夜母题情有独钟——在整部《浮士德》中以瓦尔普吉斯之夜为题的共有三场。此为第一场，第二场是紧随其后的瓦尔普吉斯之夜的梦，第三场是第二部中的古典的瓦尔普吉斯之夜。

就格雷琴剧而言，本场具有特殊意义。它不仅对情节发展起到延宕作用，而且通过将人的淫欲放大到极致，形象指示出，造成格雷琴悲剧的根源就在于这种欲望。其次，它将格雷琴的处境与浮士德身处的狂欢置于强烈对比：一方是格雷琴的单纯与自责，一方是巫魔世界的淫荡与嚣张；一方是格雷琴独自面对困境、处于绝境，一方是浮士德忘情地投入联欢。需想象，与浮士德耽于享乐的同时，格雷琴的经历是亲手溺死婴儿、遭受法律审判、锒铛入狱。

本场是一场滑稽、笑闹和荒诞剧，掺有多段时事讽刺。在舞台呈现形式方面，本场间有唱段和舞蹈，包括重唱、齐唱、轮舞、双人舞等，以及类似轻歌剧的片段。语言上，本场除了炉火纯青的揶揄谐谑，还为应景而地道地模拟了污言秽语、情色暗语，构成《浮士德》语言色彩的另一极，

---

① 由手稿补遗可见，歌德原计划在本场加入更多场景，化用更多源自17和18世纪早期有关魔法、迷信、魔鬼、女巫的记载，同时计划呈现一个完整的黑弥撒，包括巫觋的集体舞和聚众淫乱，但出于风纪考虑，最终决定将这些场景片段封存。薛讷认为，歌德迫于“自审”主动放弃原计划的结果是削弱了舞台塑造的广度和力度，并且弱化了与天堂序剧间的张力。

充分显示了歌德大师级的对语言的驾驭能力。

特别要提醒注意的是：本场看似混乱，实则运思缜密，从景物推移到话题变换，环环相扣，起承转折不露痕迹。

瓦尔普吉斯之夜

哈尔茨山
希尔克和艾伦特一带[①]

浮士德。梅菲斯特。

梅菲斯特

3835 你难道不想来把扫帚？

我要粗壮的公羊一头。 与扫帚、树杈等均为女巫的骑行工具。

咱还有好远的路要走。

浮士德

只要还感觉腿脚有力，

我便拄着这根棍子。 浪漫的漫游者形象。

3840 抄近路且又有何益！—— 希望徒步，不愿骑着飞。

在迷宫般山谷中潜行，

然后再把这山攀登，

泉水汩汩奔涌不息，

① 希尔克，Schierke，艾伦特，Elend，地名，布罗肯峰下的村子，从东南方向去往布罗肯峰的必经之地。

令山路走来分外有趣！

浮士德想象着浪漫的登山之旅。

3845 桦树林已春意盎然，

仲春时节。

连冷杉也感觉到春天；

我们不该也亲身体验？

梅菲斯特

对此我实在全然无感！

身上仍旧如冬日严寒；

3850 我倒希望路上有雪有霜。

残缺的圆盘忧伤地升上

下弦月初升。

红乎乎地发着幽光，

与天堂序剧中明亮的太阳呼应，上帝与魔鬼的世界。

如此昏暗，每走一步

都撞上石头，撞上大树！

3855 就让我请出鬼火相助！

磷火，德语直译“闪烁不定、引人误入歧途的光”。

我见那儿正有一团忽闪。

嘿！朋友！可否过来作伴？

你何苦白白地乱窜？

劳驾帮忙照我们上山！

鬼火

3860 出于敬畏，我希望能成功

对魔鬼梅菲斯特的敬畏。

管住自己轻浮的天性；

我们习惯上是横冲直撞。

言不可胜任引路。

梅菲斯特

哦！哦！您老是想把人效仿，

敬请直行，以魔鬼之名！

人的方式是横冲直撞，魔鬼的方式是直行。

3865 否则我灭了您忽闪的小命。

鬼火

看得出，您是一家之主，

最高的魔头，本次聚会的主人。

我但愿听从您的吩咐。

只是！今日山上群魔乱舞，

托马斯·曼之《魔山》即由此得名。

倘若要鬼火为您指路，

3870 便不必较真难得糊涂。

浮士德，梅菲斯特，鬼火 轮唱[①]

以三者唱词勾画出魔山景象，注意描写景物的层次。

梦幻之乡魔幻之境

我等看似已然踏入。

梅菲斯特唱，男低音，冲鬼火。总言已入巫魔之境。实进入哈尔茨地区。

---

① 以下唱段共5节，取扬抑格，节奏感强，拟行进状；又分高中低三个音部：梅菲斯特唱男低音，鬼火男高音，浮士德男中音。通常认为，1、4两节梅菲斯特唱，第2节鬼火唱，3、5两节浮士德唱。

你要争气好好带路！
带我们快快前行，
3875 到达那片荒山野岭。

看层层叠叠的密林，
飞快向身后掠去，
嶙峋怪石，俯背躬身，
长鼻也似的峭壁，
3880 在呼呼打鼾吹气！

鬼火唱，男高音。从半空俯瞰的全景。

俯视山石巨礁。

化用当地地名“打鼾岩”。据说西南风大作时此地山石会发出鼾声。

穿过石间，穿过草甸
山泉小溪奔流下山。
是涛声？是歌吟？
是恋人伤情的哀怨，
3885 是天堂日子里的声音？
是我之所爱，我之所望！
还有回声，如旧日的
传说，在嘤嘤回响。

浮士德唱，男中音。已进山，远写景物声音。兀自浪漫抒情。

当是想起与格雷琴的日子和歌声。

夜猫！鸱鸮！叫声渐近，
3890 麦鸡、松鸦、枭鸟，

梅菲斯特唱，男低音。走在山间。近景。先听闻声音。

各种丑陋或不祥之鸟。

一个个都还醒着？

灌丛里可是大蜥蜴？　　由树上到灌丛，由高到低，由远及近。

长长腿，大肚皮！

树根，如窜地的草蛇，

3895　在岩石碎土间出没，

伸出奇形怪状的绊子，

来把人吓，来把人捉；

从粗笨而热闹的树结　　由树根到树干。

水螅虫冲漫游者

3900　伸出触手。还有耗子　　到小动物，昆虫。

一窝窝，五颜六色，　　光怪陆离。

穿过荒原，越过沼泽！

萤火虫嘤嘤飞舞，

挤挤绰绰，浩浩荡荡，

3905　乌糟糟地保驾护航。　　随耗子飞。皆为大自然中丑陋、令人生厌的动物。

浮士德唱，男中音。越来越近瓦普之夜现场，场景也越来越混乱。浮士德迟疑。

敢问咱们是站定，

还是继续前行？

眼前一切都在旋转，

有岩石有树木在做

3910　鬼脸，有鬼火点点，

越聚越多四下弥漫。

梅菲斯特

牢牢抓住我的衣角！

这儿算是个半山腰，

已经能惊讶地看到，

3915 玛门如何在山上燃烧。①

浮士德

本节杂糅矿山学术语，与哈尔茨山矿脉的现象相结合。歌德曾负责公国矿物，多次考察富矿的哈尔茨山。

朝霞一般殷红的光

奇异地纵贯谷底！

如同火山爆发后，矿带裸露，呼应第二部古典的瓦尔普吉斯之夜等有关火成说的诸场。

且直向山涧深处

张开的咽喉探将进去。

咽喉：谷底的矿脉，又如地狱入口喷火的咽喉。

3920 浊气升腾，烟团浮荡，

富矿挖开后，会出现火团样的烟霾。

氤氲雾霭泛着红光，

矿山常见的殷红色烟云。

一时如游丝缓缓伸展，

游丝：精细、狭窄的金属矿脉。

一时如大水喷出泉眼。

在一处如千百条血管

仍然在说红光。血管：金属矿脉。

3925 结成束伸展长长一段，

① 玛门，Mammon，典出《圣经·新约》，参前注。玛门指“财利”，与神相对，是贪婪的代名词。贪婪总是与淫欲相伴，两者一同出现在瓦普之夜。

另一处在狭窄的山脚

倏地发散成一道一道。

红光在开阔的谷地结成一束，在狭窄的山脚散开。

近处有火星喷发，

犹如扬起的金沙。

3930 看呐！在高高山巅

山石巨岩通体在燃。

映照女巫聚会的篝火。注意本节全部是火元素。

梅菲斯特

值此佳节莫不是玛门

把殿堂照得灿烂辉煌？

玛门照亮山上女巫聚会的殿堂。

你今夜有幸一睹盛况；

3935 狂热的嘉宾们似已驾临。

浮士德

好个旋风疾驰在空中！

女巫如旋风疾驰而过。旋风直译：风流娘子。

狠狠击打着我的脖颈！

梅菲斯特

一定要抓紧岩石的老骨头；

犹石头上的棱子。

否则会把你扇到涧底阴沟。

女巫飞过扇击到人。

3940 雾气让黑夜扑朔迷离。

听林子里咔咔声四起！

女巫飞过折断树枝。以下言听。女巫已近在身边。

夜猫子受惊纷纷逃逸。

听长青殿的柱子

松树林中的松树。

吱吱吱迸裂。

3945 树杈子噼啪嗟嗟！

树干轰隆隆震颤！

树根嘎嘎打着哈欠！

如入混乱恐怖的陷阱

咔咔嚓嚓上下齐鸣，

3950 万年堆出的沟壑

呼喇喇并呼号响彻。

空中各层都有女巫飞过，一片混乱无序。

你可听到山上的乐音？

呼应前浮士德听到的潺潺水声。

有远，有近？

哈，整个山下山上

3955 狂澜一般巫魔的歌唱！

女巫 齐唱

格律单调，用韵整齐（多双行押韵），听之有催眠效果。

女巫奔向布罗肯峰，

麦茬枯黄麦苗青青。

春天。

那儿有一个大聚会，

乌利昂先生是首魁。

3960 穿岩石，过树梢，

女巫放［屁］山羊［臊］。

乌利昂，Urian，魔鬼又一别称。原意无名氏。语出低地德语，北德地区使用。

手稿“放屁”等，出版时代之以“风纪破折号”。嗅觉，距离更近。

声音［一］

老包玻独自来此处；

胯下是一头老母猪。

以下拟女巫七嘴八舌相互寒暄。

希腊神话中丰收女神德墨忒尔的老女佣，主人女儿被拐，她撩开自己裙子（一说讲淫荡故事）逗其开心。

齐唱

致敬，尊敬的老妇！

3965 包玻太太请！带路！

老母骑着肥壮的猪，

跟着她是一群女巫。

戏仿《罗马书》13:7：“当恭敬的，恭敬他。”

声音［二］

你打哪条路来？

声音［三］

打伊尔森岩！

路上朝夜猫窝里看一看。

好大的一双眼！

布罗肯峰附近地名，以悬崖峭壁著称。

声音［四］

3970 哎你找死啊！

骑这么快干嘛！

声音［五］

她擦破了我的皮，

瞧伤口在把血滴。

触觉。由视觉、听觉、嗅觉到触觉，镜头逐渐拉近。

女巫 齐唱

道路宽广，道路且长，

3975 缘何这般挤挤幢幢？

杈子乱扎，扫帚乱刮，

孩子窒息，母亲爆炸。

化用《马太福音》7:13-14。[1]

怀孕的女巫骑扫帚遇拥挤容易发生意外，生下死胎。

男觋 半组齐唱

我们蜗牛般缓缓向前，

女人们全都赶在前面。

3980 因，论赶赴邪恶之家，

韵脚单调，拟无奈的语气。

与争先恐后的女巫相比。

[1] 《马太福音》7:13-14："你们要进窄门。因为引导灭亡，那门是宽的，路是大的，进去的人也多；引到永生，那门是窄的，路是小的，找着的人也少。"

女人总远远跑在前面。

讽刺女人更喜堕落。

另半组

我们并不特别在乎，

女人们则抢先万步；

然，就算伊紧赶慢赶，

3985 男人一跃便抢先在前。

声音［六］ 在高处

以下开始时事讽刺。

岩石湖的，跟上，跟上！

杜撰的地名。

声音［七］ 自低处

我们特别想跟到山上。

我们洗，洗得无比洁净；

可依旧是无果而终。

讽刺文坛中有洁癖的诗人。

两队

巫觋齐唱。

3990 风无声，星逃逸，

浑浊的月亮欲隐匿。

巫魔之群疾驰而过

喷出火花千朵万朵。

声音［八］ 自低处

停下！停下！

声音［九］ 自高处

3995 是谁从岩石缝里喊话？

声音［十］ 在低处

带上我！带上我吧！

三百年了我已攀爬，

可还是上不到山头。

惟愿赶上我的同俦。

一说隐喻德意志小邦赶不上西欧邻国，一说讽刺德意志学术。

两队

4000 骑扫帚，骑棍子，

骑山羊，骑叉子；

谁今日不能崛起，

谁便是一输到底。

半女巫 在低处

据《女巫之锤》(1487)，指尚未完全把身心交付魔鬼的女巫。在此指想做女巫而不得的半吊子女巫。

我小步随后，由来已久；

4005 可还是远远落在后头！

我在家中焦躁不安，

到了这里还是落在后面。

女巫齐唱

膏油带给女巫勇气，

破布刚好拿来做帆，

4010 面盆个个是好船；

今日不飞就没时机。

据载，在太阳穴、腋下、私处涂抹膏油（类似迷情剂）可使女巫产生幻觉。

两队

待我们绕过山顶，

便擦着地面滑行。

你们这堆男觋女巫

4015 覆盖旷野满满一层。

落下。

将要降落。

你们：自称。

梅菲斯特

横冲直撞，呼喇喇一片！

喧闹撕扯，乱哄哄一团！

鬼火聚散，臭气熏天！

地道的巫魔本色！

巫觋着陆时拥挤、喧闹、嘈杂的混乱场面。

4020 跟紧我！否则转眼走散。

你在哪儿？

冲浮士德。

浮士德 远处

在这儿！

梅菲斯特

怎的！已被扯到那边？

看来我不得不动用家法。

让开！容克法兰在此。小的们让开！

法兰，魔鬼的又一称谓，源自中古德语，“吓人者”。

过来，博士，抓住我！好了，一句话，

4025 咱们躲开这乱哄哄的群氓；

连我这样的都嫌太过疯狂。

那边有光闪得煞是奇异，

荆棘里似有东西引我过去。

影射和戏仿摩西在何烈山看到燃烧的荆棘丛，好奇，走过去，得到神的召叫。参前注。

来，来！咱们钻进那里。

欲先引浮士德到一旁观看，延宕，刺激他参与的欲望。亦为侧写魔山。

浮士德

4030 只管引我过去！你这作对的灵！

言梅菲斯特的愿望总是与自己的相反。浮士德不愿走开。

可我认为这样做未免太过聪明：

咱们在瓦普之夜来到布罗肯山，

就只为到了地方往旁边一站。　　不介入群巫聚会。

梅菲斯特　　侧写。

看呐，各色的火焰！

4035 好一个快活的联欢。

小集体里也不孤单。　　指梅菲斯特与浮士德的小集体，可以远观联欢。

浮士德

可我更想在那上面！　　果然更愿参与山顶的聚会，而不是旁观。

已见红红的火袅袅的烟。　　已燃起篝火。

那里的一众都涌向恶；

4040 定能把某些谜底揭穿。　　指考察出人为何涌向恶。

梅菲斯特

可那儿又要生出某些谜。

就让大世界攘攘熙熙，

咱们且栖身在此静地。

很久以来便有此规矩，

4045 在大世界里搞些小集体。　　全景图中很多局部。参【插图5,6】。以下分组描述。自言自语。

我见小女巫们赤身裸体，　　视觉。

巧妙遮掩的是些老妪。

看我面子，你们要友好；

冲老女巫。遮掩即不友好。

不费力气，乐子却不小。

4050 似乎听到有乐器响起！

听觉。

该死的噪音！惯了就没问题。

跟我来！跟我来！别无他选，

由旁观到进入。

我走过去且引你入圈，

我给你建立新的联系。

4055 朋友，如何？那是个广阔天地。

且望过去！几乎看不到边际。

上百堆篝火一字排开；

人们在跳在聊，在炊在饮在爱；

且说说，在哪儿更加开怀？

浮士德

4060 为把咱们引见，你是想

作法师还是作魔鬼亮相？

梅菲斯特

我虽习以为常微服出场，

但逢节庆仍要亮出勋章。

膝带彰显不出我的荣耀，

4065 在此万众瞩目的是马脚。

可见那蜗牛？正挪向这边；

凭着它千百种的预感

已闻到我身上的气息。

就算不愿意，也要招认自己。

4070 来！咱们行过一处处篝火，

我是保媒的，你是求爱者。

朝围坐在余烬旁的几位走过去。

老先生们，到此竟有何贵干？

我赞美各位，见你们四平八稳

坐在花天酒地的年轻人中间；

4075 各位许是在家受够了孤单。

1350年以后英国最高勋章，在左膝下面。参前注。

魔鬼的标识。

蜗牛眼长在触角上，凸出在最前方，可进行多方感知，包括气味。

言已被认出，无法否认。

以下是时事讽刺。更多的在下一场瓦尔普吉斯之夜的梦。

法国大革命后被裁撤的旧政府的故旧耆老，反革命分子，旧势力的代表。

应了大革命后年轻人对老朽们“见鬼去”的诅咒。

将军

代表军界。以下保守派中各界代表。坐在余烬前抱怨，今不如昔。

还有谁会把国家信任！

白白为它们沥胆披肝；

于大众，就像于女人，

永远是少壮排在头前。

大臣

政界代表。

4080 现如今人离正道太远，

我称颂耆老的良善；

显然，我辈为官为宰，

那是真正的黄金时代。

暴发户

商界代表。

我们真的也算是精明，

4085 常干些不当干的事情；

可现在一切彻底翻转，

包括我们要守的底线。

作家

文化界代表。

现如今有谁还肯阅读

稍稍有些内容的图书！

4090 提起今天的年轻人，

古往今来无这般骄矜。

梅菲斯特 忽然看上去特别老

或许是严肃地站在保守派一方作结。似歌德心声。

以为在法国大革命和拿破仑战争中看到（《启示录》所预言的）敌基督和末日景象。

我感觉民众已轮到末日审判，

因这是我最后登此巫山，

又因我囊中仅余下浊酒，

4095 这世界也便快走到尽头。

酒根浑浊，老派气数将尽。

卖旧货的女巫

有图作参照，见【插图6】。

先生们请住住脚！

机会难得不可错过！

仔细瞧瞧我的货色，

这儿东西当真不少。

4100 我摊上没一样东西，

别处的能与它们相比，

没一样未曾给人给世上

带来大大的损伤。

没有未曾嗜过血的短刀，

4105 没有杯未曾下过毒药，

把致命的烈酒灌进硬朗的身体。

没有首饰未曾诱惑过淑女，

没有剑未曾斩断过盟誓，

或阴险地从背后把对手捅死。[①]

---

① 以上诸项既可泛指，也可具体指涉浮士德的罪：毒药对母亲、首饰对格雷琴、阴损地用剑杀人对瓦伦丁。

梅菲斯特

4110 姨母太太！您老似不解潮流。

梅菲斯特曾称蛇为自己的姨母。女巫也是其表亲。

不咎既往！既往不咎！

为阻挠上述唤醒浮士德的记忆。

您当转向新鲜势头！

唯新鲜事吸人眼球。

浮士德

简直不知自己身处何地！

4115 我看这里颇像个年集！

犹熙熙攘攘。年集，Messe，也作弥撒，故亦可解作山上的黑弥撒。

梅菲斯特

整个旋涡都在向上进取；

你以为在推，被推着走而已。

明说整个混乱的巫魔大军奋力涌向山顶，暗喻人在时代潮流。新旧议题作结。

【以下镜头对准具体人物，详表浮士德和梅菲斯特与巫魔乱舞。由开场至此，镜头逐渐由远及近，最终在此聚焦。】

浮士德

那位是谁？

梅菲斯特

端详仔细！

那是莉莉丝。[1]

浮士德

谁?

梅菲斯特

亚当的前妻。

拉开参与女巫乱舞的序幕。

4120 她美丽的头发你要小心,

据犹太经师传,莉莉丝的头发有魔力,里面藏着千万个小魔鬼。

那是她唯一炫耀的饰品。

她若凭秀发搭上年轻人,

便决不会轻易放掉他们。

浮士德

这儿坐着俩,一老一少;

4125 看来她们才好一通跳!

梅菲斯特

今儿个是不会安息。

瓦普之夜俗称女巫安息日。

---

[1] 莉莉丝,Lilith,犹太传说中认为她是亚当第一任妻子,同样为泥土所造,后因不满亚当而离开伊甸园,成为勾引男人和杀死婴儿的女魔、吸血鬼,其前身取美女形象,后身是蛇。巴洛克文学和造型艺术中常见。

新一轮舞开始；来！咱们过去。

女巫之舞是女巫安息日必不可少的环节，群魔乱舞最终引向集体淫乱。

浮士德 与年轻女巫搭伴跳

正式参与其中。以下浮士德与年轻女巫、梅菲斯特与年老女巫搭伴，呼应花园中的两对。

我尝做过美梦一个；

淫梦。

梦见苹果树一棵，

禁果。

4130 上有两只苹果闪烁，

隐语，指裸露上身。

引得我，上树攀折。

苹果在此既是伊甸园中的禁果，也取《雅歌》意象[①]，情色隐语。

美人

你们巴望嫩果子

打伊甸园起就开始。

又欢喜来又激动，

4135 果子也结在我园中。

园子：取《雅歌》意象，隐喻女体。[②]

梅菲斯特 与老女巫搭伴

浮士德与年轻女巫间的调情尚属隐蔽，梅菲斯特与老女巫间则是露骨的猥亵。

我曾做过怪梦一个；

---

① 《雅歌》2:3："我的良人在男子中，如同苹果树在树林中。我欢欢喜喜坐在他的荫下，尝他果子的滋味，觉得甘甜。" 7:8："我说我要上这棕树，抓住枝子。愿你的两乳好像葡萄累累下垂；你鼻子的气味香如苹果；" 8:5："在苹果树下我唤醒了你，[……]"

② 《雅歌》4:12-15："［男］我妹子，我新妇，乃是关锁的园，紧闭的井，封闭的泉源。你园内所种的结了石榴，有佳美的果子，[……] 你是园中的泉，活水的井，[……]。" 4:16："［女］愿我的良人进入自己园里，吃他佳美的果子。" 5:1："［男］我妹子，我新妇，我进了我的园中，采了我的没药和香料，吃了我的蜜房和蜂蜜，喝了我的酒和奶。"

梦见劈开的树一棵，

上有［硕大的洞］一个；[①]

［大得］我喜得了不得。

老女巫

手稿补遗中标，此即女巫的丹房中的老巫婆。

我致以最高敬意，

4140 向长马脚的骑士！

便备好合适的［塞子］，

同上节，从手稿。

若尊驾见［大洞］不惧。

肛门幻视者[②]

插入一段讽刺。紧接上文的下三路。实模仿尼可莱的口气，针对那些取笑他的文人。

本节韵脚不准，拟其不谙诗文。

可恶的一众！如此放肆？

---

① 对此露骨的性暗示各印刷版皆代之以“风纪破折号”，薛讷版从手稿，以方括号给出手稿文字。下节同。

② 肛门幻视者，Proktophantamist，歌德自造合成词。雅译。指因患痔疮导致脑部充血而产生幻觉的人。词头 Prokto-，希腊词根，用作医学术语，作肛肠、臀部讲；词干 -phanta(sma)，作幻觉、幻视讲；词尾 -mist，指某种人，大写时作粪便。故依谐音也可作“肛门幻屎者”。直译则可有更多选择，不表。是对 F. 尼可莱（Friedrich Nicolai, 1733-1811）的讽刺。此人系柏林晚期启蒙代表人物，曾主编杂志《德意志图书总汇》，用来普及知识、宣传启蒙思想。歌德、席勒及早期浪漫派诸人视其为可厌的庸俗启蒙者。此人还曾戏仿歌德的《少年维特的烦恼》（1774），创作《少年维特的喜悦》（1775）。尼可莱本彻头彻尾捍卫理性，坚决反对各种迷信及灵异之说。但在 1791 年，他盖因患病（参上），称自己幻视到生人和死人。为消除幻视侵扰，尼可莱再度启用早年使用过的水蛭治疗法。其具体操作，大概是让患者坐到放有水蛭的浴盆里，以令水蛭吸出病灶中的血。尼可莱深以此法奏效，竟至在柏林科学院作报告讲论。鉴于尼可莱自以为是、好为人师的启蒙姿态，当然也出于个人（转下页）

4145 不是早就给你们证明，

一副居高临下、好为人师的样子。

幽灵从不能好好着地？

尔等竟同我常人一样跳舞！

言女巫不遵其论证的结论。

美人 边跳

这人来我们舞会干嘛？

浮士德 边跳

仍针对尼可莱。

唉！就是哪儿都有他。

4150 别人跳舞需他评头论足。

讽刺其无处不在的、吹毛求疵的批判精神。

要是没对哪步来些聒噪，

那这一步就等于没跳。

他最气不过我们迈步向前。

你们要是就原地转圈，

4155 像他在自己的破磨坊里面，

很可能指尼可莱编纂的、车轱辘话来回说的杂志《德意志图书总汇》。

那他或许还会说声不错；

特别是当你们求教他的学说。

（接上页）恩怨，歌德对此人反感至极，多次作文讽刺，言辞犀利刻薄，集中见于与席勒合作创作的讽刺诗《赠辞》。此处几节即取用了未得发表的此类赠辞片段。——《浮士德》中对尼可莱的讽刺尚有多处，各处均在注释中给出相关信息。

肛门幻视者

你们还在那里！太不像话。

快滚开吧！我们早启蒙了！ 言启蒙了就不该有妖魔鬼怪。

4160 魔鬼团伙全然不问清规。

我们清明了可特格尔还在闹鬼。[①]

我清扫幻视不知扫了多久

却总不见干净，太不像话！ 本节原文韵脚 abccba，拟磨轮转圈。

美人

请别再在此招人讨厌！ 招人讨厌，原文法语，讽刺尼可莱之流崇尚法国启蒙。

肛门幻视者

4165 尔等幽灵我正告当面，

幽灵专制我不可忍受； 文字游戏，幽灵，Geist，还有精神、魂灵、精英的意思。

我的精神断不会低头。

大家仍接着跳。

看样子我今天一无所获； 见没人理他的茬儿。

① 特格尔闹鬼，特格尔（Tegel），柏林的一个区，1797 年，当地一位守林人在值班室里听到某种异样声响，时人以为是闹鬼，后证明是恶作剧。1799 年尼可莱在科学院作报告时再度提起。

可游记总还要随身带着，[1]

4170 希望赶在最后一步之前，

犹言临死之前。

让那群魔鬼和诗人就范。

那群，有所指（厌恶他的文人），当重读。

梅菲斯特

他转身便坐进一小水坑，

用这法子来减轻病痛，

待水蛭在他腚上大快朵颐，

4175 就治好了他的精神和幽灵。

冲走出舞场的浮士德

你怎么放下了漂亮姑娘？

人家又跳又把曲儿唱。

淫曲儿。

注意以上先由两组下三路的对话引出肛门幻视者，再由幻视者引出对格雷琴的幻象，环环相扣。

浮士德

哎呀！有只小红老鼠

正唱着时从她口中跳出。

耗子跳出，意味女巫对浮士德的魔力解除。[2] 引出格雷琴。其显现制住了女巫。

---

[1] 游记，Reise(bericht)，尼可莱是启蒙时期著名游记作家，著有《王都柏林和波兹坦》（1779）、《1781 年德国瑞士游记》等。游记属大众启蒙，目的是向大众介绍异域文化，普及知识。

[2] 歌德曾在普雷特留斯（Johannes Praeterius，参前注）作品中读到“红耗子跳出”的场景。根据《启示录》传统，这意味邪恶被制服。参《启示录》16:13-14：“我又看见是三个污秽的灵，好像青蛙，从龙口、兽口并假先知的口中出来。他们本是鬼魔的灵，施行奇事，[……]。”此言末日审判中，污秽的灵面对神的忿怒。

梅菲斯特

4180 没什么稀奇！不必在意；

想继续岔开浮士德的注意力。

只要耗子不是灰的。

灰老鼠，俗语，平庸的女人。

春宵一刻谁管那许多？

浮士德

接着我见——

梅菲斯特

什么？

浮士德

梅菲斯特，你可见那里

第一次，也是唯一一次直呼梅菲斯特的名。

孤零零站着个苍白凄美的孩子？

凸显在女巫狂欢的背景上。

4185 她只慢慢地一步一挪，

仿佛双脚上铐着镣锁。

犹戴着脚镣，格雷琴已被捕收监。

我必须承认，我以为

那就是好人儿格雷琴。

见到格雷琴的幻象，或格雷琴的显现，挽救浮士德于即将陷入的堕落。

梅菲斯特

不必理会！谁见了都不祥。

4190 是幻影，是死的，假象。

实则既是幻象，也是实情——与此同时格雷琴的经历。

遇到它不好；

僵直的目光让人血凝固，

人几乎要化成顽石，

你听过美杜莎的故事。[①]

浮士德

4195 真的那是双死人的眼睛，

无爱人的手将它们合拢。

那是格雷琴尝拥上的胸，

是她的玉体，我尝享用。

梅菲斯特

是魔术，是你爱上当的痴心！

4200 人人都以为她是自己的情人。

浮士德

如此欢喜！如此悲伤！

---

① 美杜莎，Meduse，希腊神话中的蛇发女妖，无论谁见到她的眼睛都会被化作石头，后为珀尔修斯杀死。据传美杜莎与海神波塞冬生有二子，二子在她被斩杀时，出现在从她脖子里喷出的血中。

我无法回避她的目光。

怪的是，她颀长的玉颈

竟饰着根细细的红绳，

参照了女巫文献中的描写。

4205 恰与刀背的宽窄相同！

预示砍头的印记。

梅菲斯特

果不其然！我也看见。

她也能把头夹在腋下；

打趣浮士德，称看到美杜莎的幻象。

因珀尔修斯砍掉了它。——

珀尔修斯，Perseus，希腊神话中的英雄，宙斯之子，砍下了美杜莎的头。参前注。

你实在太喜欢虚幻！

4210 瞧过来了一座小山，

又是虚幻之景。杂技演员搭起的人墙，状若小山。以新花样分散浮士德的注意力。

如普拉特一样好玩；

普拉特：维也纳的一个游乐场。约瑟夫二世时建。

若非有人施了魔术，

我真的看到一处戏园。

是什么节目？

剧务人员

马上又要开演。

报告下一场瓦尔普吉斯之夜的梦。

4215 一出新戏，七出里的末出；

七出，大约是泛指或戏称。古希腊悲剧一般四场，常以荒诞滑稽的羊人剧收场。

这个数目，乃本地风俗。

由业余爱好者来编，

由业余爱好者来演。

各位看官，恕在下退下；

4220 恕在下业余地拉开幕布。

业余在此与高兴谐音，文字游戏，业余爱好者总是兴高采烈。

梅菲斯特

冲即将上场的角色，也可冲观众。

有幸在布罗肯山见到诸位，

诸位在此可谓如鱼得水。

本场说明

本场是一场幕间剧，歌德将其置于瓦尔普吉斯之夜之后，冠名瓦尔普吉斯之夜的梦，上演的是另一个“梦幻和魔幻”场景，其混乱、喧嚣、荒诞程度比之前场更有过之，框架是庆祝奥伯龙与泰坦尼亚的金婚。

奥伯龙与泰坦尼亚，是中世纪异教传说中的仙王仙后。莎士比亚的《仲夏夜之梦》曾塑造过这对夫妇。他们在莎剧中是一对冤家，吵闹不休，最后握手言和。伴随狂飙突进对莎士比亚的接受，“奥伯龙与泰坦尼亚”成为德国文坛喜闻乐见的母题。维兰德曾在 1780 年创作同名叙事诗，魏玛剧院于 1796 年上演了同名轻歌剧。

歌德创作本场的原初动机，简单说是为放置已写好但未能发表的“赠辞”。自 1790 年代初，歌德与席勒共同创作所谓赠辞，实则是讽刺诗，即借用古希腊赠辞体形式，讽刺时事政治、文化名人、文艺圈事件，发表在席勒主编的《缪斯年鉴》。赠辞 – 讽刺诗风格犀利，招致了很多不满和攻讦。1797 年，歌德准备再把部分赠辞发表在次年的《缪斯年鉴》，席勒表示为难。12 月歌德致信席勒，称已将之进行修改和扩充，置入《浮士德》。

可见就成文史而言，本场与格雷琴剧无直接关联。本场的意义在文化史价值：18 世纪后三十年是一个新旧更迭的活跃时期，政治文化领域的思想和新观念层出不穷。本场赠辞拾遗暴露出多门多派之间的相互揶揄攻讦，甚为有趣。

本场先后出场的角色达三十余个，皆是值仙王仙后金婚之际前来庆贺的精灵鬼怪。各个角色的台词多为自我介绍，自我指涉。有具体形象，也有抽象概念，林林总总，鱼贯而出，令人眼花缭乱，应接不暇。好在有“乐队”以几段复唱，对松散的场景进行了分隔和整合。

本场多四行诗节，多交叉韵，格律工整，是有节奏的说唱（类似今天的 rap）。演员按饰演角色佩戴面具。2000 年施泰恩导演的《浮士德》全本中包括了本场。施泰恩版拟狂欢节喜剧，男女角色赤裸登场，男角饰以巨大阳具，整场嘈杂喧嚣异常。

瓦尔普吉斯之夜的梦

或

奥伯龙与泰坦尼亚的金婚

幕间剧

舞台师

自我介绍。可依 rap 节奏朗读，下同。

咱们今天得休息

户外演出不需要舞台布置。

米丁能干的子弟。

米丁，Mieding，魏玛业余爱好者剧院的宫廷木匠，舞台布景师。

4225 古老的山湿润的谷，

就是整场的布景图！

司仪

狂欢节喜剧中常设。表明是剧中剧。

话说金婚金不换

即是过了五十年；

夫妻之间不红脸，

4230 此金更让人喜欢。

不是金婚，而是夫妻和睦是金。

奥伯龙

仙王。

诸位精灵跟随我，

请把形现在此刻；

仙王他与那仙后，

两人重新又好合。

扑克

小捉狭鬼，第一个出场的小精灵。《仲夏夜之梦》中的小矮人，敦实粗笨。

4235 小鬼横着打转转，

两脚交替画圈圈。

杂技姿势。

后面跟着上百个
和他一起来快活。

爱丽儿

莎士比亚《暴风雨》中的小精灵。《浮士德·第二部》开场再次出现。

爱丽儿于天籁中

爱丽儿属气，故有此说。

4240 激扬纯净的歌声；
歌声引来众鬼脸，
也引美人在其中。

奥伯龙

想要作和睦夫妻，
就向我两个学习！
4245 若要两个人恩爱，
只需把彼此分开。

泰塔尼亚

仙后，与奥伯龙和好。

遇到夫妻闹情绪，
拉开二人不迟疑，
把夫拉到南天南，
4250 把妻拉到北极边。

乐队 合奏 最强音

乐队由苍蝇、蚊子、青蛙、蟋蟀等乐师组成。唱词荒诞。

苍蝇嘴巴蚊子鼻，

发出嘤嘤嗡嗡的声音。

连同它们的亲戚，

叶上青蛙草中蟋

音乐家们聚一起！

犹前业余爱好者。

独奏

4255 看呐本风笛来了！

吹的是肥皂泡泡。

从扁鼻子里发出

一阵阵荒腔野调。

讽刺形形色色蹩脚的艺术家、作家。

形成中的精灵

精灵有精神、精英、天才的意思，文字游戏，讽刺自认为天才的蹩脚诗人。

蜘蛛脚来蛤蟆肚

4260 精灵小翅已长出！

虽然没成小动物，

也有小诗成一阕。

生拼硬凑的拙劣诗，内容空洞，韵律不整。

一对小情侣

某类小草虫。讽刺好高骛远的（年轻）诗人。

小步溜达高高蹦

穿过蜜露和清风；

戏仿浪漫诗人的用词。

4265 尽管步子捯得快，

还是不能飞起来。

好奇的旅行家

再次影射游记作家尼可莱，兼刺其崇尚古典。

是在开假面玩笑？

假面狂欢。

还是我老眼花了？

美男奥伯龙神仙

4270 今日竟在此得见！

言奥伯龙不当出现在瓦普之夜。

正统派[①]

当非自指，而是接上节，指奥伯龙。

没有爪子没有尾！

恶魔形象。

但却是毫无疑问，

一如希腊的诸神，

影射受正统基督徒批判的席勒。

他也是一个魔鬼。

北方艺术家

4275 我所掌握的东西

实在只是些毛皮；

---

① 正统派，Orthodox，指正统路德派教徒或目光狭隘的正统派批评家。一说暗讽施多尔伯格（F. Stolberg）伯爵，此人曾批席勒“希腊的诸神”有无神论倾向。而在此，奥伯龙既然是异教的仙王、魔王、自然精灵，那对于正统派人士来说则无异于魔鬼。

然我时刻准备好

踏上意大利之旅。

讲北方艺术不及南方的自然和谐。也泛指北方对南方、德国对意大利的崇拜。

纯洁派

一般指致力于排除外语影响的语言纯洁派。在此特别指致力于消除淫诗艳词的纯洁派，如针对歌德的《罗马哀歌》。

唉！我不幸来到此地：

4280 此地亦放荡不羁！

整个的女巫大军

独有两个施了脂粉。

年轻女巫

脂粉一如遮羞裙

只为灰头老妇人；

4285 故我赤裸骑山羊

一展结实的腰身。

德高望重的老妇

我辈自行事讲究，

何屑与尔等拌口，

任凭你如花似玉，

4290 迟早成残花败柳。

乐队指挥

苍蝇嘴巴蚊子鼻，

别被裸女把心迷！

叶上青蛙草中蟋，

拍子别乱要注意！

乐队见到上面年轻的裸体女巫开始分神。

风向标 向一侧

对瓦普之夜及巫觋的两种态度，摇摆不定。此为赞扬，肯定。

4295 好一个人间天堂。

真真是满眼新娘！

女巫。

小伙子个个雄壮，

男巫。

最有希望的栋梁。

风向标 向另一侧

此为诅咒，否定，言避之不及。

若再不地陷天塌

4300 把他们全都吞下，

那我则快快助跑

纵身往地狱里跳。

赠辞

直接标出“赠辞”。如上所述，歌德、席勒发表在《缪斯年鉴》的讽刺诗引起普遍不满，二人被斥为魔鬼。

我们如害虫一般，

长着小小的利剪，

4305 撒旦，我们的家翁， 如梅菲斯特是所有害虫之父。

我们依礼把他尊重。

汉宁斯[①]

瞧！彼等挤作一群 指歌德、席勒两人结伴。

天真地寻人开心！ 指作赠辞，拿别人开玩笑。

末了竟还扬言，

4310 他们本心地良善。

汉宁斯1798—1799年主编杂志《时代精神》的副刊，1801年后改名《19世纪精神》，故下文称“前——”。

缪斯领袖[②]

我自当甘心情愿

融入女巫的军团；

因我自然知道，

将其作缪斯引导。

① 汉宁斯，August von Hennings，丹麦大臣，曾攻击席勒主编的《时序女神》《缪斯年鉴》等文艺杂志，批判歌德和席勒缺乏道德意识，自己曾主编杂志《时代精神》与之对抗。此处被点名讽刺。

② 缪斯领袖，Musaget，九个缪斯的引导者，阿波罗的别名，引申为艺术的引领者、艺术保护人或资助者。

前-时代精神

“前”，原文法语 Ci-Devant。法国大革命后，通常在贵族称谓前加一个“前”字。

4315 跟对了人能出头。

抓住衣角跟我走！

布罗肯，德国的帕纳斯，

帕纳斯山，希腊神话中阿波罗和缪斯的栖居地。

好个宽广大山头。

德国文坛（群魔出没）比帕纳斯宽广。

好奇的旅行家

旧解为讽刺尼可莱对耶稣会士、天主教会的敌意。新解为描述下文的“鹤”。更通。此从后者。

那直挺挺的是谁？

鹤行。亦指人僵直不化。

4320 趾高气昂高抬腿。

一般称鹤行姿趾高气昂。

见东见西都闻闻。

“在把耶稣会士寻。”[①]

拟旁人答话。

鹤[②]

我喜欢头脑清醒

亦喜欢浑水摸鱼；

拉法特力挺启蒙理性又力图把宗教与理性主义相结合，且研究秘术如相面术等。

4325 故而本虔诚先生

---

① 耶稣会士，Jesuit，天主教修会耶稣会修士。耶稣会是拥护教皇、捍卫天主教会的中坚力量，在启蒙高潮时期迫于反天主教会势力的压力，于 1773 年解散（1814 年重建）。作为铁杆的启蒙主义者，尼可莱持反耶稣会立场。一说也可指下文的拉法特。

② 影射拉法特，J. K. Lavater (1741—1801)，瑞士神学家，牧师，启蒙主义者，提倡理性，又相信非理性和神秘的东西，曾撰写相面术专著（见前玛尔特的花园场注），名噪一时。因其形象和走路姿势像鹤，歌德尝在《赠辞》中以“鹤”暗讽过他。在 1829 年 2 月 17 日与爱克曼的谈话中，歌德明确提到，拉法特作为“鹤”出现在布罗肯山（即本场中）。

也混迹魔鬼之中。

凡夫俗子[①]

相信我，对虔诚者

一切都是顺风车；

他们竟在布罗肯山

4330 大搞些秘密社团。

舞蹈家

开启对相互争吵不休的哲学家、哲学派别的讽刺，即以下决断论者等五种。拟讨论神的存在，讨论魔鬼是否存在。

敢是来了新的一组？

我听到远处的锣鼓。

无妨！那是苇丛里

似另一人的答话。

只会嘎嘎叫的苍鹭。

苍鹭栖居湿地的芦苇丛，叫声大而单调，比喻争吵不休的哲学家。

舞蹈教练

以下两节约作于1826年，1828年随亲定本出版，是1808年《浮士德·第一部》出版后唯一添加的一处。

人人都在踢腾！

4335 个个抻筋练功！

---

① 凡夫俗子，俗人，Weltkind，歌德常如此自称。据《诗与真》第一卷第一章（164页），1774年歌德与拉法特和瑞士教育家巴泽多夫游莱茵河时，称自己是凡夫俗子。

罗锅蹦，胖子跳

不把自己照一照。

针对以下哲学家的争吵。

提琴手

依然指以下的哲学家。

一伙泼皮，相互为敌，

将至的哲学家队伍。

4340 争执不休，不遗余力；

俄君宝琴降百兽，

俄耳甫斯，希腊传说中的歌手，阿波罗与缪斯之子，以七弦琴降服百兽。

聚起伊的是风笛。

决断论者

唯实论者，由概念推导出存在。主要指康德之前关于神存在的本体论证明，此处以论证魔鬼的存在戏仿。

我不为喧嚣所迷，

各种启蒙学说。

4345 任批判还是怀疑。

批判（康德）和怀疑（休谟）引发启蒙，是启蒙的两大法宝。

魔鬼定是某种存在；

否则魔鬼概念何来？

观念论者

也作唯心主义者，在此特指费希特之流的学说，认为外在现实（非我）是自我意识的投射。

我意识中的想象

因外在现实（如魔鬼）皆存在于主体意识之中。

此番也太过猖狂。

通俗一些：在此地看到魔鬼是因为我脑子里有魔鬼。

真的，我若是一切，

4350 我今天就中了邪。

我意识中怎么会有魔鬼?!

经验论者

也作实在论者。

本质于我是折磨

让我不得不发火；

经验论者无所谓本质，只关注经验。

在此我是头一遭

感觉脚下站不牢。

感到感觉经验不稳。原无经验，可现实却就在眼前。

超自然主义者[①]

4355 我在此十分快意

高兴和他们一起；

指魔鬼，巫魔。

因从魔鬼，我能

推断出善的魂灵。

怀疑论者[②]

寻着些微弱火苗，

指上面的超自然主义者。

4360 便以为如获至宝。

---

① 超自然主义者，Supernaturalist，认为在感觉之外还存在一个现实，可以通过感觉到的现实推断出来。如 F. 雅可比（Friedrich Jacobi）从感觉到的现实存在的魔鬼世界，推断出神的世界的存在。在此是对此说的影射：通过眼前的魔鬼世界，推断出现实以外的、超自然的比如善的魂灵的存在。

② 怀疑论者，Skeptiker，此处的逻辑为：怀疑是否定性的，又魔鬼也是否定性的，因此怀疑即是魔鬼，怀疑存在即魔鬼存在。此其一。怀疑（Zweifel）与魔鬼（Teufel）两词在德语中谐音押韵，因押韵故，魔鬼存在。此其二。因此怀疑论者可在双重意义上证明魔鬼存在。事实上，怀疑与魔鬼韵脚相同，意思呼应，常作为对韵对仗词出现，在《浮士德》中频繁出现。

怀疑既押着魔鬼；　　押韵，犹合拍、彼此相一致。

真正我宾至如归。

【以上五类哲学家、哲学派别间的争吵，围绕魔鬼是否真实存在展开：对于决断论者，魔鬼一定是某种真实存在，否则怎么会有魔鬼的概念；对于观念论者，魔鬼是自我意识的投射，故而他感到惊讶——自己意识中怎么会有这种东西；对于经验论者，他对魔鬼本无经验，可现实就在眼前，故而感到不安；对于超自然主义者，此处魔鬼的存在，恰好证明了自己的推断；对于怀疑论者，可从自身存在证明魔鬼存在。】

乐队指挥

叶上青蛙草中蟋，

挨千刀的好业余！　　由于上面的争吵而乱了拍子。

4365　苍蝇嘴巴蚊子鼻

你们也能算乐师！　　同上。

【以下涉及政治生活。法国大革命后活跃于欧洲社会的几类人物。】

见风使舵者　　机会主义者。

无忧无虑的是一组

轻松而愉快的顽主；　　见风使舵，故而无忧无虑、轻松愉快。

用脚走路既不行，

4370　我们掉头拿大顶。　　无可无不可。

无可奈何者

流亡的法国贵族，前宫廷佞臣。

我们原有些油水，
可如今又去找谁！
跳舞跳破了鞋子，
只能赤着脚上路。

好日子到了尽头。

鬼火

新贵，法国大革命中的暴发户，现又追求宫廷风范。

4375 我等来自沼泽地，
新近诞生在那里；
即刻来此跳轮舞
光彩照人有风度。

鬼火常见于沼泽地。此处以沼泽隐喻革命。

宫廷舞蹈。

流星

昙花一现、登高跌重的政客。

从天上嗖地坠落
4380 忽闪着如星如火，
如今横卧在草里，
有谁来把我扶起？

庞然大物

群氓，乌合之众，庞大而暴力，碾轧踏平一切。

闪开！全都闪开！
草芥统统趴下来，

言被碾轧。

4385 幽灵驾到，幽灵

幽灵也臃肿笨重。

幽灵本轻飘。

扑克

扑克、爱丽儿相继出场，收官，框型结构。

别这样横冲直撞

像头颟顸的小象，

论今日谁最粗笨

4390 敦实的扑克本尊。

扑克体态敦实粗笨。

爱丽儿

慈爱自然赋羽翎

精神翅膀两肋生，

随我轻盈之脚踪，

启程飞往玫瑰岭！

奥伯龙的仙宫坐落在玫瑰岭，爱丽儿带领大家前往。

乐队 最弱音

4395 流云飘过薄雾起

曙光微曚自天际。

叶中气息苇中风，

一切鬼魅皆消弭。

黎明，鬼魅在曙光中隐去。瓦尔普吉斯之夜告结。

本场说明

本场题阴天·野地，连接瓦尔普吉斯之夜诸场与终场牢房，是格雷琴剧一个重要环节。

本场核心内容是浮士德急切敦促、威逼梅菲斯特设法营救关押在狱的格雷琴。浮士德像一个未成年的孩子，通场都在指责和诅咒梅菲斯特，转嫁和推卸责任。这若非他在针对自己心中的魔鬼，则表明他仍毫无反思、自责和愧意。

浮士德的台词连用长句、叹号，表明他情绪异常激动；相比之下，梅菲斯特多用反诘与浮士德互怼，显得冷静而玩世不恭。

本场已见于《早期稿》，后来的诸稿改动不大，均保留了早期带有狂飙突进善感特征的散文体。与韵文相比，散文可直抒胸臆，更贴切再现此刻浮士德内心的怨怒。

按历来编辑习惯，本场散文单辟行号，不算入诗行。——故《浮士德》整本除 12111 诗行外，还要算上本场 60 余行散文。

阴天

野地

浮士德。梅菲斯特。

浮士德 得知格雷琴被捕入狱，欲赶去监牢救之，梅菲斯特不从。

悲惨啊！绝望！可怜她久在迷途而终陷囹圄！可爱而不幸的人儿成了凶手被收监在狱去忍受可怕的折磨。快去！快去！赶去监牢营救。——你这背信弃义的卑鄙的幽灵，竟把我瞒得一丝不露！指责梅菲斯特。——你只管站着不动！你魔鬼的双眼露着凶光在脑袋上打转！尽管站着吧你站在这里令我作呕与我作对！身陷囹圄！陷入无法挽回的境地！交给了恶灵交给了无情审判的人！非神的审判。你却一直在哄骗我，用种种无聊之举分散我的注意，瓦尔普吉斯之夜。向我隐瞒她与日俱增的痛苦，令她无助地落到毁灭的地步！将一切责任推卸给梅菲斯特。

梅菲斯特

她不是第一个。[1]

---

[1] 她不是第一个：Sie ist die erste nicht. 语出当时一份审讯记录，犯罪嫌疑人称自己“并非第一个，也非最后一个”。1771 年法兰克福审理一桩弑婴女案，歌德曾阅览了卷宗。详见格雷琴剧后补充说明。

浮士德

你这条狗！畜生不如的家伙！——将它打回原形吧，法力无边
15 的灵！以为系地灵所遣派。将这蛆虫重新打回它狗的原形，就像从前那只
尝在晚间随我散步的狗，咕咕叫着凑到过路的行者脚下，又扑到肩
上要人背它，几乎要把人扑倒。[①] 重新将它打回它最喜欢的形象，让
20 它在我面前的土里爬，让我把它踩在脚下，这邪恶的家伙！先打回成
狗，再打回到最初的原形，伊甸园中的蛇。——不是第一个！——天啊！天啊！
没有人的心灵能够明白，为何不止一个生命落入同一痛苦的深渊，
25 为何第一个人的痛苦，不能用其在永恒宽恕者眼前的挣扎和死难，
赎去余者的罪！[②] 一名女子的凄惨已令我肝肠寸断；而你却无动于
衷冷对千百个同命相连！

梅菲斯特 反诘浮士德：是你自己主动与我结盟！

30 咱们又触到了你们机智的底线，你们人的神志开始错乱。你为
何要与我们结盟倘若无法坚持到底？你想要飞却害怕眩晕？是我们
强加于你，还是你自找上门？

---

① 与前城门外场的描写有出入，可能出自另一个更早的写作计划。依照民间迷信的说法，黑狗是幽灵鬼怪的化身，眼睛火红，硕大如盘，遇到行人会从背后扑上肩膀，让人背上它。更早的版本显然再现了更多流行的迷信说法。

② 永恒宽恕者，指神；以耶稣被钉十字架赎去世人的罪作类比，反问为何第一个被判刑的弑婴女不能赎去余者的罪。

浮士德

35 休要冲我龇你的獠牙！真让我恶心！——伟大光荣的灵啊，地灵。你赏光向我显现，你知晓我的灵魂我的心，可为何将我与无耻之

40 徒打造在一起？[1] 灾祸是他的食粮，败坏是他的琼浆。

梅菲斯特

说完了？

浮士德

救救她！要么见鬼去吧！给你一万年最毒的诅咒！通篇在推诿，无自我反思。

梅菲斯特

我无力解开伸冤者的绳索，无力打开他的门栓。[2]——救救

45 她！——是谁把她推入毁灭的深渊？是我还是你？

浮士德 疯也似的四下环顾。 顾左右而无视自己。

---

① 本场似乎一直把梅菲斯特与地灵联系在一起，似为地灵所遣派。或是早期其他方案的残留，不详。

② 伸冤者，即掌权者，在此指法律机构。化用《罗马书》13:1："在上有权柄的，人人当顺服他；因为没有权柄不是出于神的，凡掌权的都是神所命的。"《罗马书》13:4："他［作官的］是神的用人，是伸冤的，刑罚那作恶的。"——换言之，世俗掌权者所作的法律裁决出于神，故而按民间信仰，魔鬼无法解救被判入狱的罪人。

梅菲斯特

你举手向天雷求助？神的代称。好在它未交到你等可悲的凡胎之手！

50 去劈死无辜的路人，气急败坏的暴君才会如此泄愤。

浮士德

带我去！救出她来！

梅菲斯特

可想到你面临的危险？要知城中还有你亲手欠下的血债。在死

55 者倒下的地方正徘徊着复仇的幽灵，伺机拿下回城的真凶。

浮士德

你怎么好意思？实际为梅菲斯特施法所杀。千刀万剐你这恶棍！听着，带我去，救她出狱！

梅菲斯特

带你去，听听，我好大的本事！难道我有天上地下所有的权柄？

60 难道我是神？[①] 我可以迷魂看守，但要你拿着钥匙，用你人的手引她出狱。我来放哨！备好魔马，带你们逃跑。这我可以做到。

---

① 原是耶稣复活后对门徒讲的话。见《马太福音》28:18：耶稣进前来，对他们说："天上地下所有的权柄都赐给我了"。

浮士德

快走！

本场说明

夜·旷野是个过场。梅菲斯特与浮士德各骑一匹黑马，疾驰而过。只有三组对话，六行台词，舞台表演不足一分钟。

弑婴女一般在法场被公开施以斩首或绞刑。公开行刑，在当时一为起到震慑作用，二为满足大众的窥视欲，三也为以公示方式，给犯人提供伸冤的机会。故而法场一般设在市中心集市广场，或设在郊外固定的地方。本场所示未必是格雷琴具体受刑之地，其目的不过为渲染刑场的阴森恐怖。

本场恢复到诗体，但格律不齐，无韵，略相当于前场散文向后场诗行的过渡。

夜·旷野

浮士德，梅菲斯特。
骑黑马疾驰而来

浮士德

那边一群围着乌鸦石作甚？

乌鸦石：法兰克福城外一个山丘，设有刑场，四周常有乌鸦盘旋。

梅菲斯特

4400 不知她们在忙着什么。

浮士德

飘上，飘下，躬身，俯首。

似在搞什么仪式。

梅菲斯特

是女巫一伙。

浮士德

在扫洒祭奠。

准备迎接一个新女巫入伙，被砍头的格雷琴。

梅菲斯特

快过！快过！

否则按迷信说法，变成女巫的格雷琴会杀死情人。

本场说明

牢房，是格雷琴剧的收官，也是《浮士德·第一部》的终场。浮士德与格雷琴两位主角出场，在关押格雷琴的牢房中进行最后对话。本场可谓整部《浮士德》中最为凄婉的一场。

本场中，一方面，浮士德一味催促格雷琴随他逃走，以成全他“解救”的意愿；另一方面，格雷琴沉浸于回忆和自责，决意不从。——归纳其理由大约有三：一则因她感到浮士德的营救不过出于同情，而非出于爱情和娶她为妻的意愿；二则因法律和社会舆论不容，她在现实中无法偷生；三则因她内在良心的谴责将使她即便逃走也永不得安宁。

本场中，格雷琴处于精神失常状态，透过她跳跃的片段式的回忆和预见，可还原出格雷琴悲剧的主线：与浮士德相识、相好，母兄先后毙命，亲手溺死婴儿，最后被砍头和埋葬。可谓为全剧给出了一个总览。

同时，格雷琴的种种“疯话”，句句在揭示被遮掩的真实，疯狂反而使格雷琴获得更为准确的直觉，直观到魔鬼的邪恶与神的慈爱。她最终拒绝了与魔鬼为伍的浮士德，把自己交付给天父，接受神的审判。此时天上传来一个声音（神的声音），宣告她“得救了”。——与《浮士德》终场格雷琴的得救遥相呼应。

本场已见于《早期稿》，属于《浮士德》中最早写成的部分。据推测，歌德很可能在1772年1月作为见习律师接触到弑婴女玛格丽特·勃兰特案（参场后补充说明）时，就已动笔写作。初为散文体，未收入1790年出版的《未完成稿》。二十多年后，约从1798年开始，歌德陆续对早期稿进行扩写，且为避免散文体造成过于凄惨的效果而改用诗体。

本场浮士德的台词，其音步和韵律相对规范；格雷琴的台词，拟其神情恍惚状态，格律不齐，诗行长短不一。

牢房

浮士德 持一串钥匙，一盏灯，

立于一扇小铁门外。

4405 久违的战栗慑住了我，

人间的苦难让我惊愕。

首先谈自己的感受，自我中心。

她栖身在这阴湿的牢房，

她的罪不过是一时失常！

无体恤之心，无自省。

你迟迟不肯走近她！

4410 你害怕再见到她！

上前吧！你的犹豫将招致死亡。

抓住铁锁。牢房里传来歌声

格雷琴依然用歌来表达心声。[①]

母亲哦，一个娼妇，

未婚失贞的女子，格雷琴自指。原本中只有“母亲”，无同位语进一步修饰。

是她把我荼毒！

---

① 以下歌词本源自一则名叫“杜松子树”的童话故事，歌德之前还仅限于民间流传，在《浮士德·第一部》出版后被收入《格林童话》。童话讲一位继母杀死了年幼的继子，然后让丈夫吃掉。孩子的继妹收起骸骨，掩埋到一棵杜松子树下。孩子的魂灵化作一只小鸟，在继母死后重新恢复了人形。歌词原拟被杀的孩子的口吻，揭露继母的罪行，哀伤自己悲惨的命运。格雷琴唱时，显然是在以被自己溺死的孩子的口吻，控诉自己的罪行。选取“杜松子树”的母题，还隐含另一层意思：依照民间偏方，杜松子的果实有堕胎功效（上述童话的另一个版本即讲到，小孩的生母为堕胎之故服用杜松子果而亡）。格雷琴显然并不知此法。一则因为她年轻缺乏经验，二则因为母亲意外死亡而无人指导，三则因自己出于羞愧而没有勇气打探。

父亲哦，恶棍一个， 同上，原本中只有“父亲”，无同位语进一步修饰。

4415 是他把我吃了！

我的小妹哦

拾起我的遗骨，

埋在阴冷之处；

我化作美丽的林中小鸟；

4420 飞走吧，飞走！ 原本中无此句。道出格雷琴的愿望。

浮士德 边打开铁锁

她定料想不到情人在倾听，

听铁链锒铛草垫沙沙作响。[①]

走进牢房。

玛格丽特 蜷缩在草垫上 去掉缩小格，恢复原名。

啊！啊！他们来了。送我上路！ 把浮士德一行当成提刑的刽子手。疯狂状态中反直觉到本质。

① 此两行不见于《早期稿》，不知何时添加。料想，即预感，ahnen，倾听，lauschen，沙沙作响，rauschen，皆为浪漫派诗歌常用词，其中“倾听”和“沙沙作响”作为一对工整的对仗押韵词，出现频率极高，如在月夜倾听山间小溪沙沙作响。歌德添加此两行，是以浮士德主观的、无视现实的、无半点感同身受的浪漫，极度反衬格雷琴的孤独与悲凉。

浮士德 压低声音

安静！安静！我来把你救出。

玛格丽特 跌跌撞撞到他跟前

4425 你若是人，就请感受我的苦楚。

浮士德

你这样呼喊会惊醒狱卒！

抓起锁链准备打开。

玛格丽特 跪在地上

刽子手，是谁给了你

办我的权力！[①]

你在半夜就来提我。

4430 发发慈悲吧让我活着！

明日一早还来不及？

站起身来。

我尚这样、这样年轻！

就要赴黄泉丧命！

道出浮士德在格雷琴悲剧中的真实身份。

以为刽子手半夜就来提刑。同时影射耶稣午夜被刽子手捉拿。

① 化用《约翰福音》19:10-11："彼拉多说：'你不对我说话么？你岂不知我有权柄释放你，也有权柄把你钉十字架么？'耶稣回答说：'若不是从上头赐给你的，你就毫无权柄办我。'"

我也曾貌美，那正是我的不幸。

4435 朋友曾在近旁，此刻却在远方；[①]

花冠扯碎，花儿散落。

新娘的花冠，象征贞洁，婚礼上被人扯碎。参水井边场注释。

请别这样用力抓我！

饶了我吧！我何罪之有？

请别让我白白祈求，

4440 我多想此生从未与你邂逅！

格雷琴神志不清，将浮士德与刽子手混淆。

浮士德

这份悲苦我怎堪忍受！

仍专注于自我。

玛格丽特

讲述杀子，直接罪责。自本节起，格雷琴的诗行忽长忽短，内容跳跃，拟神情恍惚状态。

我已是牢牢在你手里。

就容我赶着再喂一口孩子。

这一夜我都揽他在心口；

参花园场中格雷琴讲述照顾妹妹的段落。

4445 为伤我心他们把他夺走，

此刻却说，是我把他杀了。

我再没有半点欢乐。

---

① 朋友，Freund，《早期稿》中未用该词，终稿中多次出现，盖类比《雅歌》中新娘对新郎的称呼（路德译本）。歌德曾自译《雅歌》全文，《浮士德》中有多处引用、化用。和合本译作“良人”。

他们唱歌谣羞辱我！人们好不歹毒！[1]

某个古老的童话如此结束，

4450 可谁人让他们这样解读？

“杜松子树”童话，参前注。可见格雷琴前面所唱，系街头羞辱她的歌谣。

浮士德 跪倒在地。

一个爱你的人伏在你脚下[2]

来打开折磨你的锁枷。

玛格丽特 挨着他跪下。

该舞台动作提示，参考1563年科隆出版的《圣人传》中所记同名圣女的情节。

哦让我们跪下向圣人呼请！

遵天主教呼请圣人助佑的传统。

看呐！台阶底下，

4455 门槛底下，

地狱在沸腾！

恶魔，

当指地狱中的魔鬼。

---

[1] 歌谣，Lieder，指讥讽道德犯罪的说唱。参见《耶利米哀歌》3:14：“我成了众民的笑话；他们终日以我为歌曲”。另，在报刊等现代媒介普及之前，小城镇、村庄等地即通过歌谣、街头说唱等形式传播新闻。有关此类丑闻的说唱尤为叫座。

[2] 一个爱你的人，ein Liebender，用不定代词，甚至没有用指示代词“这个”等。浮士德至此都不曾直接使用第一人称“我”，向格雷琴表白爱情，而是变换使用各种第三人称，如前文的“他爱你”等。使用第三人称一则可拉开距离，二则可因指代不明而不必承担责任，三则也是更重要的，表明他与格雷琴之间没有平等的恋爱关系。这与浮士德一向极擅用“我”表达内心感受甚至强调自我经常达到夸张的程度，形成鲜明对比。而这样的修辞，貌似谦恭殷勤，对于未受过高等教育的格雷琴来说，则极容易造成误解。此乃浮士德利用教育水平差异糊弄和敷衍格雷琴的又一例。

它怒不可遏，

发出隆隆吼声！

浮士德 大声

4460 格雷琴！格雷琴！

接地狱恶魔发出的声音。似有魔力，令格雷琴瞬间清醒。

玛格丽特 定了定神

这是朋友的声音！

声音押（愤）怒，极富戏剧性。本场景参《雅歌》2:8-10。[①]

猛地起身。锁链落下。

化用使徒彼得从狱中得救场景，见《使徒行传》12:6-7。[②]

他在哪儿？我听见他呼唤。

我自由了！谁都不要阻拦。[③]

我要扑上去和他拥抱，

4465 偎依在他胸前！

他在喊格雷琴！他站在门槛。

[①] 《雅歌》2:8-10："听啊！是我良人的声音；[……] 他站在我们墙壁后，从窗户往里观看，从窗棂往里窥探。我良人对我说：我的佳偶，我的美人，起来，与我同去！"格蕾琴幻想《雅歌》中的良人（情人，男友）和佳偶（情人，女友），新娘和新郎。另见《雅歌》5:2："这是我良人的声音；[……]"；《雅歌》5:6-7："我给我的良人开了门；我的良人却已转身走了。他说话的时候，我神不守舍；我寻找他，竟寻不见；我呼叫他，他却不回答。[……]"

[②] 《使徒行传》12:6-7："希律将要提他出来的前一夜，彼得被两条铁链锁着，睡在两个兵丁当中；看守的人也在门外看守。忽然，有主的一个使者站在旁边，屋里有光照耀，天使拍彼得的肋旁，拍醒了他，说：快快起来！那铁链就从他手上脱落下来。"

[③] 格雷琴听到情人的声音，便感到获得自由，爱情是一种救赎。一说格雷琴以为获得合法营救，因如若浮士德娶她作合法妻子，她便可免除死罪。现实中有此案例。

在地狱的哀哭切齿声中，

语出《马太福音》8:12：“在那里必要哀哭切齿了。”

透过魔鬼般狰狞的嘲讽，

我听出那甜美而关爱的呼声。

化用《雅歌》5:16。[①]

浮士德

是我！

玛格丽特

4470 是你！哦再说一遍！

抓住他

是他！是他！痛苦烟消云散？

不再惧怕牢狱？惧怕枷锁？

是你！你来救我！

我得救了！——

孤韵。强调。爱情的救赎功能。

4475 那条街道又在眼前，

以下回顾，相见。

在那儿我与你第一次相见。

还有那明媚的花园，

我和玛尔特在那儿把你期盼。

---

① 《雅歌》5:16：“他的口极其甘甜；他全然可爱。耶路撒冷的众女子啊，这是我的良人；这是我的朋友。”

浮士德 急着离开

来！跟我来！

玛格丽特

哦请留步！

4480 我好想与你厮守一处。

爱抚地亲吻他。

浮士德

从速！

你若延误，

咱们都要被拿住。

德语中留步（Weile）与从速（Eile）是一对常用押韵。

玛格丽特

怎么？吻你已然不会？

4485 朋友啊，刚离开我多久，

便已把吻荒废？

搂着你为何我会心悸？

往日里你的目光你的话语

落到我身上铺天盖地，

4490 你吻起我来几乎让我窒息。

吻我！

要么我来吻你！

搂住他。

哦天呐！你的双唇冰冷，

默不作声。

4495 你的爱意

丢在了哪里？

是谁把它夺去？

感觉到浮士德已全无爱意，遑论婚姻，格雷琴逃走亦无出路。

转过身去。

浮士德

来！跟我走！亲爱的，鼓起勇气！

我用千倍的炽热拥抱你；

夸张的修辞，敷衍，因既非发自内心，亦无实际安排。

4500 跟我走吧！只这一事求你！

玛格丽特 转向他

真的是你吗？也一定是你。

浮士德

是我！跟我来！

玛格丽特

　　　　　　你把枷锁打开，

再一次把我拥入你怀。

你如何对我毫无忌惮？——

4505　朋友，你可知所救何人？

浮士德

好了！好了！夜已过半。

继续讲述自己的罪责，对母兄之死的自责。对比浮士德拒不认错，推卸责任。

玛格丽特

我害死了自己的母亲，

我溺死了自己的孩子。

那岂不是对你我所赐？

4510　也是赐与你的。——真是你！不敢相信。

给我你的手！这不是梦！

你温柔的手！——啊却如此湿冷！

把它擦干！我以为

有血沾在上面。

人在疯狂中真实的直觉。

4515　哦天呐！你做了什么！

收刀入鞘吧；

我求你了！

浮士德

不要再提过去的事情，

你这是在要我命。

指耽搁时间。

玛格丽特

向浮士德交代后事，描述一家人坟墓的排布，凄惨至极。

4520 不，你得活下去！

我要给你描述下墓地，

你必要照此操办

且就在明天：

给母亲最好的地场，

4525 我的兄长即在近旁，

把我隔开一段，

只是不要太远！

死刑犯一般要远离公墓下葬，或葬在城外。

让小东西贴着我右怀。

未受洗即夭折的孩子一般葬于公墓中单辟的地方。

身边不要任何人此外！——

并不想或并不奢求与浮士德合葬。

4530 能偎依在你怀里，

那幸福美好而甜蜜！

然于我已遥不可及；

我仿佛要勉强自己接近你，

而你似乎又拒我千里；

直觉到浮士德已无爱。

4535 但真的是你，目光充满善意。

丝毫未迁咎于浮士德。

浮士德

你既觉出是我，就来吧！

玛格丽特

到外面去？

浮士德

到自由天地。

对于格雷琴，实根本无自由天地可言。

玛格丽特

若外面是坟墓，

死亡在潜伏，我就走！

宁愿赴死，不愿逃走。

4540 从这里走到长眠之乡

便无路可走——

你要走？哦海因里希，我好想同往！

浮士德

你可以！只要你愿意！门已开敞。

玛格丽特

我不能走；我毫无希望。

4545 逃走又能怎样？到处是天罗地网。

对重犯会发通缉令或悬赏缉捕，歌德时代实情。

乞讨度日该多么凄惨，

更何况还有良心不安！

流徙他乡该多么凄惨，

他们终把我缉拿归案！

社会和法律不容，良心愧疚不安，格雷琴即便逃走也将面临内外交困。

浮士德

4550 我会在你身边。

敷衍，修辞。为催促格雷琴快走。

玛格丽特

继续回忆，溺死孩子的过程。韵脚渐次紊乱。

快呀！快！

急切的催促令格雷琴忆起自己的大罪。

救救你可怜的婴孩。

快去！一路

沿溪流而上，

4555 过小径，

进到树林，

左边立着块木牌，

那小潭里。

快抓住他！

4560 他在向上挣扎，

还在扑腾！

救命！救命！

浮士德

你定一定神！

只一步，你就是自由之身！

对上述无动于衷。

浮士德想到的只是身体的自由，完全不顾及格雷琴的现实处境和良心不安。

玛格丽特

联想到逃亡途中会见到遇害的母亲，反映出她内心所想全部是自己的罪过。

4565 想咱们路过那座山冈！

母亲她坐在一块石上，

唬得我好不头皮发凉！

母亲她坐在一块石上

她的头摇摇晃晃；

民俗中讲，要待凶手正法后，被害者的灵魂方得安宁。

4570 她不招手也不点头，她的头沉重，

似并不赞同格雷琴逃走。

她睡得太久，再不会醒。

她睡了我们才好尽兴。

道出母亲的死因。

那是一段幸福的光景！

浮士德

既求也不行，说也无效，

格雷琴需要的是宽恕、安慰和希望，浮士德只一味想快快逃走。

4575 我便斗胆抱起你跑掉。

玛格丽特

放开！不，我受不得暴力！

别这样死死地抓着我！

除此我对你已是百顺百依。

浮士德

天已放亮！亲爱的！亲爱的！

玛格丽特

对婚礼并砍头的想象。疯话暴露内心真实愿望。

4580 天亮！是呀天快亮了！末日将至；

当是我婚礼的日子！

别告诉别人你到过格雷琴那里。

婚前不得私会。

啊我的花冠！

已是无法回还！

4585 你我还会相见；

指死后在彼岸重逢。格雷琴不相信自己会受永罚。

但不是在舞宴。

婚礼的舞宴。

人潮如涌，无息无声。

转入行刑场景，格雷琴的幻觉，但符合现实行刑过程、程序。

广场，街巷

死刑一般在广场执行。格雷琴的一个原型即在市中心广场被斩首。

挤得水泄不通。

看热闹的人群。

4590 丧钟敲响，木签折断。

自中世纪起的行刑仪式：敲响丧钟预告即将行刑，监斩官折断木签，开斩。

他们将我五花大绑！

我漠然俯伏断头台上。

人人脖颈一阵抽搐

当利刃落向我的头颅。

4595 世界如坟墓般沉寂！

孤韵。

浮士德

哦为何要生我！

诅咒自己的生辰，表极度哀痛、不幸。《约伯记》《耶利米哀歌》都有此表述。[①]所谓“知我如此，不如无生”。

梅菲斯特 现身牢门外。

魔鬼无法进入牢房，因牢房属执行神圣审判的场所。

快！不然你们就完了。

无端耽搁！磨蹭又啰嗦！

我的马在打战，

天亮魔法即将失效。

4600 天将达旦。

玛格丽特

以下化用《圣人传》中同名圣女传奇。[②]

地底下什么冒上来？

以为梅菲斯特是地狱来客。

---

① 《约伯记》3:1-3：“约伯开口咒诅自己的生日，说：‘愿我生的那日和说怀了男胎的那夜都灭没。’”

② 据薛注，歌德在此化用了一位同名圣女的宗教传奇（Legende）。传奇见于1563年科隆出版的一部《圣人传》，歌德藏有此书。据书中记载，有一位虔诚的圣女，名玛格丽特，年15岁，因反抗异教强权者被关入监狱，有恶龙（魔鬼）闯入牢房要吞噬她，于是“她跪倒在地，伸出双手，唯向天父祈求助佑”，她因此战胜恶龙，并驱走了另一个更为强大且狡猾的魔鬼。天主向阴暗的牢房洒下荣光，光驱散所有魔鬼的气息。故事结束于玛格丽特伏法，被刽子手用剑斩首。

是他！是他！把他赶开！

他来这圣地做什么？

是来索我！

浮士德

你要活着！

玛格丽特

4605 神的审判！我把自己交付给你！

愿接受神的审判。

梅菲斯特 冲浮士德

好吧！好吧！别怪我把你们抛弃。

玛格丽特

我是你的，天父！救我！

天使们啊！圣人们啊，

请到我身边，把我保全！

4610 海因里希！你让我畏惧。

转求于天父。参《诗篇》34:4："我曾寻求耶和华，他就应允我，救我脱离了一切的恐惧。"
虔诚的天主教徒，会本能地向天使和圣人求助。

梅菲斯特

她被判了！

人世间人的审判。传统浮士德题材故事书或戏剧中，一般称与魔鬼立契约的浮士德被判了（神的审判）。

声音 从天上传来

她得救了！

神的声音。

得到神的宽恕与救赎。[①] 此句《早期稿》中无。[②]

梅菲斯特 冲浮士德

到我这里！

偕浮士德消失。

三句一行。浮士德继续与梅菲斯特为伍。

声音 从里面传来，渐弱

海因里希！海因里希！

---

① 参《约翰福音》3:17："因为神差他的儿子降世，不是要定世人的罪（或作审判世人），乃是要叫世人因他得救。"

② 因《早期稿》中尚无天堂序剧。很显然，后添加此句，是为与后来创作的天堂序剧相呼应。也就是说，本场作为《浮士德·第一部》(1808)的终场，当与开场天堂序剧构成呼应关系。当然，添加此句，也同时与《浮士德·第二部》(1832)亦即整部《浮士德》终场呼应。

补充说明

以下就格雷琴剧之人设、弑婴情节、戏剧类型、接受史等问题，略总结性地加以补充说明。

关于玛格丽特（格雷琴）的人设，通常认为综合了几个原型：其一，是歌德少年时代爱恋过的一名女子，在《诗与真》第五卷有所提及，与格雷琴同名，年龄相仿。但这一关联比较微弱。其二，是《圣人传》中一位同名圣女，牢房终场化用了传记所载（参前注）。其三，是一位名叫苏珊·玛格丽特·勃兰特的弑婴女。该女子的遭遇与格雷琴剧创作时间和剧情有直接关联。这位名叫玛格丽特的女佣未婚先育，迫于舆论压力弑婴，1771年获罪关押，1772年被斩首。歌德很可能旁听过其案件审理。其四，是德国东北部地区一位弑婴女。该女子也是一名女佣，父母双亡，奸夫偕其同伙前去劫狱，在夜晚格斗中杀死一名士兵。然该女子拒绝跟随逃亡，自愿返回城中受审，于1765年被斩首示众。歌德16岁在莱比锡上大学时听闻过此事。

最后，在施皮斯版和普菲茨尔版浮士德故事书中，都有提到浮士德与一名女佣的瓜葛。在施皮斯版中，女佣提出，唯履行婚姻圣事后方可与浮士德同居。而普菲茨尔版中，不仅出现类似格雷琴母亲和玛尔特等老妇形象，而且有将弑婴遗骸埋于树下的情节。

关于格雷琴剧隐含的弑婴女问题：所谓弑婴女，Kindermörderin，指有计划亲手杀死新生婴儿的母亲。婴儿通常是秘密分娩诞下的私生子，未受洗礼。类似事件古而有之，16世纪逐渐成为法庭审理对象，17世纪此类案件增多，且因其违反自然人伦而被认为尤其残忍。惩处措施有活埋、柱刑（用柱子戳穿身体后悬挂于上，汉谟拉比法典即有此类刑罚记载，用于女子谋杀亲夫或堕胎之罪)、沉水。相对而言，斩首是比较进步或格外开恩的做法。

至1770年代，歌德创作格雷琴剧早期稿时，弑婴女正是法律和公共领域热议话题之一。讨论围绕应否对凶手判处死刑展开。持反对意见者提出，应考虑造成这一现象的社会和心理因素，仔细甄别犯罪动机。这些动机包括对世俗法庭、教会机构惩罚后果(丧失荣誉和财产)的畏惧，包括将要面对的生存压力等。这也从侧面反映出启蒙人学关照下刑法改革的趋势。

作为法律专业学生，歌德本人于1771年的斯特拉斯堡大学博士论文答辩中，就曾遇到是否应对弑婴女处以死刑的辩题(第56道辩题倒数第二条)。之后，对于当时颇具代表性的勃兰特一案，22岁的歌德很可能曾作为见习律师旁听审判，或至少研读过卷宗。格雷琴剧对刑场、行刑手段、执行程序的描写，符合当时的记录。

再后来，待歌德担任魏玛廷臣后，曾亲自参与讨论，现实中歌德的态度倾向于判处死刑。1783年在隶属魏玛公国的耶拿发生一起类似案件。魏玛大公提出征询，可否以其他更为有效的震慑措施取代死刑，比如以剃发、公开绑于耻辱柱进行鞭笞等方式，或终身收监但每年进行一次公开鞭笞等。在被征询的三位枢密顾问中，一位认为公开鞭笞实则更具侮辱性，故而提议保留死刑；一位认为可将公开羞辱与刑罚并用，以更有效震慑和制止此类案件发生，不建议取消死刑；歌德考虑了十天，于1783年11月4日出具意见，表示认同前面两位同僚意见，建议保留死刑。其理由是，与终身监禁和定期公开羞辱相比，死刑更为人道。

关于格雷琴剧的戏剧类型：很长时间里，格雷琴剧都被称为浮士德的爱情悲剧，与浮士德所谓的学者悲剧、政治悲剧、美的悲剧、事业悲剧，共同构成《浮士德》的五大悲剧。这种提法以及概括方式早已为学界所摒弃，因其并不符合文本事实。

具体到格雷琴剧，由浮士德角色观之，与其说是一部爱情剧，不如说是一部"诱惑剧"。因从头至尾，浮士德一方几乎无爱情可言。他对格雷琴的追逐，除去个别时刻，不过为满足情欲而已。——学者剧围绕求知欲展开，格雷琴剧围绕情欲展开。

格雷琴剧开场，浮士德主动搭讪格雷琴，动机原本是受春药驱动寻找猎物。从他不断变换、花样繁多的对格雷琴的称呼来看，——其多为中性的缩小形式，——他自始至终把格雷琴当作某种中性的"东西"，而非有人格的个体。接下来，情节展开、人物格局、场景设置，基本遵循传统的诱惑程式，如馈赠贵重礼物，由同伙（浮士德一方的梅菲斯特）或隔壁大婶（格雷琴一方的玛尔特）牵线，感情线的进展由邂逅、交谈、牵手、亲吻到合欢等等。

严格说，浮士德一方甚至不是轻浮的调情，而是赤裸裸的诱惑。浮士德故意利用等级优势，故意利用格雷琴经验、教育和修养的缺失，故意利用格雷琴的心理，以达到诱惑的目的。这首先表现在浮士德的谈话技巧和修辞。比如他娴熟运用社交辞令（各种赞美的套路，播撒一些放之四海皆准的道理），故意使用模棱两可的表达方式或偷换概念，令格雷琴误把修辞当作心声，从而轻易就范。

一个典型的例子：一向以自我为中心、善于表达内心感受的浮士德，在对待格雷琴的关系上，从未正面说出"我爱你"，而最多只是借势以第三人称说道“他爱你”。如此闪烁其词，可谓一箭三雕：一则给格雷琴造成误解，二则掩饰自己的真实意图，三则逃避责任。再如，在向格雷琴海誓山盟时，浮士德偷换概念，他慷慨激昂说出的“永远”，实际上并不指涉时间的恒久，而只表达了感情的强度。以雄辩、诡辩回避问题关键的做法，尤其表现在对“宗教问题”的回答——格雷琴的“宗教问题”，显然在询问浮士德是否愿意履行婚姻圣事，而浮士德则仅以杂芜的神学辩词敷衍搪塞。

与诱惑的目的相应，浮士德对格雷琴的现实处境漠不关心，这集中表现在牢房一场，不赘。可见格雷琴剧首先不是爱情剧，按戏剧类型，亦不属于命运悲剧、性格悲剧，非现代意义上的言情和心理剧。它集合多种母题、戏剧形式、表演程式，上演了一个悲剧故事。歌德时代甚至有人将其理解为教谕剧，即以此劝诫年轻女子，切务克制欲望，以免陷入诱惑。

若以18世纪下半叶兴起的“市民悲剧”衡量，比如与莱辛的《艾米莉亚·夏洛蒂》《撒拉·萨姆逊小姐》相比，格雷琴剧也非典型的市民悲剧。诚然，格雷琴剧带有某些市民悲剧特征，比如它选用了贵族与平民的格局（现实案件多发生在同等级男女之间），或令格雷琴之兄行使父权，维护市民道德和家庭荣誉，但它的悲剧冲突本身并不在于此。就形式而言，格雷琴剧并未采用古典悲剧结构，而是穿插了狂欢节喜剧式的婚姻讽刺剧（梅菲斯特－玛尔特的戏份）和魔幻剧（两场瓦尔普吉斯之夜）等。

当然，格雷琴剧与市民悲剧的根本区别在于，它有一个超越的框架，格雷琴最终把自己付诸了神的审判。也就是说，该剧的宗旨并非为宣扬和捍卫市民道德，它的格局要更为宽广：一方面，浮士德人物为满足欲望，不惜牺牲他人；一方面，欲望使无辜的格雷琴犯罪。两厢演绎皆围绕人的

（原）罪展开，而这种罪人也只有神能够审判或救赎。

在接受史中，通常把格雷琴解释为无辜的受害者。这样的解释同样很大程度上罔顾了文本事实。戏剧通过下意识的语言、身体语言，或通过以吟唱倾吐心声，表露出该人物的欲望与虚荣。这两项品质使得格雷琴容易被诱惑，容易成为诱惑的对象乃至牺牲品。然而，欲望与虚荣也正是人作为自然人和社会人的天然属性，是人与生俱来所携带的（原）罪。格雷琴的问题在于，她并没有启动理性和意志力去对抗这样的天性。这导致她触犯等级界限，冲破家庭、社会和教会的约束。无辜犯罪，正是人被赶出伊甸园后所共处的基本状态。在这个意义上，格雷琴终将因着她的忏悔和赎罪、因着圣母的爱和宽恕，得到救赎。

附录一

歌德手绘草图

（以下舞台设计草图，系歌德亲手为《浮士德》所绘。无日期标记，集中存于一案函，上有歌德亲手书写“戏剧绘图”，在遗稿中发现。据推测，第 1—6 幅，大约作于 1810—1812 年。当时曾动议在魏玛上演《浮士德 · 第一部》，后搁浅。第 7 幅当为晚年之作。）

【附图 1】

天堂序剧的舞台设计草图

215 × 334 mm，蓝纸，乌贼墨棕钢笔画

解说：天主居于绘图中央，为天使簇拥，上身裸露；梅菲斯特在左下，造型健美，与天主相对，手指右下方的地球。

据推测，最早作于 1797 年。

（藏于：魏玛歌德－国家博物馆）

【附图 2】

夜场草图

166 × 208 mm，浅蓝纸，铅笔画

解说：所绘约为左半部舞台场景，图左侧为书架，摆放诸多炼金术实验所用仪器；书架前为书桌；浮于图中上部的形象无法辨认。

据推测，约作于 1810—1812 年间。

（藏于：魏玛歌德 - 国家博物馆）

【附图 3】

夜场草图

（地）灵的显现

220 × 171 mm，白纸，铅笔画

解说：图中心是太阳神赫利俄斯胸像，按古希腊钱币造像（歌德藏有一枚罗得岛印有太阳神头像的硬币），头上有放火的发卷或火环，光芒四射，照耀整个书斋。前有围栏，以示与书斋分隔。此图中可见书斋右侧，与左侧相仿。相当于按古希腊风格塑造（地）灵。

据推测，约作于 1810—1812 年间，或 1819 年。

（藏于：魏玛歌德 - 国家博物馆）

【附图 4】

书斋［一］场草图
招贵宾犬现形
299 × 200 mm，蓝纸，乌贼墨棕钢笔画，涂墨
正中是一只鼓胀起的狗头，毛发竖起，头上端隐约可见一圆形符箓。
约作于 1800 年前后。

（藏于：魏玛歌德－国家博物馆）

【附图 5】

女巫的丹房场舞台设计草图
168 × 210 mm，浅蓝纸，铅笔画
图右侧是一口锅，架在火上，冒着热气，隐约可见长尾猴散布于乱糟糟的炼丹房中，左下方横着一具人骸，左中是镶巴洛克风格框架的魔镜，镜中有玉体横陈。

（藏于：魏玛歌德－国家博物馆）

【附图 6】

瓦尔普吉斯之夜场草图　200 × 330 mm，蓝纸，钢笔画，涂墨
难以辨认，右后方或许是格雷琴显现。作于 1800 年以后，大约在 1810—1812 年间。

（藏于：魏玛歌德 - 国家博物馆）

【附图 7】

露易丝·冯·格西豪森（Luise von Göchhausen）[记录《浮士德·早期稿》的宫廷女官]在书桌前
歌德的铅笔画，约作于 1776 年。

（原作藏于：杜塞尔多夫的歌德博物馆）

附录二

手稿影印及说明

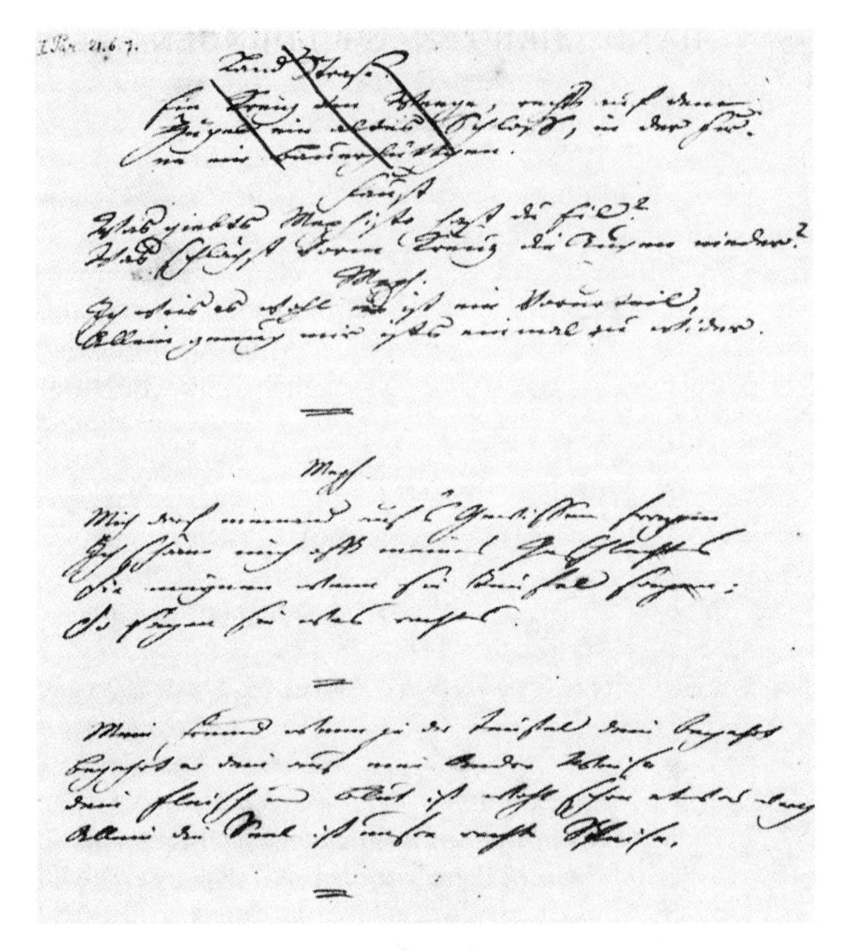

【附图 8】

《浮士德》手稿，21 号补遗（可能是歌德最早的手稿之一）

（藏于：歌德－席勒－档案馆，魏玛，编号 25/XVII 2,13）

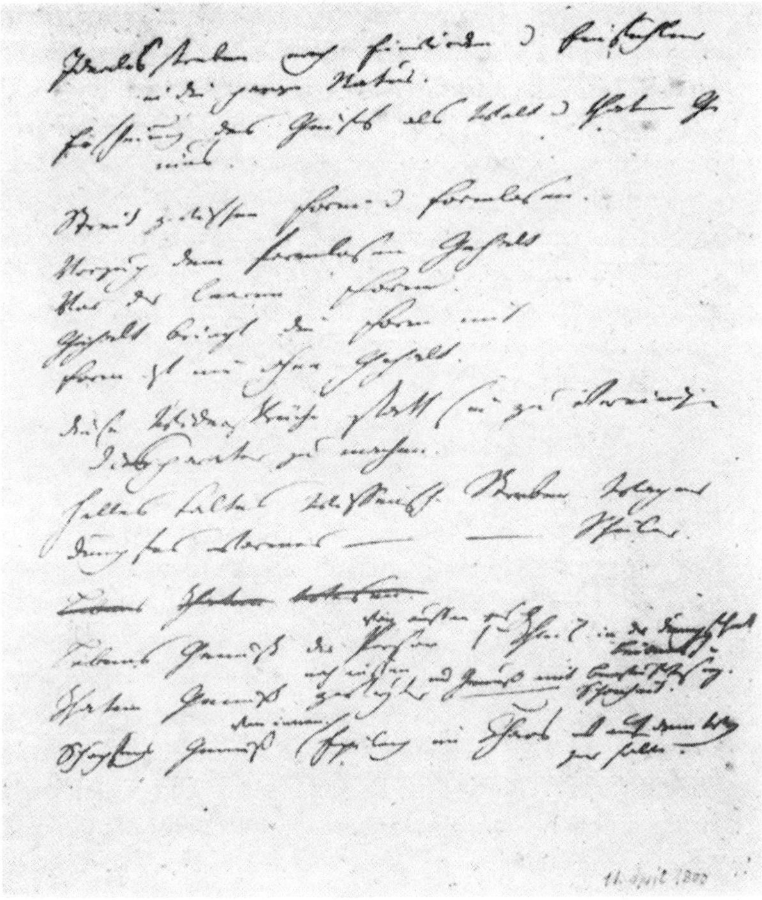

Ideales Streben nach Einwirken u. Einfühlen
in die ganze Natur.

Erscheinung des Geistes als Welt u. Thaten Ge-
nius.

Streit zwischen Form u. Formlosem.
Vorzug dem formlosen Gehalt
Vor der leeren Form.
Gehalt bringt die Form mit
Form ist nie ohne Gehalt.

Diese Widersprüche statt sie zu vereinigen
disparater zu machen.

Helles kaltes wissenschaftl. Streben Wagner
Dumpfes warmes — — Schüler.

~~[illegible]~~

Lebensgenuß der Person von außen gesehn 1r Theil in der Dumpfheit Leidenschaft.
Thatengenuß nach außen zweyter und Genuß mit Bewußtseyn. Schönheit.
Schöpfungsgenuß von innen. Epilog im Chaos auf dem Weg zur Hölle.

11. April 1800

【附图 9】

《浮士德》的草稿（手稿补遗 I，约作于 1800/1801 年，右下角标 1800 年 4 月 11 日）
［从中可见歌德已有意创作《浮士德》第二部］

（藏于：歌德－席勒－档案馆，魏玛，编号 25/XVII 2,1）

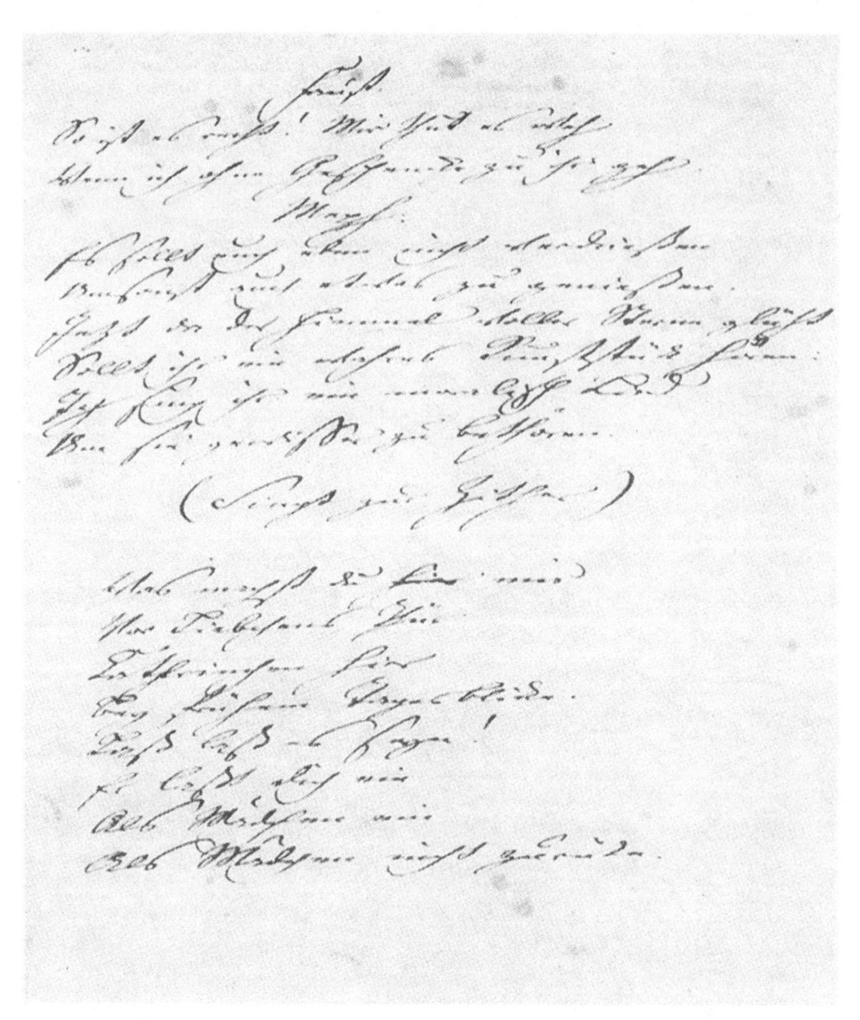

【附图 10】

《浮士德·第一部》夜场手稿

（藏于：柏林国家图书馆，编号 Ms.germ.qu 475, B1, 2v）

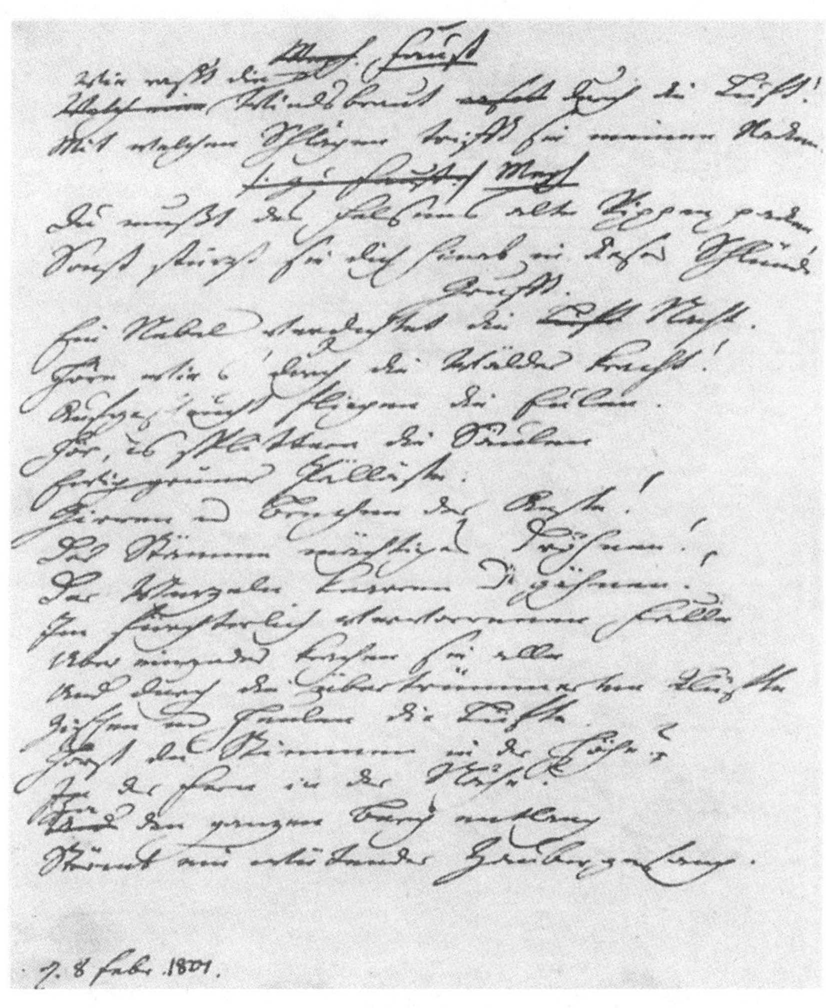

【附图 11】

《浮士德·第一部》瓦尔普吉斯之夜场手稿（左下角标 1801 年 2 月 7 日，8 日）

（藏于：柏林国家图书馆，编号 Ms.germ.qu 527, B1, 4v）

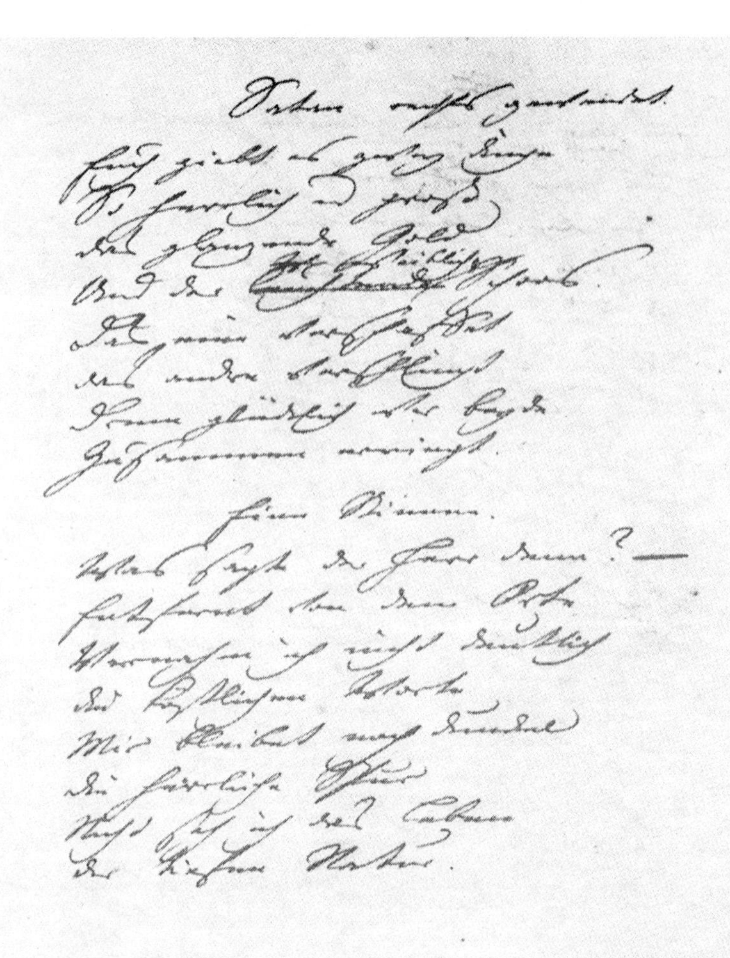

Satan rechts gewendet.

Euch giebt es zwey Dinge
So herrlich und groß
Das glänzende Gold
Und der weibliche Schoos.
Das eine verschaffet
Das andre verschlingt
Drum glücklich wer beyde
Zusammen erringt.

Eine Stimme.

Was sagte der Herr denn? —
Entfernt von dem Orte
Vernahm ich nicht deutlich
Die köstlichen Worte
Mir bleibet noch dunkel
Die herrliche Lehr
[illegible] das Leben
Der tiefen Natur.

【附图 12】

歌德誊抄稿：瓦尔普吉斯之夜场中魔鬼的台词，50号补遗

（藏于：歌德－席勒－档案馆，魏玛，编号 25/XVII，2,24 B1 3v）

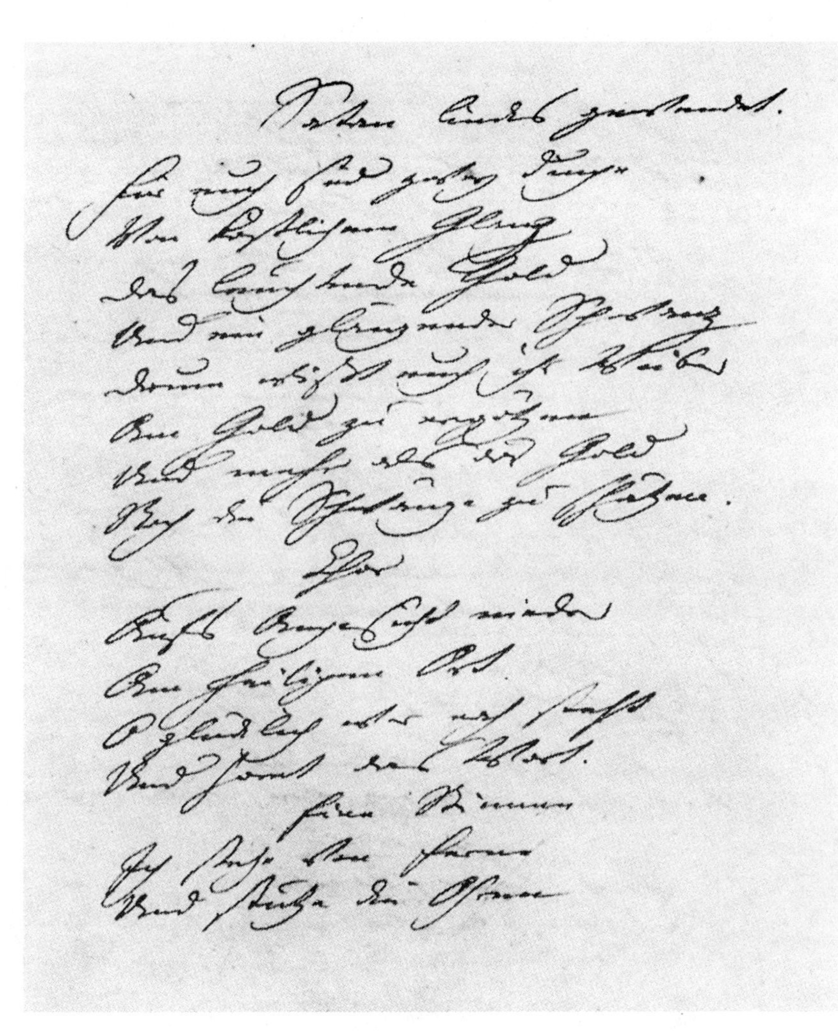

Für euch sind zwey Dinge
Von köstlichem Glanz
Das leuchtende Gold
Und ein glänzender Schwanz
Drum wißt euch ihr Weiber
Am Gold zu ergetzen
Und mehr als das Gold
Noch die Schwänze zu schätzen.

Chor

Aufs Angesicht nieder
Am heiligen Ort
O glücklich wer nah steht
Und hört das Wort.

【附图 13】

歌德誊抄稿：瓦尔普吉斯之夜场中魔鬼的台词，50 号补遗

（藏于：歌德－席勒－档案馆，魏玛，编号 25/XVII 2,24 B1 4r）

Meph.

Ich führe dich und was ich thun kann höre! Hab ich alle Macht im Himmel und auf Erden? Des Türners Sinne will ich umnebeln, bemächtige dich der Schlüssel und führe sie heraus mit Menschenhand. Ich wach und halte dir die Zauberpferde bereit. Das vermag ich.

Faust

Auf und davon.

Nacht. Offen Feld.

Faust, Mephistopheles auf schwarzen Pferden daher brausend.

Faust

Was weben die dort um den Rabenstein?

Meph.

Weiß nicht was sie kochen und schaffen.

Faust

Schweben auf und ab. Neigen sich beugen sich.

Meph.

Ein Hexenzunft!

Faust.

Sie streuen und weihen!

Meph.

Vorbey! Vorbey!

Kerker.

Faust mit einem Bund Schlüssel und einer Lampe an einem eisernen Türgen.

Es faßt mich längst verwohnter Schauer, Inneres Grauen der

【附图 14】

露易丝・冯・格西豪森手稿:《浮士德・早期稿》
含阴天・野地场（行 55—60），夜・旷野场（全部），牢房场（行 1—2）

（藏于：歌德－席勒－档案馆，魏玛，编号 25/XXXV 5 B1 561v）

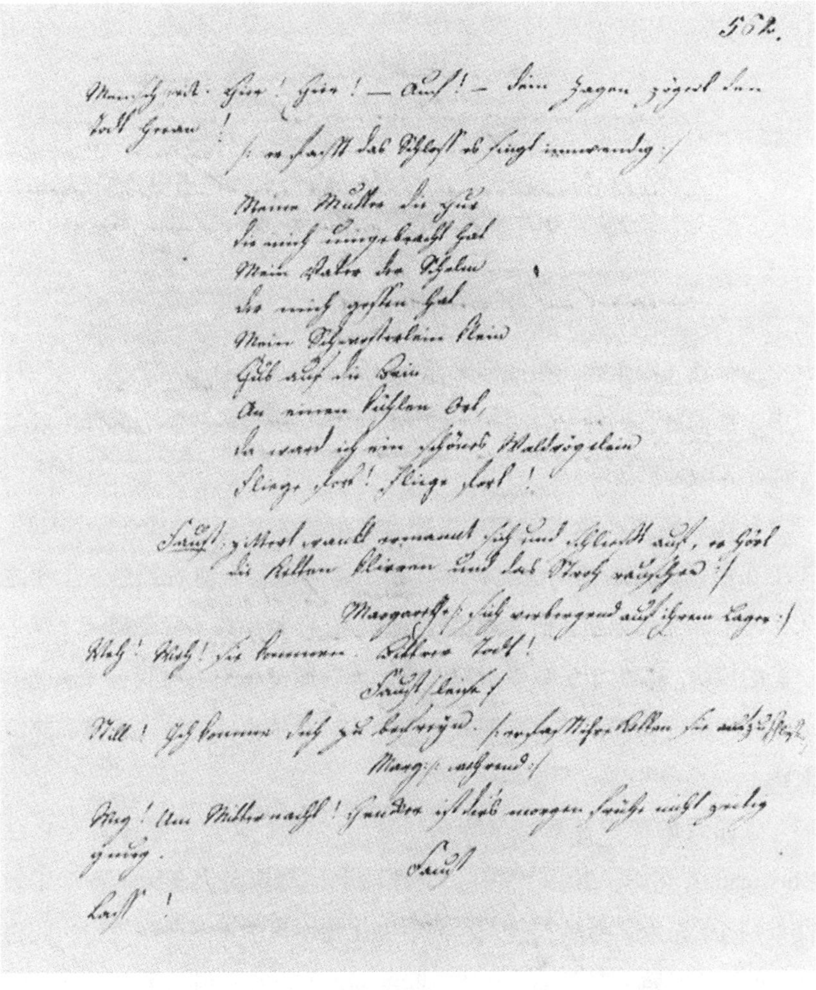

562.

Mephisto. Hier! Hier! — Auf! — Dein Zagen zögert den [illegible] Graun!

(er faßt das Schloß es singt inwendig.)

Meine Mutter die Hur
Die mich umgebracht hat
Mein Vater der Schelm
Der mich gessen hat
Mein Schwesterlein klein
Hub auf die Bein
An einem kühlen Ort,
Da ward ich ein schönes Waldvögelein
Fliege fort! Fliege fort!

Faust. (zittert wankt ermannt sich und schließt auf, er hört die Ketten klirren und das Stroh rauschen.)

Margarethe (sich verbergend auf ihrem Lager.)

Weh! Weh! sie kommen. Bittrer Tod!

Faust (leise.)

Still! Ich komme dich zu befreyen. (er faßt die Ketten sie aufzuschließen)

Marg. (wehrend.)

Weg! Um Mitternacht! Henker ist dirs morgen frühe nicht zeitig genug.

Faust

Laß!

【附图 15】

露易丝·冯·格西豪森手稿:《浮士德·早期稿》
含牢房场，行 2—17

（藏于：歌德－席勒－档案馆，魏玛，编号 25/XXXV 5 B1 562）

附录三

致谢

在补齐《浮士德·第一部》译文之际，谨在此对《浮士德》译注过程中，帮助过我的师友，道一声诚挚的感谢。这也是我勉力翻译出版第一部译文的动机之一。

首先要感谢北京大学德语文学专业的范大灿先生（1934—2022）。先生在退休前一直给研究生开设《浮士德》课程，前后长达二十年之久，为中国《浮士德》研究奠定基础，也开辟和保持了我系研读《浮士德》的传统。先生于壬寅春驾鹤西去，谨在此纪念先生对我自入学北大三十五年来的谆谆教导，感谢先生在译注过程中给予的建议意见和热情鼓励。

感谢我的德方德语文学导师、德国波鸿鲁尔大学荣休教授 P. G. Klussmann（1923—2019）先生，神学导师、德国美因茨大学神学系教授 J. Meier 先生。师从二位先生，不仅让我增长学识，开阔视野，获得良好的知识结构和知识储备，更让我受到他们严谨学风的熏陶。2013 年夏，Klussmann 先生在花园的凉亭里，边喝咖啡，边打着节拍朗读，让我领略到《浮士德》的诗文韵律之美，下决心用诗歌体例翻译。Meier 先生荣休后不遗余力致力于乡土民俗的保护，令我耳濡目染，意识到《浮士德》中民俗文化的重要性。

感谢德国柏林自由大学教授 V. Mertens 先生，先生是德国中古文学专家，2010 年应邀来我系讲学，以传统的讲授经典的方式，带领我们逐字逐句细读了《浮士德》第一部，让我体会到其中的意趣，第一次感觉到《浮士德》是可读的，由此萌发出阅读和讲授《浮士德》的念头。至今，老先生即兴演唱的那首“图尔王”仍在耳畔回响。

感谢自我 2011 年开设《浮士德》课程以来，不畏艰涩，兴致盎然地参加课程的我系各届硕士研究生，若无他们积极的参与，我不会得到教学相长的机会，也不会努力去读懂每一句台词。有同学如陈郁忠、史敏岳、魏子阳等受《浮士德》课程启发，撰写了硕士、博士论文，又有同学毕业后已在其他高校开设《浮士德》课程。

感谢刘小枫大兄，是他首次提议，何不借讲读之机，给《浮士德》详加注释，以方便爱好者理解。因《浮士德》毕竟是一部比较特殊的古典经典，人人都知它的重要性，但能读懂的人却不多。待用郭沫若译本加注释被证明不可行之后，大兄建议我为注释故，自行翻译。这样我便一朝踏上“贼船”，漂泊十余年，今日终得弃船登岸。

感谢好友 K. Wittstoff 博士，B. van Well 博士，两人先后作为德意志学术交流中心（DAAD）讲师，在我系任教。《浮士德》中有很多俚语、俗语、口语化表达，还有很多细微精妙之处，只有说母语的人才能体会其中滋味。二位不厌其烦，随时对我提出的问题，予以了专业解答。

感谢北京大学哲学系的韩水法教授。我是在 1999 年北京大学德国研究小组成立时认识韩教授的。每次交流都能得到很多新奇的想法。韩教授擅以斩钉截铁、不容置疑的方式督促后学。面对《浮士德》这样庞大的体量、驳杂的内容、艰涩的文字，难免有灰心的时候，每次待打退堂鼓之时，韩教授总是三言两语便令我回心转意。

感谢上海外国语大学的卫茂平教授。卫教授于2015年开始主持国家社科基金重大项目——《歌德全集》翻译——的工作。得知我已着手《浮士德》的翻译，卫教授把我接纳入项目，分配了一定的项目资助。

感谢商务印书馆的陈小文总编辑和石良燕编辑。由于《浮士德》情况特殊，需要加大量脚注和边注，这不大符合《歌德全集》的体例。尤其在我先译注完第二部后，为突出其重要性，特别想先出、单出。这也不符合全集完整性的要求。陈总编没有在乎这些细节，慷慨答应了我的排版愿望和先出第二部的请求。石良燕编辑是我系早年毕业生，现已成为商务的资深编辑。她不仅德文好，能够对照原文，核对内容，检查格式，而且专业、细心、高效。尤其她耐心帮我核对了圣经引文，并保证了个别地方前后译法的统一。

感谢北京大学外国语学院并德语系，十几年如一日，没有给我设定任何硬性科研指标，在客观上创造了相当宽松的环境，以致我可以不计时间，不受驱赶，不慌不忙，完全随我阶段性的心境和状态，自得其乐地进行研读和翻译。感谢黄燎宇主任、胡蔚副主任、毛明超博士及系里各位同仁的理解与支持。尤其感谢付志明副院长，主动为我提供了必要的电子设备并许多支持和鼓励。

感谢我的同事王建教授，帮助我解答戏剧方面的问题；华东师范大学哲学系的应奇教授赠送了珍藏多年的浮士德研究方面的书。感谢许许多多默默关注此项译事的各界师友，特别是中文系同行，如北京大学中文系张辉教授、武汉大学文学院涂险峰教授；兄弟院校德语系同行，如华东师范大学的范劲教授、广东外语外贸大学的卢铭君教授；哲学专业的同好，如北京大学哲学系的靳希平教授、徐龙飞教授，中国政法大学的文兵教授，中国人民大学的李科林教授。

感谢多年来从不间断，以各种力所能及的方式支持和鼓励我的家人和挚友。他们或者给我心理安慰，——或者说，他们的存在与安好，本身就是对我的心理安慰，——或者定期安排访古之旅、饮酒聚会。他们共同给了我一个温暖友爱的小宇宙。他们是拙夫刘斌，小女刘天祺，二兄刘锋，兄嫂郑纹，好友何珊。

还要特别感谢华中科技大学的谭渊教授。他热心高效地帮助我通过他的导师、德国哥廷根大学德语文学教授、薛讷先生的弟子 H. Detering 先生与薛讷先生取得联系，及时解决了版权问题。感谢 Detering 先生本人为此所做的一切努力以及对我的谬赞和鼓励。

感谢德国《浮士德》的注释家、哥廷根大学荣休教授薛讷（Albrecht Schöne）先生，先生欣然同意了对版权的各项要求。我在北大读本科时，与薛讷先生有过一面之缘：1988 年，先生应我系张玉书教授之邀来京，记得当时讲座的题目是关于“拉法特的相面术”，没想到四十余年后竟然在《浮士德·第一部》中遇到（玛尔特的花园、瓦尔普吉斯之夜的梦）。还在《浮士德·第二部》出版之际，九十五岁高龄的老先生向我转达了他的衷心问候和诚挚谢意，称因把他编辑的《浮士德》新版译为中文，把他的注释传达给中国读者而深感荣幸。而事实上，若没有薛讷先生基于手稿校勘的编辑，没有他吸纳百家千家的注释，则不可能有我的理解和注释。